문화시리즈 **6**

세상 나들이

일본기모노

문화시리즈 ❻

세상 나들이

일본기모노

정호원 편

한국학술정보㈜

|차례|

올림픽의 유래

올림픽의 유래는 고대 희랍인들의 올림픽이 열렸던 올림피아에서 발상한 것이다. 올림피아란 희랍 펠로폰네소스 반도 북서부에 있는 고대 도시 유적이다. 올림픽 경기가 시작된 곳이기도 하다. 국제올림픽위원회가 4년마다 개최하는 국제스포츠대회이다.

본래 올림픽 경기는 고대 희랍인들이 제우스신에게 바치는 제전경기(祭典競技)의 하나로 종교, 예술, 군사훈련 등이 삼위일체를 이루었다. 여러 신을 섬기던 각 도시국가의 시민들은 올림픽 대회가 4년마다 한 번씩 열리면 올림피아로 몰려들어 신전에 참배하며 제례를 지냈는데, 무엇보다 중요한 것은 올림픽 경기가 훈련의 성격을 띠었다는 데 있다. 이러한 고대올림픽은 언제부터 시작되었는지 정확히 고증되지 않았지만 기원전 776년 앨리스 출신의 코로 에부스가 스타디온 달리기에서 우승했다는 문헌상의 기록을 근거로 이때를 올림피아의 원년으로 본다. 이후 1,200여 년 동안 계속되다가 희랍이 로마인의 지배를 받으면서 몰락의 길로 접어들었다. 기독교를 로마제국의 국교로 정한 테오도시우스황제는 올림픽 제전을 이교도들의 종교행사로 규정, 기원 394년 폐지를 명령하는 칙령을 선포함으로써 기원 393년에 열린 제293회를 마지막으로 고대올림픽의 역사는 막을 내렸다. 경기 종목은 장거리 및 단거리 경주, 권투, 경마, 마차 경주, 트럼펫 경연이다. 승자에게는 월계관이 씌워졌으며 500드라크마의 상금이 주어졌다. 또한 공개적인 축하행사에서 귀빈석을 차지할 수 있는 권리와 평생 연금을 받았다.

그 후 약 1,500년 동안 중단되었던 고대올림픽 경기는 프랑스의 피에르 쿠베르탱의 노력으로 1894년 6월 23일 파리의 소르본 대학(파리대학교)에서 열린 국제스포츠대회에서 유럽 각국의 대표들로부터 만장일치로 찬성을 얻어 근대올림픽이 시작되었다. 당초 그의 의도는 '프로이센 프랑스 전쟁'에 패하여 사기가 저하된 프랑스 청소년들에게 새로운 용기와 의욕을 북돋아주고 아울러 올림픽이라는 스포츠 제전을 통하여 세계 각국 청소년들의 상호이해와 우정을 다지고 세계평화를 이룩하려는 데 있었다.

고대올림픽은 종교와 예술과 스포츠의 혼합이었다. 각종 신을 섬기던 그리스인들은 올림픽 대회 때면 각지에서 올림피아로 몰려들어 신전에 참배하며 제례를 지냈다. 종교의식 못지않게 예술문화행사가 중요한 의미를 차지하였다. 헬레니즘문화의 결정체로 1천2백여 년 동안 면면히 이어 내려온 고대올림픽은 그리스가 로마인의 지배를 받으면서 헬레니즘문화와 함께 몰락의 길로 접어들었다. 기독교를 로마제국의 국교로 정한 테오도시우스황제는 394년 올림픽 제전을 이교도들이 종교행사로 규정, 폐지를 명령하는 칙령을 선포함으로써 바로 전해에 열린 393년 제293회를 마지막으로 고대올림픽의 역사는 막을 내리게 되었다.

근대올림픽 부활운동이 결실을 보게 된 것은 프랑스의 피에르 쿠베르탱 남작(1863 – 1937)의 강렬한 집념과 남다른 노력에 의해서였다. 당초 그의 의도는 보불전쟁의 패전으로 사기가 저하된 프랑스 청소년들에게 새로운 용기와 의욕을 북돋아주고 아울러 올림픽이라는 스포츠 제전을 통하여 세계 각국 청소년들의 상호 이해와 우정을 다지고 세계평화를 이룩하려는 데 있었다. 이와 같은 뜻을 실현하기 위해 쿠베르탱 남작은 1892년 12월 유럽 각국을 순회하면서 올림픽의 부활을 제창하고 올림픽 정신을 바탕으로 세계평화의 이상을 실현하고자 설득하였다.

쿠베르탱 남작의 의지와 끊임없는 노력으로 마침내 1894
년 6월 23일 파리의 소르본 대학에서 열린 국제 스포츠 대
회에서의 올림픽 부활 제의는 유럽 각국의 대표들로부터
만장일치로 찬성을 얻고 근대올림픽의 제1회 대회를 1896
년 아테네에서 개최하기로 결의했다. 근대올림픽의 첫 장을
펼친 제1회 아테네대회에 참가한 선수는 13개국 311명으로
인류평화의 제전이라는 거창한 구호에 걸맞지 않은 작은
규모였다. 올림픽이 국제대회로서 면모를 갖춘 것은 1908
년 제4회 런던대회 때부터였다.

22개국 2,666명이 참가함으로써 대회규모가 획기적으로
확대된 런던올림픽은 각국이 처음으로 국기를 앞세우고 참
가했으며 경기규칙 제정, 본격적인 여자경기 종목 채택, 마
라톤 코스에 확정 등 조직과 관리 면에서 체계를 갖추었던
것이다. 이 대회에서 유럽 국가들을 중심으로 13개국에서
300여 명이 참가 10개 종목에 걸쳐 순수한 젊음을 겨루었
다. 그 후 근대올림픽은 세계평화의 달성이라는 본래의 이
상대로 인류의 가장 큰 평화운동으로 발전하여 오늘에 이
르고 있다.

오늘날 세계 각국의 스포츠인들은 근대올림픽이 창설된
6월 23일을 "올림픽의 날"로 정하여 기념하고 있다.

축구화의 비밀

축구선수에게 축구화는 신체의 일부나 다름없다. 먼저 '발을 꼭 조여 주는 축구화가 좋다'는 편견을 버려야 한다. 축구화는 발 치수보다 약간 여유 있는 것으로 골라야 한다. 그래야 발의 피로를 덜 수 있을 뿐만 아니라 발끝의 감각이 향상돼 기술을 구사하기가 좋다. 일반적으로 오른발이 왼발보다 약간 크기 때문에 오른발을 먼저 신어서 크기를 가늠하는 게 바람직하다. 또 축구장에서의 위치가 다르면 축구화도 달라야 한다.

수비수는 상대 공격수의 움직임에 따라 방향전환이나 중심이동이 크기 때문에 축구화의 징이 6~8개로 적은 것이 좋다. 반면 공격수는 정교한 동작과 속도가 요구되기 때문에 10~13개의 징이 달린 축구화를 신는 게 유리하다. 또 공격수의 축구화는 가죽이 얇을수록 정교한 기술을 발휘하기 좋다.

한편 천연잔디와 인조잔디에서 신는 축구화가 다르며 수중전 등 날씨에 따라서도 축구화의 선택이 달라진다. 축구화를 고를 때는 하루 중 발이 제일 커져있는 오후 5~6시가 적당하다. 너무 늦은 밤은 과다한 활동으로 발의 피로가 심하기 때문에 축구화의 선택에는 부적절하다.

천일야화

천일야화는 저자와 저술연대는 미상이며 알라딘, 알리바바, 뱃사람 신드바드와 같은 이야기들의 모음집이다.

이 작품은 서양 민담의 일부가 되다시피 했다. 중세 유럽 문학에서처럼 많은 동화, 기사 담, 전설, 우화, 비유 담, 일화, 이색적 또는 사실적 모험 등 이야기들이 하나의 테두리 속에 구성되어 있다.

이야기의 배경은 중앙 아세아 또는 인도와 중국의 섬이나 반도이다. 이곳에 사는 샤리아르 왕은 그가 왕궁을 비울 때마다 왕비가 부정한 일을 저질러왔음을 알게 되자 그녀와 또 그녀와 함께 자기를 배신한 자들을 처단한다. 그리고 모든 여성들을 혐오하여 신붓감 후보자를 더 이상 찾을 수 없을 때까지 매일 새 신부를 맞이했다가 다음날 죽이는 일을 계속한다.

대신 가운데 세헤라자데와 둔야자데라는 두 딸을 둔 사람이 있었는데 맏딸 세헤라자데는 꾀를 내어 자신과 다른 처녀들을 구하려고 아버지에게 자신을 왕에게 시집 보내달라고 한다. 결혼 첫날부터 매일 밤 그녀는 이야기를 들려주는데, 이야기의 끝을 맺지 않고 다음날 밤에 마치겠다는 약속을 한다.

이야기는 몹시 흥미로웠고 왕은 이야기의 끝이 궁금해 하루하루 그녀의 처형을 연기하다가 결국 여성에 대한 잔인한 보복을 단념하기에 이른다.

주인공의 이름들은 이란어이지만 중심 이야기의 기본 골격은 인도식이고 그 밖의 등장인물 대다수가 아랍식 이름으로 나온다. 이야기의 다양성과 출처의 지리적 범위가 인도, 이란, 이라크, 이집트, 투르크, 그리스인 것으로 보아 단일 작가의 작품 같지는 않다. 그것은 문체가 대체로 꾸밈이 없고 자연스럽지만 구어체 말투가 섞여 있으며 직업적인 아랍어 작가라면 범하지 않을 문법적 오류들까지 보이고 있는 것에서도 입증되고 있다.

9세기의 한 단편적인 글에서 이 작품에 대한 최초의 기록을 볼 수 있다. 그 후 947년 알 마수디가 이란, 인도, 그리스의 전설적 이야기를 다룰 때 사람들이 '1,000개의 야화'라고 하는 페르시아의 '1,000개의 이야기'(Hazar Afsanak)에 대해 언급했다.

987년 이븐 안 나딤은 아부 아브드 알라 이븐 아브두스 알 자시아리가 아랍어, 이란어, 그리스어 및 기타 언어로 된 1,000개의 이야기를 수집하던 중 480개만 집필하고 죽었다(942)고 덧붙였다. '1,000개의 이야기'와 '1,001개의'라는 표현은 단지 많은 숫자를 나타내기 위한 것이었고 그 숫자를 채우려고 이야기가 추가된 다음에야 숫자가 의미를 갖게 되었음이 분명하다.

아라비안나이트의 정확한 원제는 '천한 개의 밤'으로서 천일야화(千日夜話)라고도 불리는 아랍 세계의 민담집이다. 이는 프랑스의 문호 앙드레 지드가 동양문학의 커다란 두 산봉우리로 성서와 아라비안나이트를 손꼽을 만큼 아랍어로 쓰여 진 설화의 집대성이기도 하다. 천일야화는 제목에서도 알 수 있듯이 1,001일 밤 동안의 이야기이다. 천일이라는 데에는 1,001일 동안이라는 숫자상의 개념이 들어있기도 하지만 많다는 의미로도 더불어 볼 수가 있다. 천일야화의 발상지인 중동 지역에서는 1,000에 1을 더하는 만큼 '많다'라는 의미로 1,001이 사용되기 때문이다. 따라서 천일야화는 '1,001일 밤 동안 계속된 이야기' 혹은 '수많은 밤의 이야기'라는 두 가지 의미 모두로 볼 수 있다. 사실상 1,001일은 3년 정도의 오랜 기간이므로 이 같은 중의적 의미를 모두 가진다고 보아도 타당할 것이다.

이 작품의 첫 유럽어 번역본이자 첫 번째 간행본은 앙투안 갈랑의 ≪천일야화≫(Les Mille et Une Nuits, contes arabes traduits en français 10권 1704~12, 11~12권, 1717)이다. 갈랑은 주로 4권으로 된 시리아의 필사본을 원본으로 삼았지만 구전된 이야기와 다른 자료에서 나온 많은 이야기를 포함시켰다. 그의 번역본은 19세기 중반까지 표준 작품으로 간주되어 그 일부 이야기는 심지어 아랍어로 재번역되기도 했으며 그 아랍어 원문은 캘커타에서 최초로 발간(2권 1814~18, 미완성 4권 1839~42 완간)되었다.

그러나 소위 정본(定本)이라고 하는 최근 번역의 원본은 1835년 카이로의 불라크에서 발간된 이집트어 개정판이며 여러 차례 인쇄되었다. 한편 프랑스어와 영어로 출판된, 갈랑이 편집한 속편 또는 개정본에는 막시밀리안 하비흐트가 브레스라우판(5권, 1825~43)에 수록한 구전되거나 필사되어 전해지는 자료에서 구성된 이야기들이 첨가되었다.

최근의 번역작들은 불라크판과 같이 내용이 충실하고 정확성이 돋보인다. 거의 알려지지 않았지만 존 페인의 영역 완역본(9권 1882~84, 3권 증보판 1884, 제13권 1889)은 중동 사회의 이면생활에 관한 실제 경험을 바탕으로 한 주석과 해설이 담긴 ≪천일야화≫(The Thousand Nights and a Night 10권 1885, 6권 증보판 1886~88)인 리처드 버턴 경의 번역작 원전으로 사용되었다. 버턴 경의 번역서는 가장 유명한 영어판으로 알려져 있다.

트릭스터 이야기

트릭스터(trickster)란 문화 인류학에서 도덕과 관습을 무시하고 사회 질서를 어지럽히는 신화 속의 인물이나 동물 따위를 이르는 말이다. 전 세계적인 구비전승에서 특수한 힘이나 마력을 가진 동물, 인간이 저지르는 속임수와 마술 및 난폭한 짓에 대한 이야기이다.

대개 연작을 이루는 이 이야기의 주인공은 트릭스터인데 하나의 사회 안에서도 이 주인공에 대한 평가는 조물주와 천진난만한 바보, 사악한 파괴자와 어린애 같은 장난꾸러기 등으로 엇갈릴 수 있다. 심리적 관점에서 보면 트릭스터는 그것을 낳은 문화 자체의 두려움과 실패 및 이루지 못한 이상을 동시에 반영하는 일종의 희생양 구실을 한다고도 말할 수 있다. 트릭스터 이야기는 즐거움이나 오락을 위해서 할 수도 있고 진지한 종교행사 때 할 수도 있다. 하나의 이야기를 처음부터 끝까지 할 수도 있고 서로 관련된 사건들을 복잡하게 엮어서 할 수도 있다.

전형적인 트릭스터 이야기는 악한을 주인공으로 한 모험담 형식으로 되어 있다. 이 모험담에서 트릭스터는 '길을 가는' 중에 어떤 상황에 부딪혀 난폭하거나 어리석은 행동으로 대응한다. 그는 폭력적이거나 웃기는 결말을 맞는다. 이 사건이 끝나면 그 다음 사건이 시작된다. 그는 동물을 길벗을 삼는 경우가 많은데 이 동물은 조연 역할을 하거나 트릭스터를 속인다.

최근까지는 북아메리카 인디언 집단을 대상으로 트릭스터 이야기와 트릭스터로 등장하는 주인공을 모아서 비교, 검토하는 작업이 집중적으로 이루어졌다. 캘리포니아와 남서부 지역 및 고원지대의 이야기에 나오는 코요테는 아마 가장 잘 알려진 트릭스터일 것이다. 태평양 연안 북서부지역의 트릭스터는 까마귀와 밍크 및 아메리카 어치인데 이들은 각각 혼돈에서 질서 정연한 세계를 이끌어내는 존재이자 불피우는 기술처럼 살아남는 데 꼭 필요한 기술을 신에게서 인간에게 전달하는 문화 영웅으로 간주되기도 한다.

캐나다 어치는 동부 삼림지대에서 문화 영웅 노릇을 하는 트릭스터이다. 나나보조(산토끼)는 남동부지역에서는 그냥 토끼라고 부르고 아프리카의 토끼 트릭스터와 동일시하여 '브러 토끼'라고 부르게 되었다. 대초원지대에 사는 수많은 인디언 부족의 트릭스터는 사람 모습과 비슷하며 흔히 '노인'이라고 부른다.

북아메리카의 트릭스터 이야기에 흔히 등장하는 소재는 초자연력을 갖고 있다고 자랑하다가 사기꾼임이 드러나 아내들에게 버림받는 부정직한 신랑, 자기 눈알을 가지고 공놀이를 하다가 결국 눈을 잃어버리는 동물, 비버가 호저에게 헤엄을 치자고 권하고 호저는 비버에게 등산을 하자고 권하는, 비버와 호저의 경쟁 등이다. 남아메리카의 트릭스터로는 그란차코에 사는 부족의 '여우'와 아마존 지역의 '쌍둥이'이다. 여우는 항상 남에게 지고 쌍둥이 가운데 하나는 짓궂은 장난꾸러기이고 다른 하나는 문화 영웅이다. 장난꾸러기가 못된 장난을 치면 문화 영웅인 또 다른 쌍둥이가 그 잘못된 결과를 바로잡는다.

아프리카 동부와 중부 및 남부, 그리고 수단 서부의 트릭스터는 토끼이고 서부 아프리카의 트릭스터는 거미나 거북이다. 아프리카의 많은 종족은 인간 트릭스터에 대한 이야기도 갖고 있다. 대부분의 아프리카 연작에서 트릭스터는 상대보다 몸집도 작고 힘도 약하다. 그러나 상대보다 훨씬 영리하여 항상 상황을 교묘히 지배한다. 그는 무모하고 탐욕스러우며 대식가이다. 게다가 빈틈없는 말솜씨를 갖추고 양심의 가책을 전혀 느끼지 않기 때문에 그럴듯한 거짓말로 태연히 상대를 속이는 경우가 많다. 각 연작은 하이에나나 사자 또는 코끼리 같은 특정한 희생자를 중심으로 전개된다. 희생자는 대개 성실하고 부지런하지만 머리가 둔하여 상대의 그럴듯한 주장과 매력적인 약속에 금방 속아 넘어간다. 트릭스터가 훌륭한 경우도 있지만 대부분의 경우에는 그의 행동이 어떤 결과를 낳는다 해도 그것은 우연일 뿐이다. 예를 들어 어떤 트릭스터 이야기에서는 거북이가 신들로부터 세상의 모든 지혜가 들어 있는 호리병박을 훔친다. 그는 이 호리병박을 나무둥치에 부딪친다. 그날부터 지혜가 작은 조각으로 나뉘어 전 세계에 흩어졌다.

아프리카의 다른 트릭스터 이야기, 특히 거미인 아난시에 대한 이야기에서는 트릭스터가 하늘의 신과 경쟁하는 신화적 존재로 등장하여 해를 훔치거나 하늘의 신을 이런저런 방법으로 속인다. 이런 점에서 아난시는 요루바족의 트릭스터인 에슈 신과 약간의 유사성을 보인다. 에슈 신은 항상 다른 신들과 대립하며 그들의 의도를 방해한다. 지금까지 알려진 트릭스터 가운데 가장 오래된 것은 고대 이집트의 세트 신이다. 세트 신은 호루스와 왕위를 다툴 때 음흉한 꾀와 속임수를 이용하여 호루스를 속이려고 한다. 이런 이야기들은 모두 교활함을 약자의 주요한 미덕으로 보여주고 있다. 아프리카 노예들은 신세계로 끌려올 때 트릭스터 이야기도 함께 가져왔다. 미국에서 트릭스터 산토끼는 브러 토끼가 되었다. 브러 토끼의 모험담이 처음으로 문학적 형태를 갖게 된 것은 조얼 챈들러 해리스가 리머스 아저씨라는 현명한 흑인 노인의 이야기를 듣고 글로 옮겨 적은 19세기 말이었다.

일본의 트릭스터는 장난스러운 변신 능력으로 유명한 여우다. 신도(神道) 설화에서는 여우를 신의 전령으로 보는데 여우는 농부로 하여금 곡신(穀神)에게 어김없이 제물을 바치게 하는 역할을 한다. 그러나 불교 설화에서는 여우에게 재산을 지키는 사악한 대리인 역할을 맡긴다. 오세아니아의 수많은 트릭스터 이야기는 트릭스터인 마우이 또는 마우이 티키티키가 바다에서 육지를 낚아 올렸다는 따위의 창조적인 위업에 대해 이야기한다.

용

용은 전설에 등장하는 괴물이다. 대개 몸집이 크고 박쥐와 유사한 날개를 가졌으며 입에서 불을 뿜고 가시가 나 있는 꼬리를 단 도마뱀 또는 뱀의 형상으로 묘사된다.

용에 대한 믿음은 용을 닮은 선사시대의 거대한 파충류들에 대한 고대인들의 지식과는 전혀 관계없이 나타난 것으로 보인다. 영어 단어 드래곤(dragon)은 그리스어의 드라콘(Drakōn)에서 유래되었는데 이 말의 원래 의미는 큰 뱀(바다뱀)을 의미했다. 이 때문에 그 이후의 신화에서는 용이 어떤 형태로 나타나든지 본질적으로 뱀의 형상을 취했다.

일반적으로 뱀은 몸집이 크고, 치명적인 중동지방에서는 뱀과 용을 악의 원리로 상징했다. 예를 들면 이집트의 신

'아페피'는 암흑세계의 큰 뱀이었다고 한다. 그리스와 로마에서는 뱀을 악한 세력으로 본 중동지방의 관념을 받아들이기는 했지만 때로는 드라콘테스를 지구 내부에 사는 예리한 눈을 가진 유익한 존재로 생각하기도 했다. 그러나 대체로 용에 대한 나쁜 평판이 더 지배적이었다고 볼 수 있으며 유럽에는 이런 의미만이 남아 있다.

용의 형상은 예로부터 다양했다. 칼데아의 용이었던 티아마트는 다리가 4개이며 몸은 비늘로 덮여 있고 날개를 가지고 있었다. 용은 보호하고 공포를 유발하는 특질을 갖고 있을 뿐만 아니라 외형상으로도 멋이 있었기 때문에 일찍부터 호전적 상징으로 사용되었다. ≪일리아드≫(Iliad)에 나오는 아가멤논 왕은 자신의 방패에 머리가 3개 달린 푸른 뱀을 장식했으며 후에 노르웨이 전사들은 방패에 용을 그렸으며 뱃머리에 용의 머리를 조각했다. 노르만 침공 이전의 잉글랜드에서는 왕을 표시하는 전투용 깃발에서 용이 주된 문장이었는데 아서 왕의 부친이었던 U. 펜드래곤이 이 문장을 처음으로 채택했다. 20세기에는 왕세자를 표시하는 문장으로 공식 채택되었다.

극동지역에서는 용이 유익한 존재로 여겨졌고 큰 위세를 지녔다. 중국의 용은 신화에 나오는 거대한 동물로 강, 호수, 바다 등에 살며 하늘을 떠돌아다닌다. 원래는 비의 신이었던 중국의 용은 유럽의 용이 잔인한 성격을 가지고 있는 것과는 반대로 하늘의 선행과 풍요를 상징한다. 또한 음양설에서 하늘 활동성, 남성다움 등의 원리를 뜻하는 양(陽)을 대표했다. BC 6세기부터 시작된 기우제에서는 사람들이 줄을 지어 용의 형상을 만들면서 춤을 추는 의식이 있었다. 이와 유사한 춤은 전통적인 중국 사회에서 행운을 빌기 위한 의식으로 지금도 행해지고 있다.

고대 중국의 창조 신화에 의하면 4가지 유형의 용이 있었다고 한다. 첫째는 천룡(天龍)으로 신들이 사는 하늘을 지킨다. 둘째는 복장룡(伏藏龍)이며 셋째는 지룡(地龍)으로 수로(水路)를 다스린다. 넷째는 신룡(神龍)으로 비와 바람을 다스린다. 민간신앙에서는 지룡과 신룡을 중요하게 여겼는데 이 두 용은 용왕으로 변해 사해(四海)에 살고 있으며 비를 뿌리고 어부를 보호한다고 믿어졌다. 일반적으로 용은 비늘이 있고 몸이 뱀처럼 생겼으며 뿔, 발톱, 4개의 다리, 크고 마력적인 눈이 있는 것으로 묘사된다.

용은 모든 동물들의 왕으로 여겨졌으며 용의 형상은 제국의 신성한 힘을 상징하는 것으로 역대 중국 황실의 문장으로 사용되었다. 용은 다른 여러 중국문물과 함께 한국, 일본으로 전해졌으며 자기의 마음대로 몸을 크게 하고 눈에 보이지 않게 할 수 있는 존재로 묘사되었다. 중국과 한국, 일본에서 용은 하늘을 나는 능력을 갖고 있다고 여겨졌지만 날개를 갖고 있지는 않았다. 용은 도교사상에 등장하는 신성한 자연력의 하나였다.

용이라는 낱말은 동물학적인 의미는 전혀 갖고 있지 않지만 드라코속(屬, Draco)은 인도-말레이시아 지역에서 발견되는 수많은 도마뱀류를 지칭하는 것으로 사용된다. 또한 이 속명은 일반적으로 인도네시아의 코모도에서 발견된 큰 도마뱀의 일종인 바라누스 코모도인시스(Varanus komodoensis)를 지칭한다.

용정은 유구한 역사를 가지고 있는 아름답고 아담한 도시로 해외·국내에 명망이 높다. 무릇 용정에 다녀온 사람들은 모두 시내 중심에 있는 용정지명 기원지에 와서 돌아보고 흔상하면서 한 차례 의의 있는 관광을 한다. 이곳에는 우아하게 하늘높이 치솟은 수양버들 한 그루가 늠름히 서 있다. 바람에 나부끼며 휘늘어진 푸른 가지가 모처럼 찾아오시는 관광객들을 정겹게 부르고 있다. 한 번 보고 나면 또 방문하게 하는 단골로 무척 인기를 누린다.

수양버들 옆에는 한 장 남짓한 높이의 돌비석이 세워져 있는데 비석의 정면에는 황금빛이 번쩍이는 '용정지명이 기원된 우물'이라는 글자가 새겨져있고 비석의 아래쪽에 있는 우물어귀를 돌로 둘러쌓았는데 이것이 바로 '용정'이라고 부르는 우물이다. 우물은 마치 하나의 거울처럼 흘러간 역사의 찬란한 빛발을 반사하고 있다. 때는 1879년 전후 조선족 농민 장인석과 박윤언 두 가정이 육도구(옛 용정)에 이사 와 황무지를 일구고 곡식을 심다가 문득 이 오랜 우물을 발견하게 되었다. 그들은 사람들이 우물에서 물을 푸기 편리하게 하기 위하여 부근의 한족농민들과 함께 이곳에 두레박 받침대를 세웠는데 조선족들은 이를 용두레 우물이라고 하였다.

이로부터 육도구를 용정촌이라 부르게 되었다. 과시 용흥지상(龍興之相)이렷다. 풍수지리에서 용이 하늘로 올라갈 형상이라는 뜻으로 임금이 날 만한 곳을 이르는 말로 전해져 내려온다. 1934년에 지명 기원우물을 기념하기 위하여 이 우물을 다시 수건하고 주위에 기둥을 세우고 우물 둘레에 철관을 씌웠으며 돌비석을 세우고 소나무와 버드나무를 심었다.

용(龍)은 중국전설 가운데 일종의 좋은 변화이다. 구름과 비를 부르고 만물의 신이동물(神異動物)을 이롭게 하고 이로운 곤충을 잘 자라게 한다고 하여 봉(鳳), 기린(麒麟), 거북(龜)과 함께 사령(四靈)을 이루는데 당연히 수위자리이다. 옛 고적에 기록되어 있기를 그 형상이 매우 다양하게 표상된다. 일설에 의하면 가늘고 긴 몸집에 발이 네 개이며 말 머리 형상에 뱀 꼬리 모양을 하였다 한다. 몸에는 비늘로 뒤덮여있고 머리에는 각진 수염이 다섯 가닥이 있다고 한다. ≪본초강목≫(本草綱目)에 이르길 '용은 아홉 가지'라고 한다. 각종 동물의 장점을 취합한 동물이라고 전해진다. 그 명칭 또한 다양하여 비늘이 있는 것으로 교룡(蛟龍), 날개가 있는 것을 가리켜 응룡(應龍), 뿔이 있는 것으로 다타룡(多駝龍), 뿔이 없는 것을 규(虯), 양쪽 뿔이 있는 새끼용(螭), 작은 놈은 교(蛟), 큰 놈은 용(龍)이라고 통칭하였다. 전설 또한 풍부한데 대부분 숨어 지내는 것으로 묘사된다. 가는 몸에 거대함으로 쉽게 표상했다. 능히 크게도 작게도 변화할 수 있다고 알려진다. 일 년 중 춘분(春分) 때면 하늘로 올라가고 추분(秋分)때는 연못에 숨으며 바람을 일으키고 비를 부르면서 자유자재로 잘 부린다. 신화 가운데서도 바다 속 세계를 주재하는 것을 용왕(龍王)이라고 하며 민간에서는 매우 상서로운 상징으로 모신다. 예로부터 제왕이 통치의 화신으로 여겨졌던 역사배경이기도 하다.

불교에서는 용은 팔부대중 즉 "천룡팔부"(天龍八部)중의 하나라고 여긴다. 중국인에게 있어서 하나의 공통된 토템신인 용은 지역의 구분이나 민족의 구분이 없다. 수천 년 동안 각 민족들은 용을 신령(神靈)으로 추대하고 경건하게 숭배하고 제사를 드렸다. 용은 중화민족의 표지와 상징일 뿐 아니라 동시에 제왕(帝王)과 황권(皇權)의 상징이었다. 용 숭배가 오랫동안 지속될 수 있었던 까닭은 첫째 역대 제왕들이 용을 이용하여 자신의 권위를 세우고 자신의 통치를 공고히 하였기 때문이고 둘째 용 숭배 속에는 자연 숭배의 인소(因素), 즉 사람들이 용을 지를 주재하는 신으로 간주하여 숭배하였다는 점이 작용했기 때문이었다. 중국은 수천 년 동안 농업으로 나라를 유지해 왔으므로 비는 농업 생산의 생명이었다. 용이 비를 주었으니 세세토록 숭배에 집착하지 않을 수 없었다.

중국의 토템은 용이다. 그 개념 또한 풍부한 문화 함의를 지닌다. 고래는 동양 사람들에게 있어서는 신령(神靈)의 걸물(傑物)이요 권위의 상징이었다. 전설에 의하면 용이 구름 속에서 학(鶴)과 연애하여 봉황(鳳凰)을 낳았다고 하고 땅에서 빈마(牝馬)와 결합하여 기린(麒麟)을 낳았다고 한다. 심지어는 사자도 용의 아홉 자식 중 하나라고까지 생각할 정도로 용은 천변만화(千變萬化)가 무궁하여 사람들이 가히 생각하고 측량하지 못하는 능력을 가지고 있는 동물이었다. 이러한 속설의 배후에는 용에 대한 외경심(畏驚心)과 신비감이 숨어 있다. 한편 ≪후한서≫(後漢書)에서는 "반룡부봉"(攀龍附鳳)이라 하여 용과 봉황을 성철(聖哲) 또는 영주(英主)에 비유하여 말하고 있다. 이 밖에도 권위를 표현하고자 할 때 용과 관련시키는 경우를 여러 가지 사례를 통하여 확인할 수 있다. 임금의 얼굴은 용안(龍顔), 임금이 앉는 자리는 용상(龍床), 혹은 용좌(龍座)라고 하는 것은 비근한 실례에 속한다. 임금의 옷을 용의(龍衣) 혹은 용곤(龍袞)이라 하는 것은 곤룡포에 교룡의 무늬가 그려져 있기 때문이다. 임금이 타는 수레를 용여(龍輿) 혹은 용거(龍車)라고 하는 것도 모두 권위의 상징으로서 용에 비유한 것이다. 그래서 고려시대에는 용을 소재로 한 문양은 서민들의 의복이나 기물에는 시문(施紋)하지 못하도록 규정하였다.

　만물의 왕으로서의 의미를 지니고 있는 용은 궁중의 천정 가운데 천룡(天龍)으로서 자리를 차지하고 있기도 하였다. 특히 임금의 즉위하는 것을 용이 하늘에 오르는 것에 비유하여 용비(龍飛)라고 하는데 이는 ≪역경≫(易經) 건괘(乾卦)의 구오(九五)에 “비룡재천　이견대인”(飛龍在天利見大人)이라는 말에서 그 선례를 찾아볼 수 있다. 조선 세종 때 정인지 등이 목조(穆祖), 도조(度祖), 환조(桓祖), 익조(翼祖)의 위덕과 태조(太祖), 태종(太宗)의 나라를 세우기 위하여 쌓은 공덕을 찬양하기 위하여 편찬한 ≪용비어천가≫(龍飛御天歌)의 제목도 이러한 맥락에서 지어진 이름이다. 또 용은 어변성룡(魚變成龍)의 고사에서 보듯이 관계(官界) 진출이나 과거 급제의 상징으로서도 널리 알려져 있다. 이상과 같이 용이 만물 조화의 능력을 갖춘 영험과 신비의 상징으로 혹은 권위의 상징으로 간주되고 있고, 한편으로 길상(吉祥)과 벽사 또는 수호의 능력을 동시에 갖춘 동물로서도 애호를 받았다. 예컨대 새해가 오면 궁궐의 문이나 민가의 문에 내다 붙이는 세화(歲畵) 중에 용이 중요한 소재로 등장한다거나 불교에서 용을 호법신중(護法神衆)의 하나로 중요시하고 있음은 모두 용에 대한 이러한 관념에서 나온 것이라 할 수 있다.

용의 성격도 그만큼 복합적이다. 일반적 개념으로서의 용을 말하는 것을 보면 ≪설문≫(設文)에 "용은 비늘이 있는 동물 중의 우두머리이다. 능히 어둡거나 밝을 수 있고 가늘거나 커질 수 있으며 짧거나 길어질 수 있다. 춘분에 하늘에 오르고 추분에 연못에 잠긴다."고 하였고 ≪회남자≫(淮南子)에서는 "깃털과 털, 비늘과 딱딱한 껍질을 가진 모든 것은 모두 용을 조상으로 하고 있다."(萬物羽毛鱗介皆祖於龍) 하였으며 ≪본초강목≫에는 "비늘을 가진 것들의 우두머리."(鱗中之長)라 하였다. 이와 같이 용은 모든 동물의 근원이며 조화와 변신을 자유자재로 할 수 있는 동물이며 지상과 천상을 오르내리는 동물이다. ≪용경≫(龍經)에 의하면 "규룡은 용의 무리 중 우두머리요, 능히 용의 무리를 나오고 물러나게 한다. 구름을 타고 비를 내려 창생을 다스린다."고 하였으며 황용(黃龍)은 사용(四龍) 중에 우두머리이며 사방 중에서 가운데를 관장하는 용이라 하였다.

오늘날 공룡은 멸종하고 자취를 감추었다는 것이 사학계의 보편적인 일가견이다. 그들이 남긴 것은 뼈와 알껍데기, 발자국 그리고 살갗 등의 화석이 전부이다. 이것은 1887년에 해리 실리가 공룡의 골반을 이루는 세 뼈(장골, 치골, 좌골)의 구조에 근거해서 분류한 것이다. 분류학자들은 이러한 화석 증거로 공룡을 분류해 낸다. 골반의 구조가 도마뱀과 비슷한 용반목 공룡은 이 세 개의 뼈가 가운데 구멍을 중심으로 방사상으로 뻗어 있어 치골이 앞을 향해 있다. 새의 골반 구조와 비슷한 조반목 공룡은 치골이 좌골과 나란히 뒤쪽을 향해 뻗어 있다. 용반목 공룡은 다시 목 긴 초식 공룡인 용각류와 육식 공룡인 수각류로 나뉜다. 조반목 공룡은 모두 초식 공룡이며 새처럼 생긴 조각류, 갑옷으로 무장한 갑룡류 그리고 뿔을 지녔거나 두꺼운 머리뼈를 가진 마지노케팔리아(뿔 공룡과 박치기 공룡)의 세 무리로 나뉜다. 발가락뼈의 수나 뼈대의 배열과 같은 상세한 구조는 공룡마다 다르다. 다른 공룡에서는 발견되지 않는 독특한 특징들이 어떤 공룡이 서로 친척 관계인가를 말해 준다. 골격학적으로 공룡은 익룡과 악어와 가까워 이들과 함께 아르코사우리아 무리로 묶인다. 나아가 공룡은 머리뼈에 콧구멍과 눈구멍 외에 두 쌍의 구멍이 더 있어 쌍궁아강(디아놉시드류)에 속하는 파충류로 분류된다. 골격학적인 증거 외에 아주 드물게 보존된 공룡의 피부 화석이 오늘날 파충류의 비늘과 같다는 점과 또 알을 낳았다는 사실 때문에 공룡은 파충류로 매긴다.

::조반목 공룡

조반목이라는 이름은 새처럼 치골이 장골과 나란히 뒤쪽으로 뻗은 골반 구조를 가졌다고 해서 붙여진 이름이다. 새의 골반을 닮긴 했지만 새는 조반목 공룡이 아니라 수각류 공룡에서 진화해 나왔다. 조각류 공룡은 모두 초식성이며 머리에 뿔이 있거나 등에 골판이 나 있는 등 아주 다양한 형태로 진화했다.

::용반목 공룡

용반목이라는 이름은 도마뱀처럼 치골이 앞쪽으로 뻗은 골반 구조를 가졌다고 해서 붙여진 이름이다. 용반목은 다시 거대한 초식공룡인 용각류와 육식 공룡이 수각류로 나뉘는데 크기와 모양은 다르지만 앞발은 거머쥘 수 있게 발달됐다는 점이 또 다른 특징이다. 용반목 공룡 중 용각류는 거대한 몸집을 지탱하기 위해 앞발이 더 커졌고 수각류는 앞발이 다양하게 진화해서 새의 날개가 되기도 했다. 특히 티라노사우루스 렉스 같은 수각류 공룡은 이족 보행을 했으며 새처럼 발가락만으로 걸어 다녔다.

공룡의 세계는 그야말로 신비하고 다채롭다. 약 2억 3,000만 년 전에 등장한 공룡은 빠르게 육상에서 번성하였다. 곧은 다리로 서서 효과적으로 움직였던 공룡은 여러 재주를 습득함으로써 환경에 쉽게 적응할 수 있었다. 그리고 인류가 지상에서 살아온 기간의 40배도 훨씬 넘는 1억 6,000만 년 이라는 긴 세월 동안 생존하면서 지상의 왕자로 군림했다.

그러나 공룡도 백악기(白堊紀)가 끝나갈 무렵 점점 그 숫자가 줄어들다가 약 6,500만 년 전에 마침내 지상에서 완전히 모습을 감추었다. 당시 하늘을 날아다니던 익룡, 어룡을 비롯한 많은 해양 파충류도 함께 사라졌다.

가장 오래된 공룡의 화석은 아르헨티나의 2억 2,800만 년 전 이시구알라스토 지층에서 발견되었다. 여기서 가장 잘 알려진 공룡은 에오랍토르와 헤레라사우루스이다. 이들 초기의 공룡은 크기도 작고 다양하게 진화하지 못했다. 이시구알라스토층에서 산출되는 화석을 보면 가장 풍부한 것이 원시파충류이며 공룡은 단지 모든 동물들 중 5.7%만을 차지한다. 따라서 중기 삼첩기까지 공룡은 생태계의 주요 구성원이 아니었음을 알 수 있다. 그러나 삼첩기 말로 가면서 여러 형태의 공룡의 전 세계에서 발견되기 시작한다. 이는 공룡의 처음 출현하자마자 급속히 다양하게 발전했다는 것을 의미한다. 산출되는 화석의 25~60%를 차지할 정도로 수도 많아지고 크기도 보다 다양해진다. 이 시기의 가장 대표적 공룡이 미국 애리조나 주 유령농장에서 대규모로 발견된 작고 민첩한 육식공룡 코엘로피시스와 유럽과 중국에서 많이 발견된 원시 용각류 플라테오사우루스, 루펭고사우루스이다.

왜 이 시기에 다른 파충류는 쇠퇴해 간 반면 공룡은 번성했을까? 후기 삼첩기가 시작될 때는 여러 환경에서 디키

노돈트와 아이토사우루스류 같은 많은 원시파충류들이 번
성했지만 삼첩기 말이 될수록 건조한 기후가 더 널리 확산
되어 식물과 먹이의 감소로 생존을 위한 투쟁은 더욱 격화
된다. 이러한 생존경쟁에서 공룡은 우위를 점하는데 그 이
유는 확 트인 환경에서 빠르게 달릴 수 있는 다리 구조 때
문이었다. 비록 몇몇 원시파충류들은 곧은 다리를 가졌지만
이들은 발바닥을 지면에 대고 걸었기 때문에 상대적으로
느릴 수밖에 없었다. 반면에 공룡들은 완전히 두 다리로 곧
게 설 수 있었으며 새처럼 발가락으로 걸었고 긴 보폭으로
더 빨리 뛸 수 있었다. 더 발달한 걸음걸이를 가진 공룡들
은 먹이를 찾기 위해 넓은 지역을 돌아다녔다. 초식공룡은
재빠르고 민첩했기 때문에 대부분의 육식동물로부터 쉽게
도망칠 수 있었으며 먹이를 찾아 새로운 숲을 탐험할 수
있었다. 이들의 이 발은 건조한 기후에서 자라는 질긴 나뭇
잎을 씹을 수 있도록 잘 발달되어 있었다. 반면에 초식성
원시파충류들은 건조기후가 확산되면서 주된 먹이인 키 작
은 식물들이 점점 더 줄어들었기 때문에 서서히 감소하다
가 삼첩기 말에 멸종하게 된다. 다시 말해서 발달된 다리
구조와 먹이를 찾는 더 진보된 능력, 그리고 새로운 지역에
과감히 뛰어든 공룡은 다른 파충류와의 경쟁에서 쉽게 우
위를 차지하여 육상을 지배하게 된 것이다.

   그러나 최근 후기 삼첩기에 일어난 원시파충류의 대규모

멸종으로 공룡이 성공할 수 있었다는 주장이 대두되었다. 멸종은 삼첩기와 쥐라기 경계에서 분명하게 관찰된다. 즉 삼첩기가 끝나면서 해양생물들이 감소하고 코노돈트라는 미생물이 완전히 멸종했으며 포유류형 파충류 또한 멸종하게 된다. 그렇다면 이 같은 광범위한 육상 동물의 멸종 원인은 무엇이었을까? 그 큰 재앙의 원인은 다름 아닌 캐나다 퀘벡에 떨어져 지름의 100km나 되는 매니코우간 분화구를 남긴 거대한 운석이다. 캐나다 북동쪽 노바 스코티아 지역의 후기 삼첩기 호수퇴적층에서는 포유류형 파충류를 비롯해 여러 가지 다양한 파충류 화석들이 함께 산출된다. 삼첩기 말에 이르러 다양하게 혼합된 동물군이 갑자기 없어지고 단순화되면서 작은 공룡과 작은 포유류형 파충류 그리고 작은 악어들이 나타난다.

:: 운석충돌설

여러 공룡 멸종설 중 가장 믿을 만한 것이 지름이 10km에 가까운 거대한 운석이 떨어졌다는 '운석충돌설'이다. 1980년 알바레스 등이 제창한 학설이다. 만약 10km인 운석이 빠른 속도로 지구 표면에 부딪히게 되면 지름 100km, 깊이 40km에 이르는 웅덩이가 생기며 엄청난 폭발에너지와 함께 대량의 먼지가 지상 40km까지 올라간다. 이러한 먼지가 공중을 떠다니게 되어 햇빛을 차단하였고 지구는 해가 뜨지 않는 날을 수년간 보내다 보니 지상의 온도가 떨어져 핵겨울과 같은 상태가 되었다. 식물들은 광합성을 할 수 없게 되어 죽어버렸고 결국 초식공룡들은 먹이가 없어지자 굶주림을 이기지 못해 죽어갔고 육식공룡도 그 뒤를 이어 몰살되었다. 이런 대재앙으로 인해 지구의 정복자였던 공룡들이 쓸쓸한 최후를 맞게 되었다.

차리스 돔의 운석충돌설은 많이 언급된 견해하는 데서 크게 인기를 얻지 못했다. 돔은 팔을 펼쳐 보이며 객쩍게 웃는다. 그리곤 습관처럼 어깨를 으쓱해 보인다. 그의 맞은편에 앉았던 요나고가 힐끗 흘겨보며 야릇한 미소를 날린다. 요나고는 혼혈아인 장점을 십분 발휘하여 여러 나라 언어를 능숙하게 구사한다. 최봉규는 넌지시 눈짓한다. 딸더러 의도를 표시해보라는 암호에서였다. 요나고는 손으로 입을 가볍게 감싸 쥐는 척하더니 노트북 마우스를 움직인다. 그녀의 영롱한 눈길이 모니터에 닿는다. 요나고는 화산활동설을 중심으로 몇 가지 견해를 동시에 제기한다.

::화산활동설

거의 같은 시기에 일련의 방대한 화산활동이 인도에서 일어났다. 이러한 화산분출은 수십억 톤의 화산재와 용암을 내뿜었고 수백만 년간 지속되었다. 이 용암과 화산재는 수십 킬로미터 두께를 가진 데칸고원을 형성했다. 이러한 초대형 화산은 방대한 양의 먼지와 가스를 대기권에 올려 보냈으며 태양 빛을 가려 온도가 급격히 내려가는 원인이 되었다. 지구가 차가워지자 모든 식물이 죽고 결국 커다란 동물들이 멸종하는 것은 단지 몇 달밖에 걸리지 않았을 것이다. 먼지가 가라앉고 식물이 다시 생명을 키울 시기까지 공룡은 지구상에서 사라지고 말았다.

::종의 노화설

개체가 노화하는 것처럼 종족에도 노화가 있어 공룡도 종족으로서 노화하여 결국 멸종하였다고 한다. 아직까지 과학적인 근거는 없다.

::알칼로이드(alkaloid) 중독설

새로 나타난 현화식물 중에는 알칼로이드라는 유독물을 포함하고 있는 것이 많은 데 공룡이 그것을 먹었기 때문에 멸종되었다고 한다. 공룡이외의 초식 동물이나 해양 생물의 멸종을 설명하지 못한다. 입증근거가 미비하다.

:: 2,600만 년 주기설

지질시대의 대량 멸종은 2,600만 년마다 일어나고 있다는 설이다. 이와 같은 주기적인 멸종을 초래하는 것은 지구 밖의 영향 때문이라고 생각된다. 대량 멸종이 일어난 시대의 지층에는 이리듐(iridium)이 많이 포함되어 있어서 운석 충돌설을 설명할 수 있다

:: 네메시스설

소행성 충돌에 의한 백악기 말의 집단 멸종설을 처음 주장한 버클리대 연구 그룹이 전 지구적 집단 멸종이 주기적인 '혜성 소나기'에 기인한다는 가설을 발표하여 주목을 끌었다. 태양에는 가상의 쌍성 '네메시스'(Nemesis)라고 하는 것이 있다. 네메시스(Nemesis)란 그리스 신화에 나오는 율법(律法)의 여신이다. 절도(節度)와 복수를 관장하고 인간에게 행복과 불행을 분배한다고 한다. 이것이 지구상에 주기적인 '혜성 소나기'를 내리게 한다는 '네메시스설'이다. 이는 운석의 충돌 이론을 더 확장한 결론이다.

:: 공룡의 자체 멸종설

가장 가능성 없는 멸종 이유로는 공룡이 자체적인 원인으로 멸망했다는 것이다. 한 순간에 모든 육식 공룡이 초식

공룡을 모두 잡아먹어서 결국 모두 굶어죽었다는 설도 있고 공룡이라는 종이 1억 년 동안 계속 살아오면서 커다란 뿔, 단단한 껍데기, 엄청난 두께의 두개골 등 여러 가지로 기괴한 생김새를 가져 종족 전체적으로 퇴보했다는 설도 있다. 그 외에 호르몬에 문제가 생겨 알의 껍데기가 점점 얇아졌다거나 두뇌가 작아지면서 지능이 점점 나쁘게 되었다는 설들은 거의 인정받지 못하고 있는 가설들이다.

::알 도난설

새로 나타난 작고 재빠른 포유류가 공룡의 알을 훔쳐 먹어서 공룡이 사라지게 되었다는 가설이다. 하지만 둥지를 틀고 알을 지키던 공룡도 있었고, 지금의 악어는 알을 훔쳐 먹는 동물이 있지만 멸종하지 않는다는 점에서 이 가설은 설득력이 없다. 그 외에 새로 나타난 식물이 공룡에게는 독이 되는 성분을 가지고 있었다는 가설이나 바이러스로 인한 질병으로 공룡이 멸망했다는 설 역시 거의 믿기 힘든 가설이다.

::환경 변화설

중생대의 말기에 지구의 환경이 크게 변화했다. 대륙이 이동되면서 산맥이 생기고 해수면이 변화하기도 했다. 적도

상에서 먼 곳에는 계절의 변화가 뚜렷해지고 기후가 차가와졌다. 이런 기후와 환경의 변화에 공룡이 적응하지 못하고 멸종했다는 가설이다. 만일 공룡이 변온 동물이었다면 기후가 추워지면 동작도 둔해지고 먹이도 줄어들게 되므로 먹이를 잡아먹지 못해서 굶어 죽었을 지도 모른다. 그리고 공룡이 알에서 깨어날 때의 온도가 낮아지면 태어난 새끼가 모두 한 가지의 성별을 가지고 있게 되어서 새끼를 낳지 못해 멸종했다는 설도 있다.

::초신성 폭발설

지구 가까이에서 별이 폭발했다는 것으로 천문학에서 말하는 신성은 오래 된 별을 말한다. 별의 생명에도 길이가 있는데, 태양처럼 스스로 빛을 내는 별은 마지막에 폭발하는 일이 있다. 짧은 기간 동안 강하게 빛나서 별이 새로 탄생한 것처럼 보이기 때문에 신성이라고 불리는데 그것이 지구 근처에서 일어나서 지구에 방사능 등의 유해한 물질이 내리쪼여 많은 생물들이 멸종했다는 설이다.

::태양계의 섭동설

은하계 안을 태양계가 움직이는 주기는 2,600만 년이고 그 중앙부에 왔을 때 운석이 쏟아진다는 가설이다. 그러나 현재 태양계는 중앙부에 있어서 주기와 맞지 않는다.

::행성 X설

　태양계에는 발견되지 않은 행성 X가 있고 그 궤도의 관계로 지상에 운석이 내린다는 가설이다. 2004년 6월 이탈리아와 미국, 네덜란드 공동연구팀은 튀니지 엘 케프 지역의 백악기와 3기(K·T) 사이 지질기지층을 연구한 결과 소행성과 지구가 충돌한 직후 한류 미생물들이 따뜻한 바다의 엄습을 받은 흔적을 발견했다고 전했다. 과학자들은 소행성충돌이 먼지를 일으키고 화산활동을 유발하면서 화산재를 뿜어 올려 태양빛을 차단함으로써 지구기온을 떨어뜨린 것으로 보고 있다. 공룡시대의 엘 케프 지역은 따뜻한 바다인 테티스 해(옛 지중해)의 일부였으며 공동연구팀이 이 지역의 미생물화석을 연구한 결과 K·T 경계 지질시대 이후 놀라운 일부 변화를 확인했다. K·T 경계 지질시대는 지구상에서 공룡이 자취를 감춘 시기였다. 연구팀은 이 화석에서 바다 밑 바닥에 사는 단순 동물인 저생유공충 2종을 새로 발견했는데 이 동물들이 이 지역보다 북쪽에 있는 바다에서 발견된 한류 동물이라는 점을 확인했다. 이 연구에 참여한 이탈리아 우르비노 대학 시모네 갈레오토 박사는 K·T "경계 지질시대의 겨울을 증명하는 물증을 찾아낸 것은 이번이 처음이다.”라고 말했다.

악어와 공룡은 먼 친척관계이다

우리는 가끔 생김새 때문에 공룡의 잔존세력이 악어나 코모도 도마뱀이라고 생각하는데 연구에 의하면 공룡은 오히려 조류와 더 가까운 관계라고 한다. 과연 공룡은 왜 멸종한 것일까? 공룡의 멸종 이론 중에서 알의 부화 온도와 관계되었다는 것인데 오늘날 시사하는 바가 큰 이야기다. 알의 부화 온도가 공룡의 암컷과 수컷의 비율을 결정하는데 기후의 변화로 성비(性比)가 깨여져 공룡이 멸종했다는 주장이다. 실제로 악어와 몇몇 도마뱀, 거북이는 부화 중 알의 온도가 새끼의 성별을 결정한다. 예를 들어 미시시피 악어의 경우 30℃보다 낮은 온도에서 부화한 알은 모두 암컷이며 34℃ 이상에서는 모두 수컷이다. 만약 공룡도 그랬다면 기온이 몇 도씩 오르내리는 환경에서 암수 비율의 불균형으로 결국 멸종하게 되었을 것이라는 것이 그 주장이다. 그러나 고생대, 중생대, 신생대를 가르는 기준이 되는 것은 급격한 생물군의 변화이고 이 변화는 엄청난 종의 멸종과 교체를 가져온다고 한다.

하지만 지구과학적인 시간단위를 간과하고 있는 것이 사고의 오류이다. 고생대에서 중생대로 옮겨 갈 때 1년에 약 백여 종 정도가 멸종한다면 크게 보아 백만 년이면 1억 종의 생명들이 멸종을 거치게 된다는 집계가 나온다. 이것은 엄청난 대재난에 해당한다. 그러나 현재 과학자들의 추정에 의하면 앞으로 육속 전 생물종의 20%가 멸종하게 될 것이라고 하니 이것은 몇 십만 년을 두고 갈린 중생대 말기의 대변혁에 비해 비교가 안 되는 급변인 것이다. 즉 수천 만 년 뒤 다시 인류와 비슷한 지적인 존재가 지구의 역사를 연구한다면 공룡시대 이후 반짝하던 포유류의 시대가 갑자기 끝나버리는 이유에 대해 궁금해 할 것이다. 인간의 자연 파괴, 특히 지구온난화가 계속된다면 가장 먼저 그 영향을 받아 멸종하게 되는 후보가 양서류와 파충류가 될 것이다. 이렇게 본다면 악어가 눈물을 흘리는 모습에서 새로운 계시 내지 힌트를 접수함이 지당할 듯싶다는 시사가 이례적이다.

더욱이 1993년에는 공룡이 도마뱀처럼 냉혈동물이 아니라 온혈동물일 수 있다는 증거도 발견됐다. 미국 사우스다코타 주에서 나온 테스킬로사우루스 공룡의 가슴 부위에서 불그스레한 돌덩어리 하나가 발견된 것이다. 이 돌덩이를 CT 촬영으로 분석한 결과 공룡의 심장으로 밝혀졌고 형태도 사람이나 새와 같은 2심방 2심실인 것으로 드러났다. 도마뱀과 같은 파충류는 1심방 2심실 구조다. 그렇다면 하늘을 날지 못하는 육식공룡의 몸에서 원시깃털이나 깃털의 기능은 무엇일가? 이에 대해 학자들은 이 털이 공룡의 몸을 외부의 온도변화로부터 보호하는 역할을 했을 것이라는 주장을 하고 있다. 즉 육식공룡이 사람과 같은 온혈동물이기 때문에 사람의 옷처럼 털이나 깃털로 몸을 감쌌다는 것이다. 특히 공룡의 솜털인 원시깃털은 아주 좋은 절연체로 알려졌는데, 몸 가까이에 공기층을 형성해 피부가 차갑거나 더운 외부공기에 직접 닿는 것을 막아 몸의 체온을 유지하도록 했다고 한다. 따라서 하늘을 나는 새처럼 땅에 사는 공룡에게도 깃털이 필요했다는 것이다. 한편 알 모양을 보아도 공룡이 도마뱀보다 새에 가깝다는 것을 알 수 있다. 도마뱀이나 악어 등 파충류의 알은 동그랗다. 반면 공룡 알이나 새 알을 보면 크기만 다를 뿐 위아래로 길쭉한 타원형이다.

그리고 육식공룡과 새는 인간이 속한 영장류를 제외하면 모두 두발로 꼿꼿이 서서 걷는 유일한 동물이라는 점이다. 또한 새처럼 일부 육식공룡도 둥지를 만들고 알을 돌보는 것으로 화석 조사 결과 밝혀졌다. 트로오돈이라는 이 육식공룡은 키가 2m, 체중 50kg 정도 되는데, 땅에 지름 1m 크기의 흙 둥지를 만들고 여기에 알을 낳아 직접 손으로 흙 속에 절반을 박은 뒤 그 위에서 알을 품었다고 한다. 또한 새의 날개와 가슴을 이어주는 Y자형 뼈(차골)를 공룡도 갖고 있었다는 사실이 1991년 몽골 고비사막에서 발견된 육식공룡 벨로시랩터의 화석을 통해 증명됐다.

그 밖에도 육식공룡 중에는 닭이 모래집에 모래를 축적한 뒤 이를 이용해 먹이를 소화하는 것처럼 주먹만 한 모가 난 돌을 삼킨 뒤 먹이를 위에서 소화할 때 이 돌을 이용해서 잘게 부수기도 했다고 한다. 이렇듯이 공룡이 새에 가깝다는 여러 가지 이론들이 존재한다. 그러나 우리는 아직까지도 겉모습만 보고 공룡은 새보다는 도마뱀과 비슷하다고 말하는 사람이 있을 것이다.

전설에 의하면 용이 구름 속에서 학과 연애하여 봉황을 낳았다고 하고 땅에서 빈마(牝馬:암말)와 결합하여 기린을 낳았다고 한다. ≪설문≫(說文)에 의하면 "용은 비늘이 있는 동물의 우두머리이다. 능히 어둡거나 밝을 수 있고 가늘거나 커질 수 있으며 짧거나 길어질 수 있다. 춘분에 하늘에 오르고 추분에 연못에 잠긴다."하였고 ≪회남자≫(淮南子)에서는 "깃털과 털, 비늘과 딱딱한 껍데기를 가진 모든 것은 모두 용을 조상으로 하고 있다."고 밝혔다.

용의 종류 역시 다양하다. 비를 내리게 하는 능력을 가지고 있다는 응룡(應龍)이 있고, 빛이 붉고 양쪽에 뿔이 돋쳤다는 규룡(虯龍)이 있다. 또한 빛이 노랗고 뿔이 없는 이룡(螭龍)이 있고, 땅 위에 있어 아직 승천하지 못하고 있는 반룡(蟠龍)이 있다. 그 밖에 물을 좋아하는 청룡(靑龍), 불을 좋아하는 화룡(火龍), 싸우기를 좋아하는 석룡(石龍), 울기를 좋아하는 명룡(鳴龍)이 있다. 용에 관한 내용으로 특

별히 흥미를 끄는 것은 용생구자설(龍生九子說)이다. 명
(明)의 호승지(胡承之)라는 사람이 쓴 ≪진주선≫(眞珠船)
에 의하면 용에게 아홉 자식이 있다는 것이다. 먼저 비희라
는 용은 일명 패하(覇下)라고도 하는데 그 모양은 거북이를
닮았고 무거운 것을 지기 좋아한다. 돌비석 아래에 있는 귀
부가 이것이다. 이문이라는 용은 일명 조풍(嘲風)이라고도
한다. 모양은 짐승을 닮았으며 높은 곳에서 먼 곳을 바라보
기를 좋아한다.

# 투우사

투우란 사람이 사나운 소를 상대로 하여 펼치는 결사적인 투기이다. 투우용 소는 공격적인 성향을 갖고 있으며 주로 황소가 이용되는데 대개의 경우 투우사는 투우의 말미에 투우장 안에서 황소를 죽이게 된다. 투우사가 펼치는 특유의 장중하고 의례적인 몸짓이 관중의 눈길을 끄는 데 특히 스페인, 포르투갈, 남부 프랑스, 라틴아메리카 국가들에서 크게 성행하고 있다.

직업적 투우사인 토레로(torero)에는 주역인 마타도르(matador: 투우사)와 망토를 가지고 소를 흥분시키다가 장식 작살인 반데리야를 황소의 목이나 어깨에 꽂는 조역인 반데리예로(banderillero), 역시 보조역으로 말을 타고 창으로

소를 찌르는 피카도르(picador) 등이 포함된다. 일반적인 투우경기에서는 보통 6마리의 황소가 등장하는 데 2~3명의 반데리예로와 2~3명의 피카도르를 포함시켜 일단을 구성하고 있는 여러 마타도르가 서열에 따라 교대로 투우를 벌이게 된다.

포르투갈 투우(말을 타고 하는 소 씨름으로 황소를 죽이지 않음)에서 투우사는 말을 탄 주역인 카발레이로(cavaleiro)와 황소 주변을 걸어 다니며 황소를 흥분시켜서 관중을 즐겁게 해주는 조역인 포르카도(forcado)로 구성된다.

투우 경기는 고대 크레타 섬, 테살리아, 로마 제국에서도 흔히 행해졌으며 포에니 전쟁 이전에 켈트이베리아인들은 산림지역에 서식하는 야생 소 떼의 특성을 이용하여 야생 소 사냥을 일종의 경기로 개발하기도 했다. 바에티카(후에 스페인의 안달루시아 지방이 됨)에서 열린 투우 경기에서 투우사는 노련한 기술과 용맹성을 보여준 후에 도끼나 창을 이용하여 야생 소에게 치명적인 공격을 가했다.

그 후 투우의 인기가 점차 높아지면서 세비야, 코르도바, 톨레도, 타라고나메리다, 카디스 등지의 허물어져 가던 로마 시대의 원형극장이 개축되어 새롭게 단장되었다. 원형극장이 없던 곳에서는 도시 광장이나 옥외의 들판에서 투우 경기가 열렸는데 모든 투우장의 이름은 시의 광장 이름에서 유래했다.

1700년대 초 투우용 소 사육은 큰돈을 벌 수 있는 수지 맞는 사업이 되어 많은 황소 떼들이 특별히 공격적인 성향을 갖도록 사육되었다. 철도가 발명된 이래 투우장의 수도 크게 증가했다. 20세기 후반 스페인에는 크고 작은 투우장이 400개 정도나 되었는데 마드리드나 바르셀로나의 약 2만 명의 관중을 수용할 수 있는 대규모 투우장에서부터 약 1,500명을 수용할 수 있는 작은 마을의 투우장에 이르기까지 그 규모가 다양했다. 1945~46년의 투우 시즌에 처음 개장한 멕시코시의 투우장은 약 5만 명의 관중을 수용할 수 있다.

투우는 알과실레(alguacile)라고 하는 말을 탄 경찰관(16세기 복장을 하고 있음)이 조역 투우사들로 구성된 쿠아드리야를 이끌고 입장, 행진하면서 시작된다. 마타도르는 짧은 상의와 조끼, 무릎까지 오고 몸에 꼭 끼며 금, 은, 비단으로 장식된 바지, 장식이 달린 공단으로 만든 망토(입장행진 때만 입음), 레이스로 만든 셔츠웨이스트를 입고 산호색 스타킹에 굽이 없이 평평한 검정색 덧신을 신으며 검정색 세닐 실 뭉치로 만든 모자인 몬테라를 쓴다. 반데리예로도 마타도르와 비슷한 복장을 하지만 이들의 의상에는 금장식이 없다.

피카도르는 챙이 넓은 베이지색 모자를 쓰고 베이지색 상의에 크림색의 무거운 샤무아 가죽으로 만든 몸에 꼭 끼는 바지를 입으며 샤무아 가죽으로 안전하게 만든 앵글 부츠를 신는다.

투우장을 가로질러 행진이 끝나면 시장이나 그 밖의 공직자가 황소가 갇혀 있는 우리의 열쇠를 경찰관에게 던져준다. 처음 입장하게 될 황소와 투우를 벌이도록 되어 있는 쿠아드리야를 제외한 다른 쿠아드리야가 퇴장하면 해당 쿠아드리야의 투우사들은 각각 자기가 서야 할 위치로 가고 곧 우리의 문이 열린다.

황소가 나타나면 1명의 보조원이 그 황소의 사육장을 상징하는 깃발로 만든 비단 장미장식을 황소의 어깨에 붙들어 맨다. 1명의 반데리예로가 망토를 한 손으로 휘둘러 황소를 흥분시키면 마타도르는 황소가 취하는 공격 자세를 보고 그 소가 한쪽 뿔로 공격하기를 좋아하는지 또는 양쪽 뿔을 다 사용하여 공격할 것인지를 판단하고 그에 따라 예비를 해야 한다.

투우장에 입장한 마타도르는 대개 베로니카(verónica)라고 하는 기본동작을 취하는데, 발은 전혀 움직이지 않으면서 돌격해오는 황소를 향해 망토를 바깥쪽으로 천천히 휘두른다. 이때 마타도르는 가능한 한 황소의 뿔 가까이에서 우아하게 몸동작을 취해야 한다. 마타도르가 망토를 휘두르고 있는 가운데 피카도르의 입장을 알리는 나팔 소리가 울리게 되면 투우 경기를 구성하고 있는 피카도르의 창던지기,

반데리예로의 작살 꽂기, 마타도르의 칼로 찔러 죽이기 등 3단계의 주요부분 가운데 1단계인 피카도르의 창던지기가 시작된다.

3단계인 마타도르의 동작에는 황소와 마타도르가 정지된 자세에서 서로 공격하는 노련한 알 볼라피에(al volapié)를 비롯해 마타도르가 정지된 자세에서 돌진해오는 소를 공격하는 레시비엔도(recibiendo)가 있다. 마타도르는 황소를 찔러 죽인 후 관중들이 크게 환호할 때는 관중들의 갈채에 답하기 위해 자신의 반데리예로와 투우장을 한 바퀴 돌기도 한다. 마타도르가 훌륭한 경기를 펼쳤을 때는 관중들의 존경을 받는다는 상징으로 죽은 황소의 귀 한쪽을 받게 되며 보기 드물게 훌륭한 경기를 펼쳤을 때는 양쪽 귀를 다 받는다. 또한 모든 찬사를 받을 정도로 훌륭하고 완벽한 경기를 펼쳤을 때는 양쪽 귀와 꼬리를 받는다.

투우에 참가하는 투우사 역시 용감해야 한다. 투우사는 투우 경기에서 황소와 맞서는 경기자이다.

현대 투우사들이 구사하는 기술은 1914년에 고대의 투우 기술을 개혁했던 후안 벨몬테로부터 유래한다. 원래 투우의 가장 큰 목적은 소를 준비해서 찔러 죽이는 데 있었다. 체구가 작고 허약했던 안달루시아인인 벨몬테에 이르러 소를 죽이는 것보다는 소에 가까이 접근하고 붉은 천을 이용하여 소를 피하는 등의 우아한 동작을 펼치는 것이 투우의 주요기술로 강조되기 시작했다. 그에 따라 아슬아슬한 위험과 긴장이 투우의 중요한 볼거리로 등장했다. 벨몬테는 그때까지의 어느 누구보다도 황소의 뿔 가까이 접근했으며 삽시간에 선풍적인 인기를 끌었다.

투우 경기는 목숨을 내놓은 상황에서도 태연함을 유지하며 소를 능숙하게 피하는 투우사의 아슬아슬한 모습으로 관중들을 흥분시킨다. 관중들은 기술, 우아함, 용감성 등으로 투우사를 평가한다. 따라서 많은 사람들이 투우를 투우사와 소의 대결로 보기보다는 투우사와 그 자신의 싸움이라고 생각한다. 경기에 있어서 가장 중요한 점은 투우사가 소의 뿔에 얼마나 가까이 접근할 수 있는가 하는 점과 그가 관중들을 얼마나 즐겁게 해주는가 하는 점이다.

벨몬테의 친한 친구이며 맞수였던 호셀리토(호세 고메스)는 역사상 가장 위대한 투우사로 꼽힌다. 그는 1920년 투우장에서 죽었다. 거의 모든 투우사들이 정도의 차이는 있지만 매 시즌 적어도 1번은 부상을 당한다. 벨몬테도 50번 이상 부상당했다. 1700년 이래 대략 125명의 유명한 투우사 중에서 40명 이상이 투우장에서 죽었다. 이 수치는 보조 투우사인 반데리예로와 피카도르를 포함시키지 않은 것이다.

20세기의 가장 위대한 투우사로는 멕시코의 로돌포 가오나 아르미이타(페르민 에스피노사), 카를로스 아루사와 스

페인의 벨몬테, 호셀리토, 도밍고 오르테가, 마놀레테(마누
엘 로드리게스), 엘 코르도베스(마누엘 베니테스) 등을 꼽을
수 있다.

서로의 체온으로

선다싱이라는 사람이 네팔 지방의 한 산길을 걷고 있었다. 그날따라 눈보라 심하게 몰아치고 있었다. 멀리서 여행자 한 사람이 다가왔다. 방향이 같음을 확인한 그들은 동행자가 됐다.

살을 에는 추위와 거친 눈보라를 맞으며 인가를 찾기 위해 계속 발길을 움직였지만 인가는 보이지 않았다. 얼마쯤 걷다보니 웬 노인 한 사람이 눈 위에 쓰러져 있었다.

선다싱은 동행자에게 "우리 이 사람을 같이 데리고 갑시다. 그냥 두면 죽고 말겁니다." 하고 제의했다.

그러자 동행자는 버럭 화를 냈다. "무슨 말입니까? 우리도 죽을지 모르는 판국에 저런 노인네까지 끌고 가다가는 우리 모두 다 죽게 될 거요.”

사실 그렇긴 했지만 선다싱은 불쌍한 노인을 그냥 둘 수는 없다고 생각했다. 그는 노인을 업고 눈보라 속을 한걸음 한걸음씩 걷기 시작했다. 앞서서 가버린 동행자의 모습은 보이지 않았다. 노인을 등에 업은 선다싱은 갈수록 힘이 들었다. 하지만 끝까지 참고 목적지를 향해 나아갔다. 선다싱의 몸은 땀으로 젖었다.

선다싱의 몸에서 더운 기운이 확확 발산되어서인지 차츰 등에 업힌 노인이 의식을 회복하기 시작했다. 두 사람은 서로의 체온으로 조금도 춥지 않았다. 마침내 그들은 마을에 이르렀다.

선다싱의 눈에는 마을 입구에 한 사내가 꽁꽁 언 채로 쓰러져 있는 것이 보였다. 시체를 살펴본 그는 놀라지 않을 수 없었다. 그는 바로 자기 혼자 살겠다고 앞서가던 그 동행자였기 때문이다.

조선과 일본의 기생

::게이샤

오늘날 게이샤는 그 수가 크게 줄어 교토에도 이제는 겨우 수십 명 정도 밖에 없다. 그 이유는 게이샤를 하겠다고 나서는 여성이 없기 때문이다.

게다가 게이샤가 되려면 게이샤 학교에서 미야코 오도리(벚꽃 춤)와 같은 전통 춤에서부터 노래, 샤미센(3줄짜리 현악기인 일본 전통악기) 치는 훈련을 최소한 5년은 배워야 하고 다도로부터 꽃꽂이, 고대 일본 도자기, 심지어는 세계의 정치까지도 공부해야 하는 등 그 과정이 매우 어렵기 때문에 쉽게 덤벼들지 못한다.

본래 게이샤의 교육은 만 6세 6개월 6일째 되는 날부터 시작해서 만 16세가 되어야 끝이 난다.

이 10년 동안 그녀들은 은퇴한 게이샤가 운영하는 오키야(게이샤의 집)에서 숙식을 한다. 그녀들은 거기서 은퇴한 게이샤를 어머니라 부르면서 교육을 받는다.

그동안 텔레비전을 보아서도 안 되고 친구를 불러서도 안 되며 남자친구와는 만날 수 없고 선배에게는 무조건 복종해야 하는 등 엄격한 규율 속에서 지내게 된다.

게다가 게이샤의 머리 스타일을 유지하기 위해 높은 베개로 목을 받치고 자며 나이팅게일의 분비물로 만든 분으로 목덜미를 하얗게 칠하는데 이것은 때때로 납중독을 일으키기도 할 정도로 위험하다.

이런 험난한 10년의 과정이 끝나면 드디어 게이샤 즉 재능 있는 사람이 되는 것이다.

게이샤가 되면 마침내 술자리에 나가게 된다. 그녀들은 고객들에게 최고의 전통음악과 춤, 맛좋은 음식과 술, 재치 있고 세련된 대화로 분위기를 즐겁고 우아하게 이끈다.

만 20세가 되면 게이샤는 자신의 연인을 마음대로 선택할 수 있게 된다. 이를테면 도나산(남 주인)을 선택하는 것인데 도나산은 대개 재벌이거나 정치가들이다. 물론 그들은 유부남이고 게이샤에게 매월 수백만 원에서 수천만 원까지의 경제적 지원을 해주고 대신 필요할 때마다 그녀들을 만나 성관계를 갖는다.

도나산과 게이샤가 연인이 되는 방식도 특이하다. 서로 마음이 맞아 결합하게 되는 의식을 '미주아게'라고 하는데 그 미주아게는 7일 동안 계속된다. 게이샤와 도나산은 첫날 밤, 날달걀 세 개가 있는 침실에 든다. 도나산은 그 달걀을 깨서 노른자는 자신이 먹고 흰자위는 게이샤의 허벅지에 발라준다. 그런 후 성관계를 갖게 되는데 이것을 무려 7일간 계속하는 것이다.

이렇게 게이샤가 되기까지 엄청나게 힘든 과정을 겪고 결과적으로는 유부남의 첩으로 일생을 끝내야 하기 때문에 결코 행복한 삶이라고 볼 수 없다.

그럼에도 불구하고 일본인들은 게이샤를 존경한다. 그러나 그것은 남이 게이샤일 때의 이야기이고 자신의 딸이 게이샤가 되려고 하면 극력 반대한다.

세상의 어떤 부모가 술자리에서 술 따르고 춤추다가 종래에는 남의 첩살이나 하는 것을 좋아하겠는가? 그러니 게이샤의 수가 나날이 줄어드는 것은 당연한 일이다.

이 게이샤가 한때 매스컴의 집중 조명을 받은 때가 있었다. 1989년 일본의 수상 우노와 게이샤와의 스캔들이 그것이었다.

평생을 우노의 정부(情婦)로 살아온 게이샤가 어느 날 우노가 자신을 등한시하자 매스컴에 우노와 자신이 내연의 관계임을 폭로해 버린 것이다. 이 사건으로 우노는 수상 직을 사임했다.

정치가와 여자와의 스캔들은 종종 있는 일이고 또 그것은 주간지에 흥밋거리로 등장하다가 대개는 흐지부지되게 마련인데 이번 사건은 달랐다. 상대가 보통 평범한 일반 여성이 아니라 게이샤였기 때문이다. 일반인들에게 게이샤는 신비스러운 세계에서 사는 사람이다.

그래서 그들은 게이샤의 세계에 호기심을 잔뜩 갖고 있고 또 게이샤만이 갖고 있는 어떤 품위, 품격 같은 것에 외경심을 갖고 있는 터라 이 사건은 일본 국민의 대대적인 관심을 끌었고 게이샤를 무참하게 버린 정치가의 비인간성에 대해 일본 국민의 여론은 분개했다.

:: 조선의 기생

기생이란 춤, 노래 또는 풍류로 주연석(酒宴席)이나 유흥장에서 흥을 돋우는 일을 직업으로 삼는 관기(官妓), 민기(民妓), 약방기생, 상방기생 등 예기(藝妓)의 총칭이다.

그 원류(源流)는 신라 24대 진흥왕 때에 여무적(女巫的) 직능의 유녀화(遊女化)에 따른 화랑의 원화(源花)에서 발생하였다고도 하고 정약용(丁若鏞)과 이익(李瀷)은 고려시대부터 생겼다 하여 "백제 유기장(柳器匠)의 후예인 양수척

(楊水尺)이 수초(水草)를 따라 유랑하매 고려의 이의민(李義旼)이 남자는 노(奴)를 삼고 여자는 기적(妓籍)을 만들어 기(妓)를 만드니 이것이 기생의 시초"라 주장하고 있다.

이 밖에도 전쟁포로 중 부녀자의 노비화, 사노비(私奴婢)의 매음여화(賣淫女化), 신라시대의 가척(歌尺) 및 여악(女樂) 제자의 유여화(遊女化) 등의 실례를 추정할 수 있다. 고려 문종 때에는 팔관연등회(八關燃燈會)에 여악(女樂)을 베푼 것이 관기(官妓)의 시초라고도 하며 여악은 후에 창기희(唱技戲)로 발전하여 조선시대에 들어와 많은 관기가 생겨 태조가 개경(開京)에서 서울로 천도할 때 많은 관기가 따라갔다고 한다.

조선시대의 관기 설치 목적은 주로 여악(女樂)과 의침(醫針)에 있었으며, 따라서 관기는 의녀(醫女)로서도 행세하여 약방기생 또는 상방(尙房)에서 침선(針線)도 담당하여 상방기생이란 이름까지 생겼으나 주로 연회나 행사 때 노래와 춤을 맡아 하였고 거문고, 가야금 등의 악기도 능숙하게 다루었다.

관기는 지방관아에도 딸려 지방관의 위락(慰樂)의 대상이 되기도 하였다. 역대의 왕이나 왕족으로 기생을 즐긴 사례는 성종(成宗), 수양대군, 연산군, 양녕대군(讓寧大君), 안평대군(安平大君) 등을 꼽을 수 있다.

이들 기녀들의 가무(歌舞)에 있어 지방적 특색으로는 안

동기(安東妓)의 송대학지도(誦大學之道), 함흥기(咸興妓)의 송출사표(誦出師表), 관동기(關東妓)의 창관동별곡(唱關東別曲), 의주기(義州妓)의 치마무검(馳馬舞劍), 제주기(濟州妓)의 주마지기(走馬之技), 평양기(平壤妓)의 창관산융마시(唱關山戎馬詩), 북청기(北青妓)의 치마지기(馳馬之技), 영흥기(永興妓)의 창용비어천가(唱龍飛御天敬) 등이 특히 유명하였다.

중종 때는 사회 풍기에 관해서 여러 가지 규제를 하는 가운데 의녀(醫女), 창기(娼妓)의 연회 참여를 금지시킨 일이 있는데 1510년 중종은 크고 작고 간에 연회를 할 때 의녀나 창기를 부르는 것을 엄금하도록 사헌부(司憲府)에 명령하고 절목(節目)을 만들도록 하여 위반자는 물론 의녀나 창기도 중벌로 다스리도록 하였다. 그러나 이러한 왕명이 얼마나 잘 지켜졌는지는 의문이다.

기생을 관장하는 기관으로는 기생청이 있었다. 여기서는 가무(歌舞) 등 기생이 갖추어야 할 기본 기예는 물론 행의(行儀), 시(詩), 서화(書畵) 등을 가르쳐 그들이 접대하는 상류 사족(士族)의 교양과 걸맞게 연마시켰다. 기생청은 후에 권번(券番)으로 개칭되어 기생청의 기능을 맡았거니와 서울과 평양에는 기생학교가 있어 15세에서 20세까지의 처녀를 입학시켜 가음곡 외에 예의, 서예 등을 가르쳐 예능과 교양을 겸비하도록 하였다.

기생의 배출지로 이름났던 곳으로는 서울, 평양, 성천(成川), 해주(海州), 강계(江界), 함흥, 진주, 전주, 경주 등이었다. 또한 시(詩) 등 문장으로 유명한 명기(名妓)로는 황진이(黃眞伊), 매창(梅窓), 소백주(小柏舟) 등 인물이 있으며 의기(義妓)로 유명하기는 평양의 계월향(桂月香), 진주의 논개(論介), 가산(嘉山)의 홍련(紅蓮) 등 가인이 있다.

기생제도는 조선시대에 발전하여 자리를 굳히게 되어 기생이라 하면 일반적으로는 조선시대의 기생을 지칭하게 되며 사회계급으로는 천민에 속하지만 시와 서에 능한 교양인으로서 대접 받는 등 특이한 존재였다.

사전적인 의미로 보자면 기녀(妓女)란 명칭은 크게 나누어 두 가지 의미로 쓰이었다. 이제 다시 그 종류를 통합적으로 귀납하면 아래와 같다.

첫째는 연회에서 노래하고 춤을 추어 여흥을 돋우는 가기(歌妓) 혹은 무기(舞妓)의 개념으로 쓰인다. 가무기(歌舞妓)는 여기(女妓), 여악(女樂), 예기(藝妓), 성기(聲妓), 해어화(解語花) 등의 명칭으로 불리기도 한다. 이들은 음악(音樂), 무용(舞踊), 문학(文學) 등 다방면의 교양을 두루 갖춘 예능(藝能) 종사자였다.

둘째는 매음(賣淫)을 업으로 삼는 창기(娼妓)의 뜻으로 쓰이기도 한다. 창기(娼妓)는 창부(娼婦), 창녀(娼女) 등의 명칭으로도 따로 불린다. 이 외 기생의 동의어는 다음과 같

은 낱말이 있다. 즉 노는계집, 논다니, 외대머리, 기녀(妓
女), 예기(藝妓), 가기(歌妓), 청상(靑裳), 창기(娼妓), 색주가
(色酒家), 노류장화(路柳墻花), 유녀(遊女), 화류(花柳), 화가
유항(花街柳巷), 명화(名花), 성기(聲妓), 해어화(解語花), 창
부(娼婦), 창녀(娼女) 등이다.

기생(妓生)이라는 명칭이 물론 아직까지 널리 쓰이어 오
는 명사이다. 그런데 이는 중국문헌에서는 발견되지 않는
우리식 한자어라는 것이다. 기생(妓生)이라는 말은 중국에
서는 전혀 쓰이지 않던 우리식 한자어이다. '기'(妓) 자에
'생'(生)이 결합된 말이지만 그 어원을 고증하기는 어렵다.
다만 남성 세계에 '서생'(書生)이 있듯 여성 세계에는 기생
(妓生)이 있었던 것이라고 주장하는 설도 없지 않다. 심지
어 그 의미가 자못 고상하게 들린다고 역설하는 목소리들
도 가끔 들린다. 우리 선조들의 기녀(妓女)에 대한 태도를
엿보게 해주는 말이다.

여기(女妓)라는 어휘는 기녀(妓女)와 거의 동일한 뜻을
지녔지만 보편적으로 사용되는 말이 아니어서 기녀(妓女)라
는 어휘의 대표성에 미치지 못하는 듯하다. 가기(歌妓), 무
기(舞妓), 여악(女樂), 예기(藝妓), 성기(聲妓) 등의 어휘는
기녀(妓女)의 전문 예능인으로서의 성격을 웅변하는 개념이
다. 노랫소리가 듣는 이의 심금을 울리면 가기(歌妓) 혹은
성기(聲妓)로 칭송을 받고 춤사위가 아름다우면 무기(舞妓)

로 칭송을 받고 가무(歌舞)에 두루 능통하면 여악(女樂) 또는 예기(藝妓)로 칭송을 받았다. 그러나 이러한 어휘들은 기녀(妓女)의 기능적 성격만을 지나치게 강조한 개념이다. 기녀(妓女) 가운데 가기(歌妓)도 있고 성기(聲妓)도 있고 무기(舞妓)도 있고 여악(女樂)도 있고 예기(藝妓)도 있는 것이다. 이 개념들을 통칭하는 어휘로는 기녀(妓女)가 적절한 것으로 보인다.

해어화(解語花)란 말은 자못 운치가 있다. 해어화(解語花)란 '말을 알아듣는 꽃'으로 후에는 미인(美人)을 뜻하는 의미로도 쓰였다. 따뜻한 초여름의 어느 날이었다고 한다. 당나라의 수도 장안(長安)의 태액지(太液池)란 연못에 연꽃이 눈이 부실 정도로 아름다웠다. 현종(玄宗)과 양귀비(楊貴妃)의 행렬이 연꽃을 감상하기 위해 이 연못에 이르렀다. 그러나 현종의 눈에는 그 어느 것도 옆에 앉아 있는 양귀비보다 더 아름다울 수는 없었다. 그래서 주위의 궁녀를 돌아보면서 '여기 있는 연꽃도 해어화(解語花)보다는 아름답지 않구나.'라고 하였다고 한다. 원래 해어화(解語花)란 천하절색 양귀비를 두고 한 말이었던 것이다. 조선시대 선비들은 그들의 시와 풍류를 알아듣는다 하여 기녀(妓女)들을 해어화(解語花)라고 하였다. 그러나 선비들과 더불어 시문(詩文)을 수창할 수 있는 문학적 재주를 지녔다고 하더라도 양귀비와 같은 절색의 기녀(妓女)가 아니라면 해어화(解語

花)의 칭송을 들을 수가 없겠다.

　창기(娼妓), 창부(娼婦), 창녀(娼女) 등의 어휘에는 예능 종사자로서의 개념이 중심을 이루는 기녀(妓女)란 의미 외에 몸을 파는 여자라는 부정적 의미가 내포되어 있는 것이 사실이다. 관기(官妓)란 말은 있어도 '관창'(官娼)이란 말은 없는 데서 보듯 창기(娼妓)는 민간에서 사사로이 운영하는 창가(娼家)에 소속된 사기(私妓)이다. 창가(娼家)란 영리를 목적으로 하는 곳인지라 경우에 따라서는 매춘(賣春)도 성행하였을 것이 당연하였던 것이다. 현대 사회에서도 창녀(娼女)란 말은 통용되고 있으며 이 어휘는 기녀(妓女)의 개념이 완전히 거세된 채 오로지 매춘녀(賣春女)란 의미로 고정되고 말았다. 물론 창기(娼妓) 출신 중에서도 황진이(黃眞伊)나 계랑(桂娘) 같은 명기(名妓)가 무수히 배출되었다. 그러나 그녀들은 일반적인 창기(娼妓)와는 격을 달리하는 예기(藝妓)들이었다. 그녀들의 전문 예능인으로서의 성격에 훼손이 없으려면 역시 기녀(妓女)라는 보다 보편적인 명칭을 붙여주는 것이 제격일 것이다.

　기생(妓生)은 창기(娼妓)보다는 가무기(歌舞妓)의 의미가 훨씬 강하게 내포된 개념이다. 구한말에 이르러서는 기녀(妓女)의 수가 폭증하면서 그 등급을 일패(一牌), 이패(二牌), 삼패(三牌)로 구분하였는데 이 중 일패(一牌)는 기생(妓生)이라 불렸고 이패(二牌)는 은근자(殷勤者), 삼패(三牌)

는 탑앙모리(搭仰謀利)라 불렸다. 은근자(殷勤者)란 남들 몰래 매춘(賣春)을 하는 부류로, 탑앙모리(搭仰謀利)는 매춘 자체만을 업으로 삼는 부류를 일컫는 말이었다. 기녀(妓女)의 숫자가 증가하면서 다양한 가무(歌舞)를 배워 예능인으로 인정받던 기생(妓生)에서 은근자(殷勤者)와 탑앙모리(搭仰謀利)가 분화되어 나왔던 것이다.

기녀(妓女)는 관청에 소속된 관기(官妓)와 창가(娼家)에 소속된 사기(私妓)로 분류되기도 한다. 조선시대의 기녀(妓女)란 원칙적으로 관기(官妓)만을 가리키는 것이었다. 그러나 기녀(妓女) 중에는 관기(官妓) 외에 창가(娼家)에 소속된 사기(私妓)도 많았다. 창가(娼家)에서 직접 가무(歌舞)를 가르쳐 기르거나 또는 관기(官妓)로 거두어들인 경우이다.

기녀(妓女)란 본래 가무(歌舞)의 기예를 배워 익혀 나라에서 필요할 때에 봉사하던 여인을 일컫는 말로 원칙적으로는 관기(官妓)를 가리키는 것이다. 따라서 제도적으로 관청에 소속되었으며 신분상으로는 천인에 속했다. 조선시대의 경우 관원(官員)은 관기(官妓)를 간(奸)할 수 없다는 규정이 경국대전(經國大典)에 실려 있었으나 실재로는 관기(官妓)들이 지방의 수령(守令)이나 막료(幕僚)들의 수청(守廳)을 들기도 하였다.

관기(官妓) 제도는 조선조 말까지 존속되었으며 그 소생의 딸은 수모법(隨母法)에 따라 어머니의 신역(身役)을 계승하도록 되어 있었다. 기녀(妓女)의 활동기간은 15세부터 50세인데 어린 기녀를 동기(童妓), 나이 든 기녀를 노기(老妓), 노기보다 나이가 많아 퇴역한 기녀를 퇴기(退妓)라고 불렀다.

관기(官妓)는 또 경기(京妓)와 지방기(地方妓)로 나뉘어졌으며 지방기(地方妓) 중에서도 자색이 뛰어나고 재주가 있으면 경기(京妓)로 뽑히곤 하였다. 경기(京妓) 중에는 약방기생(藥房妓生)이니 상방기생(尙房妓生)이니 하는 것도 있다. 조선시대에 관기(官妓)를 둔 목적이 주로 여악(女樂)과 의침(醫針)에 있었으며 따라서 관기는 의녀(醫女)로서도 활동하여 약방기생(藥房妓生)이라 하였고 상방(尙房)에서 침구(鍼灸)나 재봉(裁縫)의 역할도 담당하여 상방기생(尙房妓生)이란 이름이 생겼다. 그러나 약방기생(藥房妓生)이나 상방기생(尙房妓生)은 본연의 업무 외에도 각종 연회에서 가무(歌舞)를 맡기도 하였다.

조선시대의 기녀(妓女)는 비록 최하층 천민(賤民)의 신세였지만 가무(歌舞)와 시서(詩書)에도 능한 교양인이 많았다. 경기(京妓)의 경우 보통 15세가 되어 기적(妓籍)에 오른 뒤 장악원(掌樂院)에 소속되어 기녀(妓女)로서의 소양을 학습한다. 교육과목은 가무(歌舞), 서화, 대화법, 식사예절 등 타인을 대하거나 즐겁게 할 때 필요한 것이었다.

특히 이들이 상대하는 부류가 왕족(王族)을 포함하여 학문적 수준이 매우 높은 사대부(士大夫)들이였으므로 예의 범절은 물론 시문(詩文)에도 능해야 했다. 조선시대의 기녀 중에서는 관기(官妓)뿐만 아니라 일반 창가(娼家)에 속한 사기(私妓) 중에서도 명기(名妓)가 수없이 배출되었다. 송도(松都)의 창기(娼妓) 황진이(黃眞伊)나 부안(扶安)의 창기(娼妓) 계랑(桂娘)이 모두 그러한 대표적인 실제적인 인물들이다.

칵테일의 어원

칵테일은 몇 가지 양주(洋酒)를 적당히 섞고 향료, 설탕 등과 함께 얼음을 넣어 혼합한 일종의 혼합주이다. 마시는 사람의 기호에 따라 배합을 달리해 독특한 맛과 빛깔을 낼 수 있다.

칵테일은 직역하면 '수탉꼬리'가 된다.

1795년 미국의 뉴올리언스에 이주해 온 A. A. 페쇼가 달걀노른자를 넣은 음료를 만들고 프랑스어로 'Coquetier'라고 한 데서 비롯되었었다는 설도 있고 Cocktail(수탉꼬리)와 술의 유래를 연관 짓는 몇 가지 설도 있으나 결정적인 것은 아직 미지수이다. 확실한 것은 칵테일은 미국에서 유행했으며 미국에 금주령이 내려진 이후 실직한 바텐더들이 유럽에 건너가 칵테일 기술을 유럽에 전파했다는 사실이다. 유럽에서는 한동안 특수층에서만 애음되었으나 제1차 세계 대전 이후 일반화되었다.

칵테일의 기주(基酒)에는 양조주, 증류주, 혼성주, 발포주(發泡酒) 등이 있다. 양조주에는 포도주, 맥주, 청주, 과실주가 있고 증류주에는 위스키, 브랜디, 진, 보드카, 럼, 소주가 있으며 혼성주에는 리큐르, 베르무트, 발포주에는 샴페인과 스파클링 와인이 있다. 또 기주 외에 소량의 비터스(Bitters: 苦味酒)를 넣어 칵테일의 풍미를 돋우고 건위와 강장을 도우며, 술의 희석에 이용하기도 한다. 생수와 얼음은 필수품이며 부재료로는 밀크, 크림, 달걀, 설탕 등이 이용되고 감미제로는 각종 시럽이 쓰인다.

칵테일의 유래는 정확하지 않으므로 여러 가지 설이 있다.

옛날에 멕시코 유카탄 반도 어느 항구에 영국배가 입항하였다. 상륙한 선원들이 어느 술집에 들어갔는데 카운터 안에서 소년이 껍질을 벗긴 예쁜 나뭇가지로 드락스(Drace)라고 하는 원주민의 혼합음료를 만들고 있었다. 당시 영국 사람들은 스트레이트로만 마셨기 때문에 이 광경이 신기하게 보였다.

한 선원이 '그게 뭐지?'라고 물었다. 선원은 술을 물었는데 소년은 예쁜 나뭇가지를 물어보는 줄 알고 나뭇가지가 닭 꼬리처럼 생겼으므로 '꼴라 데 갈료'(Cola de gallo)라고

대답했다. 이 말은 스페인어로 수탉꼬리를 의미한다. 이것을 영어로 바꿔서 칵테일이라고 부르게 된 것이다.

옛날 스페인군이 뉴멕시코 지방을 정복했을 때 그 지방에는 아스텍구족이 살고 있었으며 칵테일이란 그들이 사용하는 언어의 하나였다고 한다. 아스텍구족 이전에 7 – 11세기 전 그 지방에는 돌텍크족이 지배하고 있었다. 그 귀족의 하나가 진귀한 혼합주를 만들어 어여쁜 자기의 딸 '콕돌'과 함께 바치자 왕은 크게 기뻐하며 즉시 그 혼합주를 그 귀족의 딸 이름을 붙여 '콕돌'이라 이름을 지었다. 그 후부터는 그러한 혼합주의 이름이 아스텍구족의 언어의 하나로 전해졌다고 한다.

미국의 독립전쟁 당시 버지니아 기병대의 '패트릭 후라나간'이라는 한 아일랜드인이 기병대에 입대하였다. 그 사람은 입대한지 얼마 되지 않아 뜻밖의 전사를 하게 되었다. 그러나 신혼의 '베티'라는 여인은 남편을 잊지 못하고 곧 부대에 종군할 것을 희망, 1779년 동부대가 뉴욕근교에 이동했을 때 주보를 담당하였다.

그 여인은 'Bracer'라고 하는 혼합주를 만들고 그것을 대원들에게 마시게 했는데 군인들에게 인기가 좋았다.

어느 날 그녀는 반미 영국인 지주의 닭을 훔쳐 와서 장교들을 위로하였다. 장교들은 닭의 꼬리로 장식된 Bracer를 밤새 마시며 춤을 추고 즐겼다. 그런데 만취되어 있던 어느 한 장교가 닭의 꼬리로 장식된 그 Bracer를 보고 '야 그 콕스 테일 멋지다!'라고 말하자 역시 술에 취한 다른 장교가 '응 정말 멋있는 술이야!'라고 해서 그 후부터 혼합된 Bracer를 칵테일이라고 했던 것이 다른 혼합주도 칵테일로 부르게 되었다고 하기도 한다.

미국의 유명한 술의 고장 '켄터키'에서는 투계가 유행되었다. 이때 돈을 걸고 싸움을 시키던 한 사람이 돈을 잃게 되자 화가 난 끝에 마시던 여러 종류의 술을 섞어 마시며 그 싸움에 진 닭의 꼬리를 빼어 술잔에 넣었다.

그때 옆에 있던 사람들이 '콕 스테일' 하며 크게 웃었다. 그것을 보았던 주위 사람들이 모든 술을 섞은 다음 닭의 꼬리를 장식하고, 투계의 싸움이 희비를 나누었다 한다.

세상의 칵테일 유래가 십인십색이나 모든 칵테일은 크게 롱 드링크와 쇼트 드링크로 나뉜다는 것은 통일된 공식사항이다. 롱 드링크는 비교적 천천히 오랫동안 마시는 것으로 텀블러(Tumbler), 고블렛(Goblet) 등의 큰 잔을 사용하며 탄산수, 물, 얼음 등을 섞어 만든다. 진 피즈, 하이볼, 위스키 샤워, 보스턴 쿨러, 럼 줄렙, 클라렛 코블러(Cobbler), 데이지, 싱카포르 슬링, 에그노그, 펀치 등이 이에 속한다. 쇼트 드링크는 60㎖ 정도의 적은 양을 단시간에 마시는 것으로 작은 칵테일 잔을 이용한다. 쇼트 드링크에는 맨해튼, 올드 패션드, 알렉산더, 사이드 카, 스크루드라이버, 다이커리(Daiquiri), 푸스 카페(Pousse café) 넘버원, 엔젤 키스, 베네딕틴 프라페 등이 있다.

칵테일의 종류를 구분하는 규칙이 따로 있다.

칵테일은 마시는 때와 장소에 따라 다음과 같이 나뉜다.

① 애피타이저(Appetizer) 칵테일: 식욕증진을 위해 식사 전에 마시는 칵테일로 맨해튼, 마티니 등이 있다.

② 크랩(crab) 칵테일: 정찬의 오르되브르(Hor d'oeuvre: 전채)나 수프 대신 나오는 것으로 자양이 풍부한 먹는 칵테일이다. 어패류와 채소에 칵테일소스를 얹은 것으로 로열 클로버, 버뮤다로즈 칵테일 등이 있다.

③ 비포 디너 칵테일: 식사 전의 칵테일로 마티니, 미디엄 칵테일 등이 있다.

④ 애프터 디너 칵테일: 식사 후의 칵테일로 단맛이 강하고 음식물의 소화를 촉진한다. 브랜디 칵테일, 알렉산더 칵테일 등이 있다.

⑤ 서퍼(Supper) 칵테일: 만찬 때 마시는 쓴 칵테일로 압생트(Absinthe) 등이 있다.

⑥ 나이트캡(Nightcap) 칵테일: 취침을 돕기 위해 자기 전에 마시는 칵테일로 쿠앵트로(Cointreau) 브랜디 에그노그 등이 있다.

⑦ 샴페인 칵테일: 축연(祝宴)이나 연회석상에 나오는 칵

테일이다.

칵테일에 사용되는 기구 역시 전문화된 필수품이다.
칵테일의 기구에는 다음과 같은 것들이 있다.

① 셰이커(Shaker: 진탕기): 양주에 과즙, 설탕 등을 섞고 빠르게 흔드는 기구로 얼음을 급히 냉각시킨다.

② 믹싱 글라스(Mixing glass: 혼합 유리잔): 셰이커로 흔든 술이 맛이 변하는 것을 방지한다.

③ 스트레이너(Strainer: 여과기): 칵테일을 유리잔에 옮길 때 믹싱 글라스에 걸쳐서 얼음이 쏟아지지 않도록 하는 기구이다.

④ 바스푼(Barspoon): 티스푼과 같은 것으로 칵테일의 내용물을 측정할 때 사용하는 기구이다.

⑤ 스퀴저(Squeezer): 과일을 짜서 주스를 만드는 기구이다.

⑥ 메저 컵(Measure cup: 계량컵): 지거 글라스(Jigger glass)라고도 하며 술의 양을 측정하는 기구이다.

⑦ 비터스 보틀(Bitters bottle): 비터스를 보존하는 유리병이다.

⑧ 아이스 픽(Ice pick): 얼음을 깨는 끌이다.

칵테일 전문용어 역시 칵테일을 제대로 인식하는 입문 열쇠라고 할 수 있다.

칵테일 용어에는 다음과 같은 것들이 있다.

① 베이스(Base): 기주 칵테일을 조합할 때 기본이 되는 양주이다.

② 체이서(Chaser): 알코올 성분이 높은 술을 스트레이트로 마신 후 입가심으로 마시는 냉수, 소다수, 토닉워터 등이다.

③ 드롭, 대시, 티스푼: 첨가물의 양을 나타내는 말로 1드롭은 1방울, 1대시는 6드롭스, 1티스푼은 1바스푼이다.

④ 플로트(Float): 증류주, 와인, 크림 등을 비중을 이용해 바스푼으로 칵테일을 위에 띄우는 것이다.

⑤ 필(Peel): 레몬이나 오렌지 등의 껍질을 벗겨서 잔 위에 놓아 향을 내는 것이다.

⑥ 셰이크(Shake): 진탕기에 양주, 설탕, 시럽 등을 얼음덩어리 3~4개와 함께 넣고 빠르게 흔들어 혼합하고 냉각하는 것이다.

⑦ 싱글(Single): 술의 양을 표시하는 단위로 1잔 분이 30㎖이며 더블은 그 배이다.

⑧ 슬라이스(Slice): 과일을 얇게 자른 것이다.

⑨ 스노 스타일(Snow style): 잔의 가장자리를 레몬즙으로 적시고 그 위에 설탕을 뿌려 눈처럼 보이게 한 것이다.

⑩ 스퀴즈(Squeeze): 스퀴저를 사용해 과실의 즙을 짜는 것이다.

⑪ 스터(Stir): 바스푼으로 술을 휘저어서 혼합하고 냉각하는 일이다.

⑫ 프라페(Frappé): 잔에 얼음조각을 가득 넣고 그 위에 단술(甘酒)을 넣은 것으로 컷 스트로(Cut straw)로 마신다.

알고 보니 칵테일의 유래나 그 어원에는 전설이 깃들어 있다. 칵테일 문화가 대중에게 가일층 보급되는 와중에 그 의미와 각 민족의 문화를 알 수 있다.

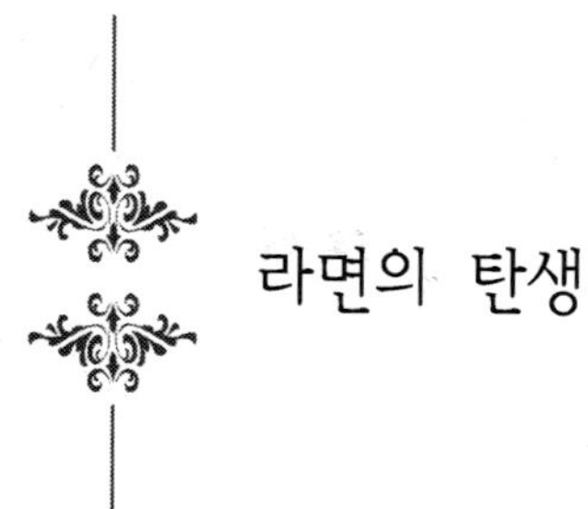

라면의 탄생

라면을 발명한 사람은 누구일까?

이를 두고 사학계의 질의반문이 뒤따른다. 여기에는 크게 두 가지 설이 있다. 중국과 일본이 라면 종주국이라는 견해들이다. 그렇다면 라면의 종주국은 어느 나라일까?

청조의 유명한 서화가이며 한때 양주 지부(知府)의 벼슬을 지낸 이병수가 라면을 발명했다는 지배설은 이미 제기된 지 오랜 일화이다. 복건성 태생인 이병수는 시인, 묵객들과 주연을 베풀고 화답하기를 즐겼기에 그의 집은 늘 손님들로 가득 찼었다. 주연이 잦아 주방 요리사가 미처 음식을 마련하기 어려울 정도였다.

부득이한 상황에서 이병수가 좋은 방법을 고안했다. 밀

가루와 계란을 같이 반죽해 국수를 만들고 삶은 국수덩어리를 건조시킨 다음 이를 기름에 튀겨 보관해 두었다가 손님이 오면 건조국수를 그릇에 담아 뜨거운 물을 부은 다음 양념을 곁들여 넣어 대접했다. 이 국수가 소문나자 사람들은 너도나도 모방하기 시작했다. 나중에 이병수가 발명한 즉석국수를 이면(伊面)이라고 했다. 오늘날에도 일부 국수 생산업체들이 현대적 방법으로 라면을 여전히 '이면'이라고 부르는 것도 여기에 비롯된 소치이렷다.

한편, 라면 창시자를 일본인으로 보는 주장도 꽤 거센 편이다. 안도 일본 닛신식품 회장이 그 장본인이다.

2006년 4월이다. 90대 중반을 넘긴 노인이 정어리 같은 등푸른생선을 뼈까지 아삭아삭 씹어 먹는다. 1년에 100번 넘게 골프 라운딩을 즐긴다. 매일 한 끼는 국 대신 컵라면을 먹는다. 이는 실제 있는 일이다. 주인공은 인스턴트 라면의 창시자인 안도 모모후쿠(安藤百福) 일본 닛신(日淸)식품 회장이다. 1910년생이다. 그는 연간 2조 5,000억 원 매출의 일본 1위 라면업체의 현역 CEO로 근무 중인데 아직도 오사카(大阪) 본사에 가장 먼저 출근해 신제품 개발까지도 직접 챙긴다.

세계라면협회(IRMA) 회장도 맡고 있는 안도 회장이다. 그는 도처에서 라면 찬가를 부른다. "보통 사람이라면 저는 이미 이 세상 사람이 아니겠죠. 라면이 해롭다는 얘기도 많지만 제가 건강하게 살아 있는 것만으로도 라면이 좋은 음식인지 증거가 될 겁니다."

그가 라면 사업을 시작한 것은 인생역전이었다. 이사장을 맡고 있던 신용조합이 파산, 빈털터리가 되자 자기 집에 3평 남짓한 실험실을 차려놓고 인스턴트라면 개발에 몰두했다. 젖은 면을 부패하지 않도록 말리는 방법을 구사하지 못해 실의에 빠졌다. 그때 우연히 부인이 튀김을 만드는 것을 보고 갑자기 아이디어가 떠올랐다. 면을 바로 기름에 튀겨 건조하는 '순간 유열 건조법'을 개발했다.

1958년 48세의 늦은 나이에 시작한 사업이었다. 그렇지만 그는 지금 그는 그때 벌써 창창한 앞날을 당당하게 확신으로 예감했다. 현재 그가 창안한 면이 전 세계에서 연간 800억 개나 소비되는 모습을 미리 구상했던 것이다. 1971년 물만 부으면 되는 '컵라면', 2005년에는 여름 우주선 '디스커버리'호의 우주비행사가 우주정거장에서 먹었던 '스페이스 라무'도 그의 작품이다. 그는 "죽는 날까지 라면을 위한 일을 하고 싶다"고 말했다.

"라면은 편리하고 안전하며 값이 싸기 때문에 세계 평화에도 기여하는 음식"이라는 주장이다. "라면의 코덱스 국제식품표준을 만들어 전 세계인이 어느 라면이건 안심하고 먹을 수 있게 하고 수출입도 쉽게 할 수 있도록 하겠다."는 게 그의 남은 꿈이다.

그러나 그의 '라면 먹는 법'에는 경청할 만한 게 있다. 영양 균형을 잡을 수 있도록 필요한 식재료를 함께 넣어 조리하라는 것이다. 그 예로 한국의 김치가 라면과 잘 어울린다고도 했다.

그는 건강 비결 네 가지를 토파해냈다.

"항상 80% 정도 포만감이 들 때까지만 드세요. 편식하지 마시고 운동하십시오. 무엇보다 마음을 편하고 윤택하게 가지세요. 그러면 건강하게 장수할 수 있습니다!"

라면이란 면을 증간 정도 익힌 후 기름에 튀긴 유탕면과 기름에 튀기지 않은 건면에 분말 스프를 합친 것을 일반적으로 라면이라고 한다. 라면의 발상지는 일본이라는 주장과 중국이라는 주장을 따지기보다는 이를 통합적으로 활용하여 더욱 발전된 음식문화로 승화시키는 게 모두를 위한 해법이 아닐까 생각해 본다.

기모노

일본의 기모노는 나라시대(645~724) 초기부터 일본인 남
녀가 즐겨 입었는데 중국의 포(袍) 양식의 옷에서 유래했다.
남방의 개방적 요소의 기초 위에 일본 야마토 민족이 고온
다습한 여름과 한랭한 겨울을 나기 위한 대비책과 왜소한
체질보완 수단으로 개발한 것이다.

기모노 유래는 발목까지 내려오는 길이에 소매는 길고
넓으며 목 부분이 V자로 패여 있다. 단추나 끈이 없이 왼
쪽 옷자락으로 오른쪽 옷자락을 덮어 허리에 오비를 둘러
묶는다. 구성 문양으론 나비나 학, 부채, 사군자 등의 모양
을 형상화한 것이 보편적이다. 나비무늬는 예쁜 성장기원을
학은 천년장수의 소망을 부채는 출세욕망을 사군자는 청운

지사를 각각 상징했다. 이 외에도 폭포나 구름, 눈, 마차 등의 디자인도 활용한다.

한복의 역사는 고구려 백제, 신라의 삼국시대로부터 시작되었다. 처음 한복의 흔적을 발견한 것은 고구려 시대의 왕과 귀족들의 무덤 속 벽화에서였다. 고구려는 중국 당나라시대의 의상과 불교의 영향을 받았다. 그 후 한국의 왕과 몽골족 공주와의 혼사로 중국 용안시대의 옷이 한국에 들어왔고 그것이 한복의 시초가 됐었다.

중국의 치포는 식민화시대 동방여성의 최신식이며 성감적인 의상의 신화이다. 서양여성들의 긴치마는 몸의 각 부위와의 차이를 나타내어 성감을 두드러지게 한다. 즉 성적인 매력을 드러내 주면서 낭만주의 풍격을 돋보이게 해준다. 치포는 몸의 표면에 딱 들러붙었으며 조금의 과장도 없이 동방여성의 온순하고 고상한 품성을 나타냈다. 치포는 실크(silk)를 바탕으로 하여 동방여성의 청결함과 매끈한 피부를 암시하여 체온을 느끼게 한다. 서방여성들의 과장된 체격에는 치포가 어울리지 않는다. 치포와 다른 한복은 기모노와 또 어떤 대조를 이룰까?

치마저고리와 기모노는 모두 아름답다. 의상학적으로도 소매와 몸체와 직선으로 연결된다는 공통점이 있다. 허리의 선을 드러내지 않고 감춘다는 것도 닮아 있다. 그러나 흐트러짐 없이 절제된 긴장으로 타이트한 기모노와 달리 치마저고리는 자유로움과 여유를 그 기본으로 한다. 전자는 수직 수평의 직선을 기본으로 하나 후자는 자유로운 곡선이다. 그리고 체형을 드러내지 않게 풍성한 양감으로 몸을 감싼다. 외씨버선발이 드러날 듯 치마폭을 차면서 대청마루를 끌듯이 나아가는 스란치마의 아름다움은 배달겨레의 품격이다.

두 민족 옷을 비교하면 우열이 갈라진다. 몸에 조여 붙이면서 어깨와 히프의 폭을 따라 직선으로 흘러내리는 기모노의 라인(line)은 땅으로 향한다. 착복자 모습은 지면과 옷을 직각으로 만나게 한다. 긴장감이나 단정한 느낌은 여기서 온다. 허나 한복은 하늘을 향한 흩날림의 양상이다. 기모노는 바람이 불어도 날리지 않으나 한복치마폭은 낙하선처럼 부풀리고 옷고름이 흩날린다. 여자의 옷만이 아니다. 두루마기 자락을 날리며 표표히 걸어가노라면 날아갈 듯싶은 갓 밑으론 갓끈을 늘어뜨리었다. 상승 지향, 하늘을 향한 옷인 것이다. 일본의 옷이 착지성이라면 한복은 향일성이다.

동일한 농경민이면서도 섬나라는 일본인의 고립과 향토 애착을 옷의 형태로 규정했다. 반도에서의 사이란 대륙과 연결되었다. 침략의 통로이기도 했지만 대륙으로 향하는 길은 또 다른 의미에서의 가능성일수 있었다. 대륙은 이상이며 그것은 또 다른 의미의 하늘일수 있지 않을까. 한복의 상승지향이란 그런 뿌리에서 자라난 것인가!

과연 기모노나 한복의 완전무결은 없나 보다. 둘 다 중국 복장원형에서 모방한 박제품의 파생산물이다. 도국근성의 이율배반은 원형전신을 떠나지 못하나 보다. 취사선택의 합리성을 대변하는 거다. 그토록 도고하고 엄격한 기모노 착의문화도 흐려지는 듯하다가 최근에 다시 각광을 받고 있다.

한복도 예외가 아니다. 생활에 불편한 점이 있으면 외면받는 건 당연하다. 한복도 기모노가 왜 각광받고 있는지 잘 이해하고 이를 타산지석으로 삼아 한복이 사랑받을 수 있는 방안을 강구해야 할 것이다.

강박적인 조선인 창씨개명

창씨개명이란 일제강점기에 실시된 민족말살 정책의 하나이다. 신사참배(神社參拜), 황국신민서사(皇國臣民誓詞) 암송, 지원병제도 등과 함께 조선민족에게 무참히 강요되었다.

1939년 11월. 일본의 황민화정책의 일환으로 조선총독부에서 조선민사령개정(朝鮮民事令改正)을 공포하고 조선인의 "창씨개명"(創氏改名)을 강제적으로 실시하였다. 법령이란 것은 강제성을 동반함을 세인들이 잘 알고 있다. 조선총독부의 미나미 총독은 "창씨개명을 통해 법률상 일본인과 같은 방식으로 씨를 부를 수 있게 되었으며 이는 내선일체 구현의 길"이라고 그 목적을 토로하였다.

조선총독부는 1939년 11월 제령 제19호로 조선민사령(朝鮮

民事令)을 개정하여 1940년 2월부터 이를 시행하기로 했다. 그 내용은 아래와 같다.

① 조선인의 성명제(姓名制)를 폐지하고 성씨(姓氏)의 칭호를 사용할 것,

② 서양자(養子: 데릴사위)를 인정하되 양자는 양가의 씨에 따를 것.

③ 타인의 양자를 인정하되 양자는 양가의 씨를 따를 것 등이다.

이중 중심이 되는 것이 씨설정(氏設定)으로 이것이 바로 창씨개명이다.

총독부는 창씨개명이 조선인들의 희망에 의해 실시하는 것으로 일본식 성씨의 설정을 강제하는 것이 아니라 단지 일본식 성씨를 정할 수 있는 길을 열어놓은 것이라고 주장했다.

그러나 조선인의 희망에 따라 실시하게 되었다는 창씨개명은 6개월 동안 창씨계출(創氏屆出) 신고를 하도록 되어 있었는데 3개월 동안의 계출호수는 7.6%에 불과했다. 이에 총독부는 법의 수정, 유명인의 이용, 권력기구를 동원한 강제 등을 통해 마감인 8월까지 창씨율을 79.3%로 끌어올렸다.

창씨개명은 글자 그대로 조선인에게 선조로부터 이어받은 전통적인 성명을 폐지하고 일본식의 성명을 고쳐 쓰도록 강요한 것이다. 예를 들면 서(徐)씨는 도시가와(利川)라

고치고 최(崔)씨는 야마모도(山本)로, 윤(尹)씨는 히라아끼(平昭)로, 박(朴)씨는 아리이(新井)로, 이(李)씨는 데쯔시로(鐵城)로, 양(楊)씨는 기요모도(淸本) 등으로 고쳤다.

창씨를 하지 않은 사람들에게는 다음과 같은 불이익이 가해졌다.

① 자녀에 대해서는 각 급 학교의 입학과 진학을 거부한다.

② 아동들을 이유 없이 질책, 구타하여 아동들의 애원으로 부모들의 창씨를 강제한다.

③ 공·사 기관에 채용하지 않으며 현직자도 점차 해고 조치를 취한다.

④ 행정기관에서 다루는 모든 민원사무를 취급하지 않는다.

⑤ 창씨하지 않은 사람은 비국민, 불령선인으로 단정하여 경찰수첩에 기입해서 사찰을 철저히 한다.

⑥ 우선적인 노무징용 대상자로 지명한다.

⑦ 식량 및 물자의 배급대상에서 제외한다.

⑧ 철도 수송화물의 명패에 조선인의 이름이 쓰여 진 것은 취급하지 않는다.

자료에 의하면 당시 전 조선인구의 80% 이상이 일본식으로 성명을 갈았다고 한다. 창씨개명은 1945년 '8.15' 해방 될 때까지 계속되었다. 한국에서는 1946년 조선성명복귀령을 반포하여 일본식 성명이 무효로 되었다.

일제가 식민통치를 하고 있던 위 만주국에 거주하고 있

는 조선인에게도 마찬가지로 창씨개명을 무차별 강요하였다. 창씨개명은 일제가 조선에 대한 황민화정책(皇民化政策)의 일환이었다. 일본은 조선인을 일본인으로 동화시키기 위하여 내선일체를 부르짖었고 조선인은 일본천황의 신민(臣民)이라고 했다.

일제는 황국신민맹세문을 지어서 조선인이 외우도록 강박했다. 조선인 학교에서는 일본어를 사용하고 조선어문의 사용을 금지시켰으며 조선역사를 가르치지 못하도록 하였다. 이 모든 것은 조선인민의 우수한 전통과 찬란한 민족문화를 말살하기 위함에 그 목적이 있었다.

때문에 창씨개명은 대뜸 조선인민들의 거센 반발을 일으켰다. 일본식으로 성씨를 갈라 강박하니 하는 수 없이 어떤 사람이 자기 성씨를 이누코구마소(犬子熊孫)라고 신청하였으나 '성을 가는 나는 개새끼나 곰 자식에 불과하다'는 조롱이 담겨있어 퇴짜를 맞은 사람도 있었다는 이야기가 있다. 전라도 고성군의 유건영은 총독에게 창씨제도를 반대하는 항의서를 보내고 58세의 나이로 자살하기도 했다.

물론 조선인 가운데 일본식 이름으로 개명을 자원한 사람도 있었을 것이다. 그러나 그것은 식민지 지배로서 이루어진 민족적 차별시를 피하기 위해서였고 이 차별시는 바로 일본식민주의자가 조성한 것임을 잊어서는 안 된다.

총독부는 창씨개명이 내선일체의 완성이라고 선전했으나

일본의회에서 대정부질문에 따르면 '일본인과 조선인을 구분하기 위해 호적을 옮기는 일은 금지한다.'라고 했다. 즉조선에 본적을 둔 조선인은 일본으로 호적을 옮길 수 없으며 일본인도 조선으로 호적을 옮길 수 없도록 되어 조선인에 대한 차별도 여전했음을 알 수 있다. 또 종래의 성과 본관은 호적에 그대로 남겨두어 한국인이 완전히 일본인으로 되어 착취대상의 신분을 벗어나는 일이 없도록 했다. 또한 계출기간인 6개월이 지나도 창씨의 계출을 하지 않으면 호주(戶主)의 성을 일본식 성씨로 인정하도록 하여 결국 조선인은 형식적으로는 모두 창씨를 하도록 되어 있었다.

한편 개명은 선택에 의한 것으로 일본식 성씨를 가지면서 거기에 어울리는 일본식 이름으로 바꾸는 것인데 이 경우에는 수속을 밟아 수수료를 내야 했다.

창씨개명 역시 민족의 수난사이자 희비곡이다.

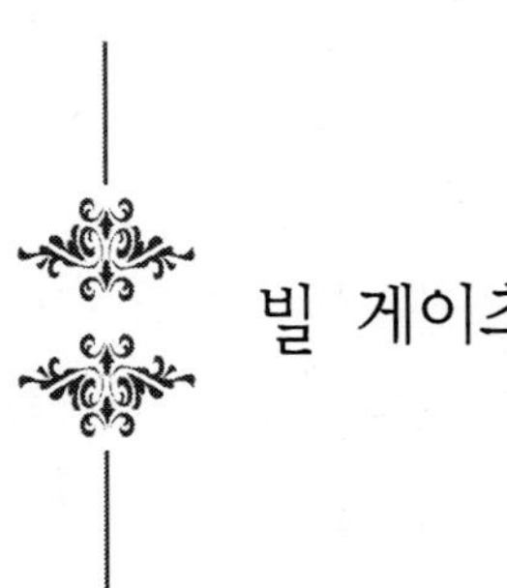

빌 게이츠

사람이 돈을 만들고 또 그 돈으로부터 버림을 받고 파워를 달성한다. 돈은 무형과 유형의 마력으로 인정을 나포하고 세상을 속박하면서도 또 소통의 폐쇄를 개방한다. 지폐야말로 만능전능이라는 말의 속성도 바로 여기에 비롯된 소치이다.

매번 돈 앞에서 세속이 메마르고 인성이 부활하는 극을 자주 보는 현실이다. 빈자도 부자도 모두 돈이라는 매개물과 촉매제로 양극의 흔단을 보이면서 대치상태를 이루었다. 그럴진대 돈의 존속가치는 인격의 의미이자 자존의 함의로 통하는 것이 거의 상례이다. 그리하여 석유쟁탈이나 핵무기전쟁, 압박착취 그리고 기편협작도 빈발한다.

이런 삼엄하고 삭막한 경제가치 연대에 언감생심 돈을 초개처럼 여기면서 자선을 베푼 위인이 탁발했으니 가히 세인의 칭송에 붙일까 보다. 그이가 바로 컴퓨터와 직접적인 동의어처럼 통하는 빌 게이츠이다.

빌 게이츠(Bill Gates)는 1955년 10월 28일 미국에서 태어났다. 학력은 하버드대학 법학과와 하버드대학 수학과 중퇴생이다. 중퇴생이 이런 기적을 낳았다는 그 자체가 바로 업적이 아닌가!

그는 1975년 뉴멕시코 주 앨버커키에 Microsoft사 설립으로 데뷔했다. 특이사항은 카리스마 있는 소신과 일관된 경영원칙이 빌게이츠만의 마인드(mind)이다. 1995년 윈도우즈 95 출시로 퍼스널컴퓨터 운영체제의 획기적인 전환을 가져왔다.

빌 게이츠 마이크로소프트 회장은 1990년대 중반부터 미국 기부자로서의 부동의 1위다. 매년 돈을 제일 많이 벌고, 제일 많이 기부하는 바로 그 사람이다. 빌 게이츠가 돈을 잘 벌고 부자로 정평이 난 것은 기성사실이나 그가 또 그 재부를 사회에 자선이나 공익활동에 돌렸다는 것에 대한 우리의 관심은 극히 소극적이다. 미국 지성인들이 즐겨보는 주간지 '뉴요커'(2005년 10월 24일자)에는 "과연 게이츠는 아프리카를 구할 수 있을까"라는 글이 커버스토리로 실렸다. 언감생심 아프리카를 구하려 한다는 그 발상에서 빌 게이츠의 담략을 가히 짚을 수 있다.

　빌 게이츠가 90년대 중반 빌 앤드 멜린다 게이츠 재단을 만든 뒤 보건전문가들을 찾아다닐 때의 얘기다. 미국 최고의 국제보건전문가로 꼽히는 윌리엄 폐지 박사는 어느 날 '보건문제에 대해 알고 싶다'는 게이츠의 전화를 받았다. 폐지는 부자들이 늘 그런 식으로 거창하게 표상으로 허풍치는 것을 익히 봐왔던 터라 관련 책 82권을 추천한 뒤 나중에 보자고 했다. 이런 상투적인 접대방법으로 빌 게이츠를 처리했었다.

　몇 달 후 게이츠가 다시 만나자고 했을 때 폐지는 '먼저 책을 얼마나 읽었냐?'고 심드렁히 물었다. 이에 대한 게이츠의 대답은 상상 밖이었다. '바빠서 19권밖에 읽지 못했다'는 진솔한 술회였다.

　폐지는 그의 말이 도무지 믿기지 않아 '어떤 책이 제일 인상적이었느냐?'고 좀 더 구체적으로 물어야 했다. 게이츠는 '장애자와 삶의 질 문제를 다룬 1993년판 세계은행 리포트를 두 번이나 읽었다'고 확고하게 대답했다. 게이츠의 진지함에 반한 폐지는 반신반의로부터 주저 없이 재단에 동참하기에 이르렀다. 게이츠가 200억 달러를 재단에 기부한 뒤 돈을 어떻게 쓸 것인지에 대해 얼마나 진지하게 모색했는지를 보여주는 사례다.

　그렇게 만들어진 게이츠재단이 2005년 10월말부터 아프리카 질병퇴치에 가장 적극적인 활동을 개시했다. 돈을 벌어 인류발전에 기여하려는 부자의 숭고한 덕목을 보여주는 일각이다. 타인을 감동으로부터 정복하고 나중에 동업자로 가담시킨 데는 그의 견정불굴의 노력이 뒷받침되었다. 게이츠는 주말마다 보건서적을 읽으며 재단의 전략을 짜고 보건관련 국제회의에도 빠짐없이 참석한다. 돈을 벌기 위해 마이크로소프트에 들이는 노력만큼 돈쓰는 일에도 열정을 갖고 접근하는 것이다.

게이츠재단은 2005년 1월 유엔의 '백신과 예방주사를 위한 글로벌 연대' 프로젝트에 7억 5,000만 달러를 기부했다. 이 덕분에 연간 50만 명 이상에 달하는 아프리카의 질병 사망자 수는 매년 15% 이상 줄어들 것으로 예상된다.

아프리카를 구하려 한다는 발상 자체가 통이 큰 봉헌전략이 아닐 수 없다. 하기야 그의 원대한 인도주의정신은 가정배경과도 무연하지 않다. 게이츠 부부의 사회참여에 촉매작용을 일으킨 당사자는 다름 아닌 그의 부모들이다.

게이츠의 아버지는 치부 항목에 골몰한 아들에게 자선촉구를 독려했다. 그의 엄마는 1994년 아들의 결혼식 전날 며느리 멜린다에게 이런 편지를 썼다. '너희 두 사람이 이웃에 대해 특별한 책임감을 느낀다면 세상을 좀 더 살기 좋게 바꿀 수 있을 것이다'

물론 빌 게이츠가 전부의 재산을 다 털어 슬럼(slum)이나 재해 지구를 지원하였다는 것은 아니다. 후원금이나 기부금으로 아프리카를 살리려는 그 노력과 시도 자체가 우리를 감동시키는 부분이다. 제아무리 세계의 넘버원 부자라고 해도 무턱대고 허위날조로 이상화하기에 앞서서 차분히 긍정함이 더 절실한 교양이야기가 아닐까 싶다.

MS – DOS와 윈도스로 세계 컴퓨터 시장을 제압한 게이츠는 단지 소프트웨어를 개발하는 데 그치지 않고 전 세계적인 네트워크를 통한 정보서비스 사업을 구상하는 거동을 보였다. '손가락 끝에 모든 정보를'((Information At Your Fingertips)이라는 기치 아래 최첨단 정보화 사회에 대한 비전을 제시했다.

게이츠 부자! 그는 치부로 히트했고 자선으로 더 인격을 돋쳤다. 돈을 버는 비결과 돈을 사용하는 노하우는 이질적이다. 명예와 의무를 동시에 취득한 빌 게이츠는 시대와 세계와 인류의 문화재부이다. 키보드를 두드리는 코쿤(Cocoon)족이 갈수록 증대하는 와중에 자타가 청취할 사운드는 무엇일까? 공산주의 양옥을 노크하는 소리가 역시 아름답다.

부메랑

　부메랑은 주로 오스트레일리아 원주민이 사냥이나 전쟁을 할 때 쓰는 굽은 막대 모양의 무기이다. 2종류의 부메랑과 부메랑 모양의 여러 가지 곤봉이 있다. 던지면 다시 돌아오는 부메랑(뉴사우스웨일스 투루왈족이 쓰는 말에서 나온 명칭)은 가벼우면서 얇고 균형이 잘 잡혀 있으며 길이는 30~75cm, 무게는 약 340g이다. 깊게 굽은 것부터 양쪽이 거의 평각인 것까지 모양이 아주 다양하다. 양쪽 끝이 반대방향으로 꼬여 있거나 비틀려 있는데 처음부터 아주 비틀어지게 만들거나 재에 달구어서 비튼다.

　부메랑을 던질 때는 추진력을 더하기 위해 던지는 사람이 몇 걸음을 내달리면서 힘차게 던진다. 한쪽 끝을 어깨

위로 쳐들고 구부러져 들어간 쪽을 앞으로 향한 채 납작한 면이 아래를 향하도록 하여 재빨리 앞으로 던진다. 손에서 놓기 직전에 손목을 강하게 놀리면 추진력이 더해진다.

부메랑의 독특한 비행 모양을 결정하는 것은 양쪽 끝의 비틀림과 함께 바로 손목 힘으로 먹이는 회전이다. 아래로 향하거나 땅과 수평으로 던지면 15m 이상의 높이로 날아간다. 한쪽 끝을 땅에 스치듯이 던지면 양쪽 끝이 계속 회전하면서 공중으로 쌩하며 무서운 속도로 날아간다. 지름 45m 이상의 원 또는 타원을 그리거나 더 작은 원을 여러 차례 그린 다음 던진 사람 가까운 땅에 떨어진다. 또한 8자 모양을 그릴 수도 있다.

돌아오는 부메랑은 오스트레일리아 동부와 서부 지역에서만 쓰는데 시합에서 경기도구로 쓰거나 사냥꾼들이 나무에 쳐 놓은 그물에 새 떼를 몰아넣기 위해 매 대신 이용하기도 한다. 돌아오는 부메랑은 멀리 날아가서 돌아오지 않는 부메랑에서 발전한 것으로 볼 수 있다.

돌아오지 않는 부메랑은 돌아오는 부메랑보다 더 길고 곧으며 무겁다. 짐승에게 상처를 입히거나 때려잡는 도구로 쓰는 한편 전쟁에서는 살상용 무기로 쓴다. 끝에 뾰족한 갈고리가 달린 것도 있다. 고대 이집트인들, 캘리포니아와 애리조나 인디언들이 돌아오지 않는 부메랑 모양의 무기를 썼으며 인도 남부인들은 새, 토끼 등을 잡는 데 썼다.

나이아가라 폭포의 슬픈 전설

인디언은 나이아가라 폭포를 천둥소리를 내는 물이라고 하였는데 실제로 나이아가라의 굉음은 어마어마해서 한순간 귀가 멍하게 된다. 하루 중 시간에 따라 연중계절에 따라 물소리가 달라지는데 인디언은 이를 신이 노한 것으로 알고 매년 아름다운 처녀를 제물로 바쳤다고 한다. 안개의 숙녀 전설이 지금도 전해져 내려오며 가끔 물보라 속에서 그 모습을 볼 수 있다고 한다.

1678년 프랑스의 선교사 루이 헤네핀 신부가 나이아가라를 처음 발견하고 서양세계에 소개하였다. 지금은 온타리오 호수에서 폭포의 굉음을 들을 수 없지만 그는 온타리오 호수에서 나이아가라의 굉음을 듣고 근원을 찾기 위해 강을 따라 올라가다가 폭포를 발견했다고 한다.

호수의 물이 온타리오 호수로 흘러들면서 절벽에 의해 약 50m의 낙차가 생기는 데 이 낙차가 세계최고의 자연경관 나이아가라 폭포를 만드는 것이다. 나이아가라는 세계 도처에서 관광객이 가장 많이 방문하는 곳으로 1년에 약 1,200만 명이 다녀간다고 한다.

나이아가라는 염소섬을 경계로 미국폭포와 말굽폭포로 불리는 캐나다 폭포로 나뉜다. 뉴욕 주에 속해있는 미국폭포는 폭 320m, 높이 56m로 매분 1,400만 리터의 물이 흘러내리며 캐나다폭포는 폭 675m, 높이 54m로 매분 1억 5,500만 리터의 물이 낙하한다. 미국폭포에 비해 그 규모와 경관에 있어 훨씬 뛰어나다. 이런 이유로 흔히 나이아가라 폭포라 하면 캐나다 폭포를 연상하게 된다.

지질학적으로 볼 때 나이아가라의 역사는 매우 짧아 마지막 빙하기에 생성된 것으로 추정된다. 이 폭포는 물줄기의 기세로 매년 평균 1.4Cm씩 침식을 계속하고 있고 폭포의 생성기인 빙하시대에는 지금의 위치보다 10Km나 하류에 있었다고 한다.

19세기에 나이아가라는 관광객으로부터 돈을 벌어들이려는 온갖 장사꾼이 모여들었으나 온타리오와 뉴욕 주정부가 개입하여 재정비하였다. 오늘날 나이아가라는 전체적으로 아름다운 공원으로 조성되었으며 어디에도 바가지요금 같은 것은 찾아볼 수가 없는 국제관광지로서 세계인의 사랑을 받고 있다.

나이아가라는 아래에서 볼 때와 위에서 볼 때 그리고 정면에서 볼 때 등, 보는 각도에 따라 다르고 색다른 감동을 받는다고 한다. 토론토 시내에 약 130km 떨어져 있으며 자동차로 1시간 40분 정도 소요된다.

시닉 터널(Scenic Tunnels) 입구는 Table Rock House 옆에 있다. 엘리베이터로 지하 38m까지 내려가 동굴을 지나가면 폭포의 뒤쪽을 볼 수 있는 발코니로 나가게 된다. 마치 거대한 파도 속에 있는 것처럼 느껴지며 바로 눈앞에 있는 폭포 속으로 빨려 들것 같아 순간 아찔해진다고 한다.

나이아가라 폭포의 슬픔은 인류의 사고를 불러일으킨다.

나이아가라 폭포에는 다음과 같은 전설이 있다.

콜럼버스가 신대륙을 발견하기 전 나이아가라 폭포의 상류에는 한 인디언 부족이 살고 있었다. 이 부족은 1년에 한 번씩 폭포의 신이라 믿고 있는 그들의 신에게 예쁜 소녀를 제물로 바치는 풍습이 있었다. 그들은 1년의 중심이 되는 달, 보름날에 폭포의 신에게 부락의 소녀 중 한명을 산 채로 강물에 떠내려 보내는 식으로 제물을 바쳐왔다.

어느 해, 그해도 역시 제물로 바칠 소녀를 제비뽑기로 가리게 되었다. 부락의 모든 소녀가 제비뽑기에 참가했는데 거기에는 추장의 어린 딸이 포함되어 있었다. 추장은 공정을 기하기 위해 자신의 딸을 내보냈는데 그만 자기의 딸이 제비에 뽑혀 제물로 바쳐지게 되었다.

외동딸에다가 일찍 어미를 잃은 딸을 온갖 정성과 사랑을 쏟으며 키워왔는데 거대한 나이아가라의 폭포 속으로 흘려보내야만 하는 추장의 심정은 찢어질 듯 아팠다. 그러나 추장의 얼굴은 근엄했다. 공정한 방법을 거쳐 선출되었고 부락민들에게는 그것을 보여주어야만 했던 것이다. 제삿날이 되기까지에는 많은 시간들이 흘러갔지만 추장은 단호하고 엄숙했다.

마침내 신에게 바치는 날이 왔다. 꽃으로 온갖 장식이 된 배안에는 조그만 소녀가 울고 있었다. 그 배 젖는 노도 하나 없이 그냥 물결에 흘러가게끔 만든 배였다.

이윽고 배는 나이아가라에 띄워졌고 소녀의 울음소리는 더욱 커져만 갔다. 소녀는 아버지를 애타게 불러댔다. 하지만 그 소리는 거대한 물소리에 파묻혔다. 배는 폭포의 낭떠러지를 향해 곤두박질치기 시작했다.

이때 수풀 속에서 한 남자가 배를 저으며 다가왔다. 추장이었다. 추장은 소녀가 탄 배로 다가가 어린 딸의 손을 꽉 쥐었다. 추장은 울고 있었다. 그리고 딸을 향해 엷은 미소를 지었다.

소녀와 아버지가 탄 배는 마침내 엄청난 폭포의 물줄기 속으로 떨어져 보이지 않게 되었다.

주사위

주사위는 뼈나 단단한 나무 따위로 만든 조그만 정육면체의 각 면에 하나에서 여섯까지의 점을 새긴 것으로 바닥에 던져 위쪽에 나타난 점수로 승부를 결정한다. 일명 두자(骰子), 투자(骰子)라고도 한다. 주사위는 던져졌다는 말은 일이 되돌릴 수 없는 지경에 이르렀으니 단행하는 수밖에 없음을 이르는 말로 통한다.

다양한 유형의 주사위가 존재한 걸로 전해온다. 글자를 새겨 넣은 주사위는 신의 뜻을 점쳤다.

인류가 즐겨온 놀이도구 가운데 역사가 가장 오래된 것이 주사위다. 그래서 놀이방법과 종류도 다양하다.

6면이 입방체로 된 기본적인 주사위를 비롯해 8면, 12면,

20면체가 있다. 심지어 1에서 100까지의 숫자가 빼곡하게 박혀 있는 공 모양의 주사위도 있다.

크기도 놀이방법과 용도에 따라 다르다. 서양에서는 '다이스(dice)', 중국에서는 '사이쯔'(投子) 또는 '주샤'(朱色)라고 하고 일본에서는 '사이'(釆)라고 부른다. 조선에서는 나무 조각을 굴리면서 논다고 하여 '윤목'(輪木) 또는 이두문자를 그대로 써 '투자'(投子)라고도 불렀다.

조선의 주사위는 상아나 동물의 뼈 또는 나무나 돌로 만들어 썼다. 정육면체로 여섯 면에 점을 1에서 6까지 찍어놓거나 숫자를 새겨 넣었으나 항시 마주보고 있는 두 면에 새겨진 숫자의 합이 '7'이 되도록 표시하였고 '1'(,)과 '4'(::)에는 빨간색이 칠해져 있는 것이 특징이다.

일설에 주사위는 중국에서 조선으로 건너간 놀이도구라는 주장이 있다. 그러나 민속놀이 학자 슈트어트 컬린의 견해는 다르다. 그는 19세기 말 동아시아를 직접 답사한 후 '전 세계가 가지고 있는 놀이도구의 원형은 한국의 윷놀이'라고 주장, 주사위의 효시가 한국의 윷임을 밝히고 있다. 역사의 고증은 이제 더 추진해야 할 몫이다. 주사위배경의 진위도 그때 더 논란을 검증할 바이다.

조선에서는 고려시대에 이미 숫자 맞히기 등 주사위놀이를 많이 즐겼다. 삼국시대에는 주사위를 가지고 노는 쌍육(雙六), 종경도놀이 등 다양한 놀이가 성행했다.

주사위놀이는 크게 두 가지로 나눌 수 있다. 첫째는 놀이도구나 방법의 주체가 주사위가 되는 것이고 둘째는 다른 놀이의 부수적인 도구로 주사위가 쓰이는 경우다.

초기에는 어린아이들이 주사위를 던져 숫자를 맞히는 놀이 형태가 고작이었다. 그러나 사회가 발전하면서 주사위놀이가 다양하게 바뀌고 마작과 같은 다른 놀이에 접목되어 보조도구로도 쓰였다. 2개의 주사위를 가지고 노는 쌍육놀이가 만들어지고 윷놀이에서 4개의 윷가락 대신 주사위를 던져 놀기도 했다.

6면이 입방체인 주사위는 언제 던져도 각 면이 고루 나와야 한다. 1~6까지의 숫자 가운데 원하는 숫자가 나올 확률은 언제나 6분의 1이고 그렇지 않은 숫자가 나올 확률은 언제나 6분의 5여야 한다.

그러나 주사위를 던져서 게임을 하다보면 누구나 중요한 순간에 염력(念力)을 집어넣어 던지면 원하는 숫자를 나오게 할 수 있다는 착각에 빠지게 된다. 행운을 잡을 수 있다는 묘미에 빠져 밤낮으로 주사위놀이를 즐겼다는 기록도 전해진다.

중국의 현종도 양귀비와 둘이서 주사위놀이를 즐겼다는 기록이 있다. 또 조선중기 성현(成俔)이 쓴 수필집 ≪용제총화≫에는 "윤목(굴리는 나무 주사위)의 각 면에 덕(德), 재(才), 근(勤), 감(堪), 연(軟), 탐(貪)의 여섯 글씨를 써넣고

도판에는 일품(一品)에서 구품(九品)까지의 벼슬을 차례로 두어 덕(德)과 재(才)가 나오면 올라가고 연(軟)과 탐(貪)이 나오면 파직되는 방식으로 종정도(從政圖)놀이라는 벼슬길 놀이가 있었다."고 쓰여 있다.

주사위는 놀이 도구만이 아니었다. 문헌에 보면 중국과 조선에서는 '육각주상(六角柱狀)의 나무 조각 각 면에 문자를 새겨 넣어 이것을 굴려 신의 뜻(神意)을 점쳤다.'고 돼 있기도 하다.

심지어 팔괘(八卦)가 확장된 64개의 괘를 도표로 만들어 주사위를 던져서 나온 결과를 대입시켜 앞날을 내다보는 점을 치기까지 했다.

유럽으로 건너간 주사위는 17세기 이후 각국으로 퍼지면서 여러 가지 복잡한 놀이 규칙이 만들어져 다양한 '보드게임'과 '다이스게임'을 탄생시켰다.

그중에서 지금까지 널리 즐기는 것이 '다이사이(Tai Sai)' 게임이다. 주사위 3개를 용기(Dice Shaker)에 집어넣어 흔든 후 숫자의 조합을 맞히면 정해진 배당률에 따라 시상금을 지급하는 근대적인 게임으로 베팅 방식은 룰렛(Roulette)과 거의 같다.

마작문화

정화(鄭和)의 원래 성은 마씨로서 운남성 곤양(곤명성 진녕)사람이며 회족이다. 그의 조부와 부친은 일찍 바닷길로 이슬람교의 성지인 천방에 다녀왔다. 정화가 가정적인 탐험 정신을 영향 받은 것은 조건반사였다. 그는 후에 궁정택감으로 되었다. 정난의 싸움 때 연왕을 따라 혁혁한 공을 세웠다. 명성조가 즉위한 후 그에게 정씨성을 하사했다. 정화의 아명이 삼보(三保)였기에 삼보태감(환관)이라 불렀다. 1405년에 정화는 맨 처음으로 서양에 사신으로 갔었다. 지금의 브루네이 이서(以西)의 동남아세아와 인도양 연안일대로 갔던 것이다.

그는 2만 7,000명 수부와 200여 척의 큰 바다 배를 거느

리고 호호탕탕하게 유가항을 떠났다. 정화는 1433년까지
전후하여 7차례나 항행하여 아세아, 아프리카의 30여 개
나라와 지구에 다녀왔으며 멀리로는 아프리카의 동해안과
홍해연안에까지 다녀왔다. 세계항행사에서 장거를 이룬 정
화는 중국과 세계역사에서의 위대한 항해가로 손꼽기에 추
호도 손색없다.

정화는 남양으로 항행할 때 수행인원들이 퍽이나 호기심
을 보이는 이름을 따서 마작을 창조했다. 그의 신변에서 근
무하던 곰보딱지 장군이름을 따서 마작이라 불렀다. 1만부
터 9만은 당시 돈의 수량이고 동서남북풍과 매화, 국화, 난
초, 참대 등 패쪽은 날씨와 절기를 나타냈고 중(中)은 나침
판을, 백(白)은 배에서 올린 흰 돛을 각각 가리키고 발(發)
은 항해자들이 천체를 관찰하는 것이었다.

마작은 이미 중국인들 일상생활 중의 한 개 조성부분이
요, 중국문화의 한 구성체계이다. 소일거리로 시간을 보내
는 것이 바로 마작놀이의 첫 번째 좋은 점이다. 마치 컴퓨
터 앞에 앉았을 때처럼 흠씬 매료되어 시간의 흐름을 모른
다. 정계나 상업계에서는 마작이 역대로 도박판 역할을 감
당했었다. 또한 일종 교제수단으로 충당되었다. 역사적으로
절묘한 것은 당년에 염석산과 풍옥상이 연합하여 장개석을
반대할 때 묘지를 훔친 장군 손전영을 낚았는데 그때 담판
방법이 곧 마작 놀이었다. 마작정치였다.

마작은 중국인들의 애물이며 중국문화의 구체적인 체현이라는 데서 갑절 주목할 만하다. 마작은 중국인들의 철학관을 체현했으며 적어도 '음양오행'의 신비한 관념을 내포한다. 오행이 서로 상반되고 음양이 서로 돕고 복 속에 화가 있고 고생 끝에 낙이 온다는 등등 섭리를 마작이 구비했다. 변증법 같기도 하다. 또한 마작은 중국사회역사의 축소판 - 축도 - 같다. 크게는 사면팔방의 제후들이 제각기 군대를 거느리고 정권쟁탈을 하는데, 승자는 왕이요, 패자는 역적이다. 작게는 가문싸움을 벌리는데, 동풍이 서풍을 압도하지 않으면 서풍이 동풍을 압도한다.

그런데 나중엔 '후'(胡)하게 된다. '후'자는 '화'(和)자와 같은 뜻인데 잘 조화된다는 것이다. 즉 여러 가지를 일매지게 통일시킴을 의미한다. 중국인들의 심미관과 예술관의 재현이렷다. 그들은 나라적으로 바둑과 장기를 두었는데, 후에 트럼프와 브리지(橋牌)를 외국으로부터 수입했다.

마작은 꼭 네 사람이 함께 놀아야 한다. 군체생활을 선호하는 중국인들로서 바둑이나 장기는 적막한 두 사람 놀음에 불과했으므로 네 사람이 노는 마작처럼 흥성할 리 만무했다. 전통적인 중국사회의 등급제도와 공존하며 평등과 화합으로 심리평형을 리드해온 마작의 일익은 자못 오롯한지도 모른다. 현상적으로는 동아리나 그룹을 묶고 내재적으로는 응집력이나 단결심을 강조해온 중국인들의 대륙적 성격이 기질로 형성되기까지에는 마작놀이의 간섭과 참여 또한 간과할 수 없다는 것이다. 트럼프는 대소(大小) 구별이요, 장기는 나름대로 제 갈 길이요, 바둑은 흑백 두 가지 색깔뿐인 반면에 유독 마작만은 종종별별이면서도 대소 구별 없이 누구나 모두 평등한 특징을 고유했었다.

역대의 혁신가들은 중국 4대 유해물을 열거할 때 그것은 '마작, 아편, 전족, 당팔고'라고 귀납한 적 있다. 모택동도 진작 언급했었질 않는가! 이는 마작의 고루하고 유습적인 폐단을 투시하고 내리신 천명이다. 신문화운동의 창시자인 호적의 고증에 따르면 마작은 명대의 '마조'라는 지패로부터 변화, 발전되어 온 거란다. 당시 사대부들은 주야로 마조를 주무르면서 정사를 황폐해버렸다. 명나라가 망한 다음 청나라사람 오위업은 '수관기략'이란 책을 써서 명나라는 마조 때문에 망했다고 한바탕 크게 일갈을 아끼지 않았다.

서양은 1927년 때 벌써 마작을 '시렁 위의 골동품'으로 치부하고 동, 서 사회의 시체유희로, 구락부 – 루나파크 – 의 인기도락으로, 서점의 베스트셀러로 각광받던 마작 관계물을 취체하기에 이르렀다. 황시폐업(黃時廢業)과 맥락을 갖는 마작이라는 데서다. 마장군(麻將軍)에게 정복되지 않으려면 – 노라리민족으로 타락되지 않으려면 – 근로분투 해야 된다는 것이다. 자칫하면 인간자체가 전리품으로 마작에게 포로 될 수도 있으니깐!

조각 앙상블

조각이란 3차원으로 된 표현형식을 창조해내는 시각예술이다.

조각은 환조와 부조로 나누는데 환조는 사람이나 의자처럼 공간속 그 자체로서 독립적으로 존재하는 물체와 같은 상이며, 부조는 배경이 되는 벽 등의 바탕으로부터 튀어나와 있거나 또는 부착되어 있거나 그 일부로 존재하는 것을 말한다. 회화가 2차원에서 3차원의 환상을 보여주는 것에 비해 조각은 실제로 3차원의 물체를 만들어내어 물질적인 현존성을 가진다. 그래서 조각된 상은 시각적이면서도 직접 만질 수 있는 촉각적인 장점을 갖고 있다. 모든 3차원으로 된 형태는 순수한 기하학적인 속성과 표현적인 특성을 동시에 갖고 있다. 형태가 주는 이러한 표현적인 특성을 통해 조각가는 주제를 최대한 살려내는 이미지를 창조할 수 있다. 이런 이미지들은 단순히 사실을 보여준다는 차원을 넘어 미묘하고도 강한 느낌까지도 전달하게 되는 것이다.

　::조각 구성의 요소와 원리

　모든 조각은 덩어리로 된 물질적 실체로서 3차원의 공간 안에 존재하기 때문에 조각에서 가장 중요한 두 요소는 덩어리와 공간이다. 덩어리는 공간 속에서 확장되거나 움직임으로써 공간이 조각 구성의 한 요소로 끼어들게 되고 조각 안에 빈 공간과 구멍을 만들어줌으로써 그 공간을 에워싸게 하며 공간을 통해 서로 연결된다. 그밖에 볼륨, 질감, 빛과 그림자, 색채도 조각에 수반되는 요소들이다. 구성에서 덩어리와 공간이 갖는 중요성은 조각품마다 조금씩 다르다. 이집트의 조각이나 브랑쿠시의 조각에서는 덩어리가 차지하는 비중이 큰 반면 나움 가보나 앙투안 페브스너의 작품에서는 덩어리가 아주 작아지면서 공간 속에서의 운동감이 중요하게 부각된다. 모든 조각은 우선 볼륨을 갖고 있는 입체적인 물체로 만들어져야 한다. 볼륨은 사방에서 둘러볼 수 있는 3차원 입체형을 기본단위로 하는 하나의 볼륨만으로 이루어진 조각도 있고 여러 개의 볼륨으로 구성된 것도 있다. 조각에서 구멍과 빈 공간은 형태와 마찬가지로 중요한 요소로 작용한다. 조각의 표면은 조각내부를 담고 감싸면서 외부공간과 연결하는 조각의 한 부분이다. 조각이 어디에 놓여 어떤 조명을 받느냐에 따라 작품 양상이 약간씩 달라지며 움푹 팬 곳과 돌출된 부분의 처리에 따라 조각에서의 빛과 그림자의 효과가 나타난다.

조각에서 색채는 재료 그 자체의 색과 재료 위에 덧칠한 색의 2종류로 구분된다. 고대 및 중세까지만 해도 모든 조각에 채색을 입혔으나 현대에 들어와서는 '재료에 충실하자'는 슬로건 아래 재료의 자연색과 질감을 그대로 살린 조각이 많고 반대로 선명한 원색으로 채색을 한 조각도 있다. 조각 구성에는 어떤 보편적인 원리가 정해져 있는 것이 아니지만 대체로 조형의 방향, 비례, 크기, 접합, 균형 등이 조각구성에 영향을 끼치는 기본적 문제이다.

조각의 조형은 상(像)의 중심을 가로지르는 가상의 축, 그리고 볼륨, 축, 표면의 운동감, 양상, 방향을 결정짓는 가상의 준거면이 주도적인 역할을 한다. 볼륨은 중심축을 중심으로 형성되며 기본적인 준거면은 정면과 수평면이다. 축과 준거면에 의거해서 직립상의 특징적인 자세와 그에 따른 공간구성을 살펴보자면 아케익기 조각에서 볼 수 있는 정면성의 원리와 그리스 고전기 및 미켈란젤로의 조각에서 자주 나타나는 콘트라포스토의 원리가 있다. 콘트라포스토는 인체의 무게 중심을 한쪽 다리에 쏠리게 하여 전체적으로 S자형의 자세를 구성하며 상체와 하체가 각각 반대 방향을 향하게 된다.

조각에서의 비례는 길이, 넓이, 부피에 대한 비례인데 이것은 상호작용하면서 조각품에 표현성과 아름다움을 준다. 비례에는 수학적인 비례와 주관적인 관점에 입각한 비자연적인 비례가 있다. 때때로 조각의 비례는 관람자와의 관계에서 조정된다. 예를 들어 높은 곳에 있는 조각은 올려다보면 작게 보이기 때문에 만들 때 윗부분을 의식적으로 크게 만든다. 조각에서의 균형은 실제의 물리적인 안정성, 힘의 상호작용과 무게의 분배에 따른 구성상의 균형, 살아 있는 인물상이 보여주는 생생한 균형감 등을 고려해야 한다.

재료선정도 역시 중요하다. 입체적인 형태를 만들 수 있는 것이라면 무엇이든지 조각의 재료로 쓸 수 있으나 그중에서 돌, 나무, 금속, 점토, 상아, 석고 등이 가장 많이 쓰인다. 역사적으로 기념조각에 주로 사용된 재료는 돌이었다. 그 이유는 돌이 대개 기후변화에 잘 견디므로 건물외부 사용에 적합하고 세계 어느 곳에서든지 쉽게 구할 수 있음은 물론 큰 덩어리로 구할 수도 있으며 질감이 균일하고 경도가 같아 조각하기에 알맞기 때문이다.

돌은 그 생성요인에 따라 화성암, 퇴적암, 변성암 등으로 나누어진다. 돌의 색과 질감은 돌이 갖는 최상의 특성이다.

어떤 돌들은 입자(粒子)가 고와 섬세한 세부까지도 새길 수 있으며 광택이 많이 나도록 마무리할 수 있다. 한편 어떤 돌들은 입자가 거칠어 대략적인 처리만을 요구하기도 한다. 변성암의 한 종류로 반투명의 성질을 띤 순백색의 유명한 카라라 대리석은 미묘하게 빛에 반응하면서 반짝이기 때문에 고대로부터 많이 애용되어 왔다. 화성암의 일종인 화강암은 밀도가 불규칙적이고 운모와 석영으로 반짝이며 전체적으로 검거나 희고 그렇지 않으면 회색, 분홍색, 빨강색이 뒤섞여 있는 색조를 보인다. 퇴적암인 석회암은 색이 대단히 다양하며 화석이 끼어 있기도 해 표면이 매우 다채롭다.

조각의 또 다른 주요재료인 나무는 섬유질 조직을 갖고 있어 상당한 인장력을 가진다. 그런 이유로 나무로는 돌보다 더 얇고 자유로운 조각을 할 수가 있다. 한편 나무는 단단하지도 않고 내구성도 약하며 습기와 기온에 민감해 갈라지기 쉬우며 벌레도 잘 먹고 곰팡이가 피기 쉽다. 그래서 나무는 주로 실내조각에 쓰인다. 나무는 결이 있어 조각 표면에 질감효과를 나게 하며 따뜻한 느낌을 준다. 점차 금속기술이 발달함에 따라 금속도 조각에 많이 사용되었다. 대부분의 금속은 강하고 단단하며 내구성이 높고 인장력이 있기 때문에 돌과 나무보다 자유롭고 다양한 방식의 작업이 가능하다. 금속을 녹인 후 틀에 부어 주물로 뜰 수도 있고 동전을 만들 때처럼 압착시키는 방법도 있으며 망치질, 휘기, 절단, 용접, 세공 등의 작업을 직접 할 수도 있다.

조각에 가장 많이 쓰이는 금속은 구리와 주석의 합금인 브론즈이다. 한편 점토는 여러 재료들 중에서 가장 널리 쓰이면서 가장 쉽게 구할 수 있는 재료이다. 축축한 상태의 점토는 모든 재료 중 가소성(可塑性)이 가장 높아 모델링이 쉽고 아주 미세한 부분의 인상까지도 잘 나타낼 수 있다. 그리고 조금 말라 눅눅하게 굳은 상태이거나 완전히 말랐을 때는 새기거나 긁을 수도 있다. 또한 물을 충분히 섞어 액체 상태가 된 점토는 틀에 부어 말릴 수도 있으며 700~1,400℃에서 구워내면 강한 내구성을 갖게 되고 항구적으로 단단하게 된다. 특히 점토는 돌, 석고, 금속, 콘크리트 등으로 된 기초 조형과 도기조각의 재료로도 쓰인다. 담황색이나 적색의 점토를 낮은 온도의 불에 구워 만든 조각을 테라코타라고 한다.

이밖에 상아조각이 있는데, 재료로는 코끼리나 해마, 하마, 고래 등의 엄니가 주로 쓰이며 구석기시대에는 매머드의 엄니를 사용하기도 했다. 상아는 밀도가 높고 단단하여 작업하기가 힘들다. 상아의 백색은 세월이 흘러감에 따라 노랗게 되면서 뛰어난 광택을 갖게 된다. 조각의 원형 및 주형재료로써 사용되는 석고는 과거에는 금속조각 제작에서 점토원형의 석고주형을 뜨는 데 주로 쓰였다. 그러나 오늘날에는 이런 점토원형의 단계가 생략되고 석고로 직접 원형을 만들기도 한다. 또한 석고로는 기존의 조각을 복제하기도 하는데 많은 미술관에서 이 석고모형을 연구용으로 쓰고 있다. 모래, 돌, 시멘트를 혼합한 콘크리트는 요즈음에 들어 돌 대신에 조각의 재료로 급격히 부상하고 있다. 콘크리트는 값이 싸고 단단하며 내구성이 높은 이점이 있어 건물의 외벽에 주로 쓰인다. 자동차나 선박제작에 사용된 후 조각의 재료로도 쓰이기 시작한 섬유유리, 밀랍, 풀 먹인 단단한 종이, 조개껍질, 벽돌 등 여러 가지가 조각의 재료로 이용되나 현대 조각의 흐름으로 보아 조각의 재료는 따로 정해진 것이 없이 자연물이건 인공물이건 그 어떤 것도 사용이 가능하다는 생각이 일반적 추세이다.

조각과정 또한 과학적 고정밀도 작업을 요구한다.

작품에서 형태 및 내용과 표현성이 설계가가 관심을 두어야 할 일이라면 재료를 다루는 특별한 기술은 장인의 몫이다. 조각가는 이 둘을 잘 조화시켜 작업을 해야 한다. 그러나 어떤 작품들은 작가가 직접 재료를 다룸으로써 작품의 미적 효과가 높아지는 것도 있고 어떤 것들은 작가가 단지 도안만 그려주거나 모형만 만들어주었을 뿐 작품 자체에는 전혀 손을 대지 않아 비개성적인 성격을 띠는 것도 있다.

　재료가 어떤 것이든 조각하는 방법은 같다. 조각가는 우선 큰 덩어리의 재료를 대충 깎아내어 전체적인 윤곽을 잡은 후 큰 면에서부터 표면의 세부에 이르기까지 세밀하게 조각해 가면서 그가 원하는 형을 만드는 것이다. 미리 모형을 준비했다 하더라도 작업이 진행되는 동안 조각가는 직접 재료와 부딪히면서 생각이 끊임없이 바뀌게 된다. 옛날에는 조각가가 직접 조각하는 것이 전통이었으나 19세기와 20세기 초에 와서는 돌은 물론 나무 조각에 이르기까지 간접적인 방법으로 조각하는 것이 통례가 되어버렸다. 즉 먼저 점토모형을 만든 후 곧 석고로 주형을 떠서 기계를 동원하여 돌이나 나무로 조각해내는 것이다. 조각가가 이 작업을 손수 하지 않기 때문에 심한 경우에는 조각품이 점토모형의 복사판 정도로 나오기도 한다. 이런 간접적인 방법으로 한 조각이 조각가의 손으로 직접 만든 조각보다 다소 미적 효과가 적다고 하여 반드시 나쁜 조각품인 것만은 아니다. 그러나 이 방법은 20세기가 지나면서 직접 조각하는 방법이 되살아나 점점 쇠퇴했으며 현재에 이르러서는 아주 불명예스러운 일로 되어버렸다.

::모델링

모델링은 깎아나가는 조각 과정과는 반대로 뼈대 위에 재료를 붙이면서 이루어가는 소조 과정이다. 모델링의 주된 재료는 점토, 석고, 밀랍이나 그밖에 콘크리트, 합성수지, 치장벽토, 플라스틱우드 및 심지어는 녹인 금속까지도 가능하다. 점토모형이 가장 널리 쓰이는데 이때 규모가 작거나 평부조일 경우에는 그저 간단한 모델링만으로 모형을 만들지만 규모가 커지면 각목, 철사, 노끈 등으로 뼈대를 만들어 그 위에 붙여나간다. 금속으로 주물을 뜨기 위해서는 우선 점토모형을 만든 후 석고모형을 뜨거나 직접 석고모형을 뜬 후 금속으로 주조하는 과정을 거쳐야 한다.

::구성과 조립

20세기에 들어와서는 이미 만들어져 있는 재료를 재구성, 조립하여 만드는 새로운 형태의 제작방식이 나타났다. 이러한 구성조각은 금속제품이나 나무 조각, 유리제품, 천, 철사, 실 등의 재료를 여러 가지 형태로 만들어서 서로 합쳐놓은 것이다. 조립이라는 뜻의 아상블라주 조각은 갖가지 잡다한 물건이나 폐품 따위를 조립해서 만든 작품을 지칭하는 말이다. 이런 구성주의적 조각은 20세기 조각에 새로운 공간의식을 불어넣어 주었고 여러 가지 형상의 가능성 및 새로운 유형의 상징성과 형태에 길을 열어주기도 했다.

::조각의 형태별 유형

__환조

고대 그리스의 아케익기 조각은 환조이면서도 일정한 시점에서만 보도록 되어 있다. 반면 16세기의 마니에리스모 시기에는 주된 시점이 없이 상 주위를 돌면서 보게 하는 독립적 조각상이 나왔다. 현대의 조각가들은 어느 고정된 시점을 염두에 두지 않고 사방으로 열려진 공간의 개념을 도입하여 공간 안에서 확대되는 형태로 구성된 조각을 했다. 대부분의 구성조각들은 공간 안에서 자유롭게 배치되어 있어 관람자가 모든 방향에서 보도록 되어 있다. 벽이나 그와 유사한 뒷면 또는 벽감 앞에 서 있는 조각은 부조처럼 벽에 붙어 있는 것이 아니어서 환조라고 생각될 수도 있다. 그러나 그런 조각은 독립적으로 서 있는 조각상과 같이 독립된 공간성을 갖고 있지도 않고 주위를 돌면서 보게 되어 있지도 않다. 그런 조각상들은 그 구조라든가 주제를 보면 분명히 앞에서 보고 이해하도록 되어 있다. 그래서 조각의 형태가 앞뒤보다는 좌우를 향해 펼쳐져 있다. 고대의 박공조각, 고딕의 벽감조각, 그리고 미켈란젤로의 메디치가의 묘 등은 이러한 정면구성으로 되어 있으면서도 3차원의 입체성은 완벽하게 갖추고 있다.

__부조

부조는 2차원적인 회화예술과 3차원적인 조각예술의 특성을 골고루 갖추고 있는 복합적인 예술형식이다. 부조는 그림처럼 바탕 면에 의존하고 있어 구성이 평면위에서 전개되어야 하지만 동시에 3차원의 완전한 조각품처럼 실제적인 3차원의 성격을 띠기도 한다. 부조의 중심문제는 제한된 깊이의 공간 안에 3차원의 입체적인 형태와 공간성을 압축해서 집어넣는 것이다. 형태가 바탕에서 돌출된 정도에 따라 평부조와 고부조로 나뉘나 거의 회화에 가까운 부조에서부터 환조에 가까운 부조까지 다양한 부조가 있다. 그중 이집트 미술에서 주로 볼 수 있는 '가라앉은 부조'(sunken relief)라 불리는 음각은 형태의 안쪽 부분은 파내고 형태를 에워싼 바깥부분은 그대로 두어 형태가 표면보다 낮게 꺼진 모양의 부조이다. 이 부조에서는 형태 전체의 윤곽선이 전체구성에서 빛과 그림자를 조절하는 강렬한 요소로 작용한다. 그 외 일반적인 평부조는 표면으로부터 형태가 별로 튀어나오지 않게 하면서 3차원의 입체성을 보여주어야 하기 때문에 가장 까다로운 조각기법으로 알려져 있다. 고부조는 그 형태가 배경 면으로부터 독립된 환조처럼 보일 정도로 앞으로 튀어나와 있다.

현대적 형태

전통적인 범주에서 벗어난 새로운 형태의 조각이 20세기 중반에 출현했는데 그 대표적인 예가 키네틱 조각과 환경조각이다. 대체로 키네틱 조각은 정적인 사물에 운동을 부여할 뿐 아니라 운동 자체를 조각의 통합된 요소로 끌어들였다. 예를 들어 콜더의 모빌 작품은 기류에 의해 움직이며 탱글리의 자체파괴적인 조각은 여러 가지 전동장치에 의해 자동적으로 움직이게 된다. 그밖에 수력, 자력을 이용하거나 감상자 자신의 물리적 참여에 의해 움직임이 생겨나는 경우도 있다. 환경조각가는 전통적인 조각과 전혀 다른 새로운 공간적 맥락을 창조했다. 환경조각 작품은 감상자에게 대상이라기보다는 그를 둘러싼 환경으로서 인식되며 그는 은연중에 그 공간에 참여하게 된다. 대표적인 작가로 현대 인간의 상황을 여러 가지 실제적 공간에 대입하여 표현한 조지 시걸이 있다.

:: 조각의 주제별 유형

재현적 조각

인물상

조각에서 역사적으로 가장 중심이 된 주제는 인물상이었

다. 인간은 욕망, 사랑, 두려움, 존경심 등 폭넓은 감정을 지닌 존재이며 사람의 형태와 그 표현은 무궁무진하게 펼쳐질 수 있기 때문에 인물상이 조각의 주요주제라는 것은 극히 당연한 일이다. 이집트, 인도, 그리스, 아프리카에서는 누드 조각을 주로 했지만 중세 유럽과 고대 중국에서는 착의상이 더 많았다. 현대에 들어와 추상미술의 범람에도 불구하고 인물상 묘사는 꾸준히 계속되고 있다. 그러나 옛 시대의 이상화된 자연주의적인 밝은 인간상이 아니라 좌절과 공포, 왜곡과 풍자를 나타내는 상으로 대치되었다.

예배상과 서술조각

예배상 제작은 오랫동안 조각가의 주요임무였고 세계적인 걸작에 속하는 조각의 대부분이 이런 예배상이다. 예배상은 불상과 힌두교의 신, 예수와 성모 마리아를 비롯한 그리스도교의 성인, 그리스 신화의 신 등 여러 종류의 신들을 형상화한 것이다. 이런 예배상과 밀접하게 연결되어 있는 것이 서술조각인데 이것은 주로 책이 귀했던 시대에 전설, 영웅적 행위, 종교적 설화를 형상화하여 사람들을 교화시키기 위한 것이었다.

초상조각

초상조각은 이집트인들이 처음 시도했으나 고대에는 비

교적 드물었고 로마 시대에 와서 로마인들의 주요 예술적
인 업적을 초상조각으로 꼽을 정도로 크게 발전했다. 초상
조각은 르네상스시대부터 현대까지의 서양조각에서 아주
중요하게 다루어지는 분야이다. 현대의 유명한 초상조각가
로는 로댕, 샤를 데스피오, 마리노 마리니, 제이콥 엡스타
인 등이 있다.

일상생활의 장면

조각에서는 일상생활의 장면이 주로 소규모의 작품을 통
해 묘사되었다. 17, 18세기의 베르메르와 샤르댕의 차분한
풍속화에 비교될 만한 조각으로 그리스 시대의 '헤게소의
묘비'가 있다. 이 묘비에는 하녀가 상자를 들고 서 있고 그
옆에 앉아 있는 여인이 그 상자에서 목걸이를 꺼내 바라보
고 있는 고요한 순간이 묘사되어 있다.

동물

동물도 조각의 중요한 주제였는데 구석기시대 사람들은
부조나 환조로 동물상들을 많이 나타냈다. 아시리아에서는
말, 사자를 이집트에서는 소, 당나귀, 하마, 원숭이, 새, 물
고기 등을 나타낸 작품이 많으며 유럽과 아시아의 유목민
들은 동물을 신성에 결부시켰기 때문에 동물을 주제로 한
조각을 많이 남겼다. 이런 동물묘사 예술은 중세까지 그대

로 이어져 내려왔다. 동물이나 그와 비슷한 형태를 사용하는 현대의 조각가로는 브랑쿠시, 피카소, 리시에, 게르하르트 마르크스, 피노 파스칼리 등이 있다.

환상적 형태

그밖에도 신이나 신화적 존재를 형상화하기 위해 조각가들은 동물과 인간의 형태를 합쳐서 변형시킨 환상적인 모습의 상을 만들어냈다. 고대세계의 켄타우로스, 미노타우로스 그리고 동물머리를 한 신들이 바로 그 실례들이다. 중세와 로마네스크 시기의 북유럽에서는 환상적인 형상의 조각이 아주 많았다. 제2차 세계대전이 끝난 후에는 초현실주의 미술과 더불어 꿈, 공상과학의 과학기술적인 환상, 에로틱한 환상 그리고 괴물이나 자동인형 등과 같은 환상적 요소가 많이 등장했다.

비재현적 조각

비재현 조각은 크게 2가지로 나누어진다. 하나는 조각가가 자연을 모태로 하여 새로운 형태를 창안해내는 것이다. 다른 하나는 비대상 조각으로 조각가가 공간관계, 볼륨, 선, 질감 등에 대해서 갖고 있는 일반화된 추상적인 개념으로부터 형을 창조해내는 것이다. 비대상 조각에 접근하는 조각가의 작업은 흔히 작곡가에 견주어진다. 조각이라는 틀

안에서 나온 이런 비대상 조각은 20세기의 일대 혁신이라
할 수 있다.

상징적 조각

문장이나 기장(紀章)과 같은 전통적인 상징 외에도 추상
적인 개념을 상징적으로 나타낸 조각들이 있다. 도덕, 신앙,
4계절, 승리, 근면 등과 같은 개념을 의인화한 상들이 있는
데 이 상들은 흔히 그 개념을 지칭하는 상징적인 물건이
옆에 딸려 있다. 이런 직접적인 상징 외에 인간의 깊은 정
신적인 신념과 느낌을 표상한 조각들이 있다. 그 예로 중세
교회의 팀파눔 조각은 세상의 종말과 인간과 신과의 관계
에 관한 그리스도교적인 교의를 상징화한 것이다. 개인적
차원의 조각에서 미켈란젤로의 "노예상"은 육체의 속박으
로부터 벗어나고자 애쓰는 인간의 혼을 알레고리로 표현한
것이다.

조각의 용도

대규모 조각은 주로 건축에서 벽면이나 기둥의 장식으로
이용되었다. 또한 도시조경상 하나의 중심점을 만들어주기
위해 거리의 만나는 장소, 시장, 광장 등과 같은 곳에 조각
을 세웠는데 아직까지도 이 전통은 그대로 이어져 내려오
고 있다. 정원조각은 사색하고 휴식하며 즐거움을 주는 환

경을 조성하기 위한 것이다. 이 정원조각은 낙원과 같은 이상적인 분위기를 만들어내는 것이 목적이니만큼 심각한 주제는 다루어지지 않았다. 빛, 소리, 움직임이 한데 어우러진 분수조각은 20세기 혼합매체 예술인 키네틱 조각의 원형이라 하겠다. 이밖에 우리가 흔히 대할 수 있는 조각의 한 예로는 동전과 메달이 있다. 조각은 그 내구성으로 주로 위대한 인물이나 사건을 기념하기 위한 목적으로 사용되어 왔다. 묘, 묘비, 조상, 석관, 기념주, 개선문, 초상 등이 이 기념조각에 포함된다.

조각을 전체적으로 이해하거나 습득하자면 물론 서양조각사를 배제할 수 없다. 상대적으로 서양조각사가 인류 조각연혁사에 일으킨 작용을 간과할 수 없다는 결론이다.

서양에서 조각예술이 변천해온 역사

조각은 넓게 정의해서 관찰하거나 상상한 대상들을 단단한 재료를 써서 3차원으로 나타내는 미술이다. 서양의 조각은 인간의 형상이나 행동을 본떠 만들어졌기 때문에 대체로 휴머니즘적이고 자연주의적인 경향을 띤다. 조각의 일반적인 2가지 유형으로는 조상(彫像)의 주위를 사방에서 돌아볼 수 있게 만든 환조와 벽 등을 바탕 면으로 하여 그것으로부터 돌출시켜 만드는 부조가 있다. 서양의 조각은 고대 그리스에서 로마 시대까지 그리고 중세부터 19세기말에 걸쳐 아케익 양식화로부터 사실주의로 전개되는 과정을 2번 반복하게 된다. 서양의 조각가들은 실제의 인체를 면밀히 관찰하여 처음에는 그 이상적인 모습과 비례를 찾으려 했고 나중에는 영웅적이고 비장하며 극적인 효과를 추구했다. 후대에 와서는 사소한 감정까지도 조각으로 표현했고 친밀감이 가는 세속적인 주제들을 애호하기도 했다.

헬레니즘기 이전의 그리스, 초기 그리스도교, 비잔틴, 초기 중세의 예술은 그리스, 로마, 르네상스의 휴머니즘적 자연주의와 대립적인 성격을 갖는다. 20세기에 들어와서는 휴머니즘적 자연주의의 전통에서 일탈하여 새로운 재료와 기법, 새롭고 복합적인 심상을 실험해 보는 단계에까지 이르게 되었다. 추상미술의 출현으로 '상'(figure)이라는 개념은 넓게 비언어적 재현까지도 포괄할 만큼 확대되었다. 환조의 개념도 독립적으로 서 있는 조각이라, 보다 포괄적인 범주로 대체되었다. 그리고 조각의 부분들 및 그 전체의 실제적 운동을 작품의 구성요소로 부각시키는 키네틱 조각과 주어진 환경을 일종의 매체로 삼아 이를 변경시키거나 그 안에 감상자가 참여하도록 환경을 제공하는 환경조각의 2가지 유형이 새롭게 등장했다.

__청동기 및 철기 시대

에게 및 동지중해 권

에게 문명이란 대략 BC 3,000~1,100년에 에게 해 주변에서 형성된 선사시대 청동기문화를 가리키는 말이다. 발생 초기부터 이 문화는 3가지의 다른 문화권을 갖고 있었다. ① 크레타 섬의 미노스 문명(전설적인 미노스 왕의 이름에서 유래), ② 키클라데스 군도의 키클라데스 문화, ③ 그리스(헬라스) 본토의 헬라도스 문화가 그것이다. 에게 지방에서 처음으로 찬란한 문화를 꽃피웠던 곳은 크레타 섬이다. 이곳에서는 BC 3,000년부터 이집트 및 고대 근동의 영향 아래 서서히 문화가 형성되기 시작했고 곧 독창적으로 발전하게 되었다.

미노스 시대의 초기 1,000년간은 잠재적인 발전의 시기였는데 이 시기의 가장 뛰어났던 예술로는 도기류를 들 수 있다. 초기 미노스 문화와 같은 선상에서 발전한 초기 키클라데스 문화는 그 지역의 여러 섬에서 나는 거친 대리석을 깎아서 만든 조각상과 항아리들로 유명하다. 그리스 청동기 시대의 가장 정교한 작품으로 꼽히는 이 조각상들은 대개 여신상으로 인체를 최대한으로 단순화시켜 표현했다. 그 전형적인 예인 "키클라데스 우상 Cycladic idol"은 머리를 뒤로 젖히고 팔짱을 낀 나체의 여성상으로 높이가 수 인치에서 72인치까지 아주 다양하다. 그리스 본토와 동쪽의 키프로스는 미노스 문명과 키클라데스 문명의 영향권 아래 있다가 점차 독자적인 문화를 수립했다. 그리스 본토에서는 도기류, 금속류, 건축 등이 조각보다 우세했으며 키프로스 문화에서 유일하게 남아 있는 조각으로는 동석(凍石)으로 된 십자형 대모신상이 있다.

미노스 문명은 중기인 BC 2,000~1,600년에 이르러 미노스 정신의 완전 개화로 비약적인 발전을 하게 된다. 이때 크노소스에서 출토된 BC 1,700년경의 여신상(일명 "뱀의 여신상") 2점과 같은 뛰어난 미니어처 조각이 만들어졌다. 이 여신상은 두 손을 앞으로 뻗어 신성한 뱀을 쥐고 있으며 주름으로 장식된 치마에 벨트로 허리를 조이고 가슴을 드러내 놓고 있다. 키클라데스 군도와 그리스 본토 그리고 키프로스에서는 이 기간 동안 이렇다 할 흔적을 남기지 못했으나 도기류만은 그 수준이 상당히 높다.

크레타 섬은 BC 1,450년경에 일어난 지진과 BC 1,375년경에 일어난 화재라는 이 2가지 사건으로 인해 돌이킬 수 없는 피해를 입고 침체기에 들어서게 된다. 그런 중에도 미니어처 조각상의 제작은 여전했고 이 조각상들도 유광택 도자기 대신 청동, 상아, 테라코타 등으로 만들어졌다. 주제도 다양해져 예배드리는 남자, 여신, 황소를 비롯한 동물 등을 표현한 조각이 나타났다. BC 1,600~1,450년에는 대리석, 흑요석, 동석 등의 여러 가지 석재를 깎아 만든 세련된 항아리들이 등장했다. 크레타가 점차 쇠퇴해 가는 반면 그리스 본토의 미케네는 세력을 확장하여 BC 1,375∼1,200년에는 시칠리아 섬과 남부 이탈리아에서 소아시아 및 레반트 해안에 이르는 광대한 제국을 형성했다. 그 후 미케네는 BC 1,100년경에 몰락했다. 미케네인들은 기념비적인 조각에 많은 관심을 가졌던 듯하다. 기둥을 사이에 두고 사자 2마리가 마주보고 있는 모양을 한 사자의 문이 그 대표적인 예이다. 그밖에도 상아, 청동, 테라코타로 된 소형조각이 많이 만들어졌는데 미노스 문화의 영향이 다분히 남아 있다.

서지중해 권

중부 및 북부 유럽과 마찬가지로 서지중해는 훨씬 일찍 문화가 꽃핀 동지중해에 가려져 있었다. 청동기 및 철기 시대의 서지중해에서는 민족이 이동하고 전쟁이 일어났으며 상업 활동이 활발했다. 그래서 그들은 보호와 방어를 위해 도시를 만들었고 사르데냐 섬의 원형탑 '누라기'와 같은 요새를 곳곳에 지었다. 청동기시대에 탑, 신전, 묘지 등지에서 발견된 500여 점에 달하는 작은 청동조각상들은 사르데냐 지방의 독창적인 조각세계를 보여주고 있다. 이 작은 동물상들은 장수, 군인, 사제, 여인, 영웅, 신 등 사르데냐 섬

원주민의 각 계층을 나타내고 있는데 세련된 기하학적인 양식을 보여준다. 코르시카 섬의 멘히르, 돌기둥, 조각상 등은 매우 흥미롭다. 가볍게 처리한 두상과 표현적인 상반신의 인체로 묘사한 이 거석들에는 장식적인 요소나 무기류 같은 것이 약간 붙어 있다. 이러한 원시시대의 상들은 영웅화, 신성화된 족장을 나타내는 남성상이다.

청동기시대에는 여러 중심지 중의 하나에 불과했던 이탈리아 반도가 철기시대에 들어와서는 상당히 중요한 문명권으로 발전하게 된다. 빌라노바 문명과 그 후의 에트루리아 문명이 그것이다. 청동기시대 말기와 철기시대 초기에 중부 및 동부 유럽에 퍼졌던 죽은 사람의 유골을 항아리에 넣는 풍습을 가진 문화에 영향을 받은 빌라노바 문명은 BC 1,000년대 초에 그 흔적을 남기기 시작했다. 처음에는 테라코타로 만들어졌다가 나중에는 청동으로 만들어진 빌라노바의 유골단지는 그 형태가 매우 상징적이다. 양쪽에 뿔 모양의 장식이 달려 있고 위에는 컵을 엎어놓은 것 같은 뚜껑이 얹혀 있어 영락없는 사람의 모습이다. 이 단지는 때때로 죽은 사람의 유해가 안치되어 있는 오두막의 형태로 나타나기도 한다. 에트루리아 문명은 그리스의 영향을 많이 받았기 때문에 에트루리아의 아케익풍 조각들은 그리스 아케익 시대의 다이달로스 전통을 그대로 따랐다. BC 550년경에는 양식의 변화가 생겨나 조각상들이 이오니아식 특징을 띠게 되었다. 에트루리아 조각은 그리스처럼 경기자와 신의 이상화된 모습을 재현하려 하지 않았고 침상과 같은 모양의 도관(陶棺) 덮개 위에 놓인 부부의 상에서 볼 수 있듯이 죽은 사람의 신체적 특징을 나타내려 했다. 에트루리아인들은 사자, 표범, 스핑크스 등의 동물묘사를 즐겼는데 아마도 그들은 이런 야수와 악마들을 묘지를 지키는 수호자로 상상했던 것 같다.

그리스

그리스 미술은 미노스, 미케네 문명에 그 뿌리를 두고 있다. 시기적으로는 BC 900년에 시작하여 로마에 의해 정복당한 BC 146년까지를 말하며 대체로 그 발전양식에 따라 기하학기, 동방화기, 아케익기, 고전기, 헬레니즘기 등 5단계로 나뉜다. 그리스인들은 석회석, 대리석, 청동, 금, 상아, 테라코타, 목재 등을 재료로 조각을 했는데 특히 테라코타가 가장 많이 쓰였다. 작은 조각상에는 상아, 호박, 석회석, 대리석, 목재, 은, 금, 청동, 테라코타 등 여러 가지 재료를 썼다. 그 외에 그리스 조각에서 특히 뛰어난 것은 신전 박공 위에 올려 있는 조각상, 박공조각, 메토프와 프리즈의 부조와 같은 건축조각이다.

기하학기

그리스는 북쪽으로부터 도리아족의 침입을 당해 대혼란을 겪었으나 BC 9세기 들어서는 점차 안정권에 들어가게 되었다. 침입자들과 함께 묻어 들어온 그들의 예술은 그리스에 와서 기하학 양식으로 발전했다. 이 시기의 주요예술품은 도자기이며 그 외에 테라코타와 청동작품들이 있다.

동방화기

이 시대의 조각은 기법과 양식 면에서 동방세계로부터 많은 영향을 받았다. BC 700년경 그리스인들은 점토부조판을 대량으로 만들기 위해 주형을 뜨는 방법을 배웠다. 그리스에서는 이 방법이 보편화되면서 인물묘사에 있어서 정형화된 양식이 등장하게 되었다. 즉 다이달로스 양식(이 양식이 특히 번성했던 크레타 섬의 전설적인 장인 다이달로스의 이름을 딴 것임)이라 불리는 양식이 자리 잡음으로써 기하학기의 미니어처 조각에서 그 가능성이 제시되었던 자연주의와 자유로운 표현이 막을 내리게 되었고 이 양식은 BC 7세기 중엽의 그리스 조각을 대표하는 양식이 되었다. BC 640년경에는 또 다른 동방의 영향이 나타나기 시작했다. 그리스인들은 이집트 조각에서 영향을 받아 이집트인들로부터 단단한 돌을 다루는 기법을 배워 그동안 쓰던 석회

석, 점토, 나무 대신 흰 대리석과 같은 단단한 돌을 쓰기
시작했다. 최초로 기념비적인 그리스 조각이 나온 것은 이
시기이다. BC 630년경 인체 비예 및 자세 면에서 이집트
조각의 영향이 뚜렷한 대리석의 남성 누드 상(쿠로스)이 나
오게 되면서 기법과 양식 면에서 급속한 발전을 이루었으
며 다이달로스 양식으로부터 벗어나 자연주의 양식으로 넘
어가게 되었다.

아케익기

양팔을 붙이고 한 발을 앞으로 내딛고 있는 나체청년상
인 쿠로스 상은 아르케익 시대를 대표하는 조각상이다. 초
기의 쿠로스 상은 실제적 관찰보다는 이론에 따라 만들어
졌기 때문에 해부학적인 세부묘사를 했지만 인체의 유기적
인 흐름을 무시한 상태의 양식화된 묘사에 머물렀다. BC
480년경 비로소 몇몇 조각가들이 인체의 유기적인 구조를
알아차리게 되면서 아케익 쿠로스의 엄격한 대칭을 깨뜨리
고 몸의 무게가 한쪽 다리에 실려 있는 편안한 자세의 인
체를 나타내는 데 성공했다. 쿠로스와 짝을 이루는 여성상
(코레)은 누드 상이 아니므로 몸의 구조 대신 옷의 모양이
중요하게 다루어졌는데 모두가 신전에 바쳐진 봉납상들이
었다. 건축조각에 있어서 초기의 신전 박공조각을 한 조각
가들은 다양한 크기의 여러 군상들을 3각형의 공간 안에

배치하는 까다로운 문제에 봉착했다. 얼마 뒤 이들은 쓰러졌거나 쓰러지는 순간의 인체가 있는 전투군상을 집어넣는 것으로 이 문제를 해결했다. 아케익 후기로 가면 움직이는 인체에 대한 이해가 높아지면서 격렬한 제스처의 독립상들이 박공을 장식하게 된다.

고전기

아케익에서 헬레니즘기로 넘어가는 과도기인 이 시기에는 아케익기의 유형화된 인체나 딱딱한 몸짓 대신 조용하고 균형과 감정이 있는 인간을 묘사하는 양식으로 변해갔다. 이 시기의 양식은 일명 '엄격양식'이라고도 불린다. 고전기의 초기에는 기술의 발전과정과 자연주의로 흘러가는 미술의 흐름을 보여주는 뛰어난 건축조각들이 많이 있다. 이 시기의 뛰어난 조각 작품으로는 미론의 작품들이 꼽히는데 로마 시대의 모작으로만 전해지는 "원반 던지는 사람"이 대표적이다.

이 시기에는 대리석보다 청동을 많이 썼는데 청동의 특성상 부식되고 녹이 쓸기 쉬워 작품들이 대부분 없어져 버렸다. 20세기 들어서 "포세이돈", "전차병" 같은 작품들이 발견되었고 1972년에 1쌍의 전사상이 바다에서 인양되어 그나마 그 시대의 청동상을 짐작해볼 수 있게 한다.

BC 5세기 후반의 그리스 미술은 고전양식의 절정을 이룬다. 이 시기의 미술은 신을 인간화하고 인간을 신성화하는 그리스인의 생각을 가장 세련되게 표현한 것으로 이상적인 인체묘사라는 결과를 낳았다. 이상적인 상을 나타내는 데만 치중하다 보니 극단적인 표현이나 개성은 무시되었다. 그래서 격하고 고통스러운 지경에 있는 사람들조차 차갑고 무표정한 얼굴을 하고 있는 것이다. 또한 그리스 미술에서 "영웅적인 나체상"이 나온 것도 그리스인들이 이렇게 이상적인 인물묘사에 치중했기 때문이다. 이 시기의 대표적인 조각가 페이디아스는 금과 상아로 된 아테네 여신상과 제우스 상을 파르테논 신전과 올림포스 신전에 각각 만들어 놓았다. 또 다른 중요한 조각가인 폴리클레이토스는 자신이 갖고 있는 이상적인 남성상에 대한 정확한 비례를 작품 "도리포로스"(창을 멘 남자)에 구현시켜 놓았다. 조각상은 별로 남아 있지 않은 반면에 이 시기의 건축조각은 비교적 많이 남아 있는 편이다. 대부분 페이디아스의 손을 거친 파르테논 신전의 건축조각은 고전기의 이상화된 특징을 그대로 보여준다. 여성상을 조각할 때, 그리스 조각가들은 남성상을 조각할 때와는 달리 관찰을 통해서 여성적인 특징을 살려 놓았다. 아케익기에는 그저 양식적인 패턴으로만 이용했던 옷의 주름이 이 시기에 와서 인체와의 유기적인 관계 아래 생생하게 표현되었던 것이다. BC 5세기말에 옷이 몸에 딱 달라붙어 몸 구조가 환히 드러나는 양식이 나오면서 조각에서 관능적인 경향이 나타나고 고전기 양식을 주도하던 절제된 표현이 급격히 사라지게 되었다.

BC 4세기의 대표적인 조각가로는 프락시텔레스, 스코파스, 리시포스를 들 수 있다. 프락시텔레스는 기술과 해부학적 지식을 총동원하여 완전히 긴장을 푼 듯 유연한 형태의 인물상을 만들었는데 이는 그리스 조각사에서 볼 때 대리석을 통해 관능미를 한껏 구현한 최초의 예이다. "어린 디오니소스를 안은 헤르메스"에서는 대리석으로 살아 있는 육체의 느낌을 생생하게 나타냈다. 스코파스는 인물의 표정을 강렬하게 묘사한 것으로 명성이 높았다. 특히 움푹 팬 눈자위로 얼굴표정을 나타내 고전기 조각의 차가운 느낌을 강렬한 감정을 가진 모습으로 변모시켰다. 마지막으로 리시포스는 알렉산드로스 대왕이 총애하던 조각가로 폴리클레이토스가 설정해 놓은 고전기 조각의 기준에 충실하면서 이전처럼 조각상들을 고정된 시점이 아니라 사방에서 돌아가면서 볼 수 있게 만들었다. 이것은 조각사적 관점에서 볼 때 실로 혁명적인 발전이었다. 그래서 리시포스는 초상조각에서 인물을 이상화시키지 않고 실물과 비슷하게 묘사해 조각사에 또 하나의 커다란 발자취를 남겨 놓았다.

헬레니즘기

헬레니즘 양식은 어느 특정한 유명인보다 지역 및 화파

에 의해 결정된다. 현재 베를린의 페르가몬 박물관에 있는 제우스 제단의 부조, 갈리아족의 패배를 묘사하는 봉헌상의 모작들, "라오콘", "사모트라케의 니케" 등이 이 시대의 대표적인 작품들로 활기찬 행동과 승리, 분노, 좌절 등의 감정묘사가 잘 표현되어 있다. 운동감이 강조된 "라오콘" 군상은 시각적으로 주위공간을 많이 필요로 하는 작품으로 조각의 새로운 시도를 보여주고 있다. "밀로의 비너스"를 보면 대리석의 매끄러운 표면처리로 여성상의 관능미가 한껏 과시되어 있으며 낮은 어깨와 작은 가슴, 풍만한 엉덩이로 여성다움이 강조되어 있다. 이 시기에는 초상조각의 대상이 노쇠한 노인, 병자, 하류층 사람 등으로 확대되면서 당시로서는 새로운 일종의 사실주의가 자리를 잡아갔다.

로마

로마의 미술은 로마가 지중해 전역을 정복하여 건설한 로마 제국 전역에서 나온 예술을 모두 포함한다. 시기적으로는 헬레니즘기가 끝난 후부터 5세기까지이다. 로마인들은 그리스 문화의 우월성을 인식하고 있었기 때문에 그들의 문화를 흡수하고 거기에 라틴적인 요소를 가미하여 유럽의 고전문화를 완성시켰다. 로마의 초상조각은 영웅이나 전설의 인물보다 평범한 사람을 주제로 하여 얼굴의 주름살과 흉터까지도 묘사하는 사실주의적인 성격을 보여주었고 이야기식 서술방식이 모든 예술 방면에서 지속적으로 사용되었으며 부조와 회화에서는 대기, 공간의 깊이, 원근법 등을 통해 3차원적으로 묘사되었다.

로마인들은 원시사회에서 전해내려 온 장례관습에 따라 밀랍이나 테라코타로 선조의 조상이나 데스 마스크를 만들었는데 이것은 BC 2세기 중반에 들어와 후기 헬레니즘의 영향을 받아 개성적이고 사실적인 양상을 띠게 되었다. BC 1세기경에는 장례에 쓰던 사실적인 초상조각이 하나의 예술양식으로 자리를 잡으면서 급속도로 확산되어 대리석, 돌, 청동 등을 재료로 살아있는 사람들의 두상이나 흉상조각이 만들어지게 되었다. 이러한 초상조각 이외에 이 시기의 주목할 만한 또 하나의 미술양식은 여러 가지 이야기를 묘사한 설화식 부조이다.

아우구스투스 시대의 초상조각들은 얼굴의 생김새가 잘 묘사되어 있고 이마 위로는 머리카락이 흘러내리는 등 자연주의에 입각한 고전주의적 성격을 띠고 있다. 그러나 황제는 실제의 나이 든 모습이 아니라 항상 이상화된 모습이다. 신성한 통치자의 모습인 프리마 포르타의 아우구스투스상은 그리스 조각가의 작품으로서 고전적인 그리스 조각상의 자세와 비례를 받아들이면서 그것을 황제의 이미지에 맞게 묘사했다. BC 13년에 건립되고 4년 뒤에 봉헌된 제단 아라 파키스(아우구스투스의 평화의 제단)는 그 화려한 장식으로 로마의 공공기념물 중 가장 훌륭하다는 평을 받고 있다. 전과 같이 대리석을 그리스에서 수입하지 않고 이탈리아산 흰 대리석으로 만든 이 제단의 부조에는 당대의 역사, 전설 등이 사람들과 꽃 모양의 장식으로 뒤섞여 있는데 후대의 어떤 작품도 이를 능가하지 못할 만큼 아름답다. 아라 파키스에는 평화, 평온, 허식 없는 위엄, 중용, 겸손, 어린이에 대한 사랑, 자연에의 찬미 등 아우구스투스 시대의 모든 이상이 총망라되어 있다.

트라야누스 시대의 대표작으로는 다키아족과의 두 차례에 걸친 전쟁에서의 승리를 기념하기 위하여 만든 트라야누스 기념주가 있다. 이것은 1m 높이의 띠로 된 부조가 원주 전면을 나선형으로 휘감아 올라가면서 두 차례의 전쟁에 얽힌 이야기를 설화적으로 전개하고 있다. 23층의 나선 띠 속에 2,500명의 인물이 등장하는 이 부조대에서는 승리의 여신상이 두 전쟁사를 구분해주고 있을 뿐 거기에 따른 이야기들은 구별 없이 서로 겹쳐지면서 연속적으로 묘사되어 있다. 113년에 이 기념주가 세워졌을 당시 이것은 전쟁에서의 승리를 기념하기 위한 것이었으나 나중에는 원주 꼭대기에 트라야누스 황제의 상을 세우고 아래기단에 황제 부처의 유골을 둔 황제의 묘로 바뀌었다. 이밖에 기념조각으로는 로마에 있는 콘스탄티누스 개선문과 베네벤토에 있는 트라야누스 개선문에 새겨진 부조가 있다.

하드리아누스 시대에도 로마 광장에 있었던 2개의 수평석판이나 콘스탄티누스 개선문의 원형부조판 8개 등 기념부조가 많이 제작되었다. 그러나 그보다 특기할 만한 것은 조각된 석관이다. 2세기 후반부터 장례관습이 화장에서 매장으로 바뀌었고 그에 따라 석관 조각이 등장했던 것이다. 안토니우스 시대의 초상조각상 중에는 마르쿠스 아우렐리우스 황제의 청동기마상과 콤모두스 황제의 대리석 흉상이 가장 대표적이다. 이 조각상들은 높이 올려친 머리카락과 수염의 굴곡이 심하게 조각되어 있어 잔잔한 얼굴 표정과 대조를 이루면서 불안정한 느낌마저 주고 있다. 당시의 공공조각으로는 콤모두스 황제가 부친의 업적을 위해 만든 마르쿠스 아우렐리우스의 원주가 있는데 이 원주를 양식적인 면에서 이전의 트라야누스 기념주와 비교하면 2세기 로마인들에게 어떤 변화가 있었는지 알 수 있다. 이 원주의 11개 직4각형 부조판에서 웅크리고 있는 작은 인물상들, 빽빽이 밀집된 군상들, 동요하는 몸짓, 온통 전쟁의 공포와 비극에 초점이 맞추어진 듯한 묘사 등은 당시 로마 제국이 미래에 대한 확실한 자신감이 없었으며 무엇이라고 설명할 수 없는 이상야릇한 분위기에 싸여 있었음을 알려준다. 마르쿠스 아우렐리우스의 원주부조에서 보였던 빽빽한 군상 처리, 활기찬 움직임, 대기와 공간적 깊이의 묘사 같은 양식상의 새로운 변화들은 세베루스 시대에 와 더욱 확고해졌다.

3∼4세기의 초상조각은 자연주의적인 양식과 도식화된 양식 사이에서 맴돌았다. 그러다가 초상조각은 건축구조와 같은 형태로 해야 한다는 개념이 자리 잡았고 그리스 로마의 자연주의적인 묘사는 신성하고 초월적인 모습을 나타내는 양식으로 바뀌었다. 그 한 실례가 바로 콘스탄티누스 황제의 초상이다. 그 후 이 양식은 비잔틴 및 중세 도상의 전형이 되었다. 3세기의 공공조각은 남아 있는 것이 거의 없고 로마 시대 마지막 조각물의 하나로 콘스탄티노플에 있는 테오도시우스 황제의 오벨리스크에 새겨진 부조 정도를 들 수 있다. 이 부조에 나오는 황제와 궁정사람들은 이 시기의 초상조각과 마찬가지로 경직된 자세에 초월적인 모습을 하고 있다.

초기 그리스도교 미술

초기 그리스도교 미술이 시작된 시기에 대해서는 그리스도의 죽음 직후인 1세기 후반으로 규정할 것인가 아니면 양식적으로 로마 미술의 영향권에서 완전히 벗어났다고 할 수 있는 2세기말에서 3세기 초로 규정할 것인가 하는 문제 때문에 그 범위를 확정하기가 매우 어렵다. 어쨌든 그리스도교 미술이 로마 미술의 테두리 안에서 성장한 것만은 사실이고 지역적으로는 많은 차이가 있지만 그 나름대로 독창적인 예술양식을 보여주었다. 초기 그리스도교 미술의 중심지가 콘스탄티노플이었던 만큼 로마 제국이 동서로 갈린 후 동로마 제국의 그리스도교 미술을 초기 비잔틴 미술로 규정하는 문제가 또 발생하므로 그리스도교 미술의 정의가 더욱 힘들어진다. 그러나 분명한 것은 그리스도교 미술이 형식면에서는 그리스 로마 미술을 모태로 했으며 내용면에서는 새로이 성서를 따랐다는 것이다. 이러한 초기 그리스도교 미술은 고대 미술과는 사뭇 다른 새로운 미술로 등장하면서 그전까지의 전통적인 요소들을 과감히 없애버렸다. 초기 그리스도교 미술에는 공공기념조각이 없고 소품과 소소한 기념물에만 국한되었다. 그리고 그 후 그리스도교 조각은 점차 교회건축의 전체적 틀 속에 흡수되었다.

　석관조각과 카타콤베 회화는 그 발전과정이 비슷하다. 처음에는 성서의 이야기들이 그리스 로마 미술의 구조 내에서 보였기 때문에 3세기 후반 그리스도교의 석관은 로마 석관과 거의 비슷하다. 4세기 들어서 석관조각의 도상은 매우 풍부해졌고 내용도 그리스도가 행한 기적이라든가 모세와 이스라엘 백성들이 홍해를 건너간 이야기 등이 긴 프리즈로 묘사되고 그리스도의 수난의 역사가 석관 앞면을 장식하면서 아주 서술적인 성격을 띠게 되었다. 십자가상도 처음에는 죽은 그리스도의 몸 대신에 죽음을 이긴 상징으로서 그리스도라는 문장에서 각각 첫 글자만 따서 만든 모노그램이 십자가 위에 왕관처럼 씌워져 있었다.

그러나 5, 6세기에는 십자가의 고난을 나타낼 때 점차 십자가에 그리스도의 형상을 표현하는 경향으로 흘러갔다. 그리스도교 석관조각들은 3세기 전반에는 고전양식을 보였고 그 후 4세기에는 세속적이고 미숙한 수준에 머물렀으나 콘스탄티누스 이후 시대에 한결 다듬어졌다. 그래서 340~370년에 만들어진 것들이 가장 훌륭한 것으로 평가되는데 "형제"(359, 크리스티아노 박물관)라고 불리는 유니우스 밧수스의 석관, "3명의 선한 목자들"(바티칸 박물관)이라는 이름의 원주가 붙어 있는 석관, 로마의 산세바스티아노 교회에 있는 석관 등이 그 좋은 예이다.

비잔틴

330년에 로마 제국의 콘스탄티누스 황제는 비잔티움의 자리에 새로운 수도 콘스탄티노플을 건설했다. 그는 이미 313년에 밀라노 칙령으로 그리스도교를 공인했던 바 이 새로운 수도의 공식종교를 그리스도교로 할 것을 천명했다. 이로 인해 억압 속에서 싹트던 종교미술이 활짝 피어나기 시작했다. 비잔티움이라는 곳이 그리스의 옛 식민지였던 만큼 여기서 피어난 미술에서 그리스 양식의 영향은 절대적이었다. 하기아소피아 대성당을 필두로 비잔틴 건축조각은 재현적인 테두리에서 벗어나 점차 추상적인 성격으로 양식화되어 갔다. 비잔틴 초기에는 황제들의 초상조각도 있었고 하기아소피아 대성당 정면의 원주 위에 유스티니아누스 황제의 기마상도 세워져 있었다고 하나 이것은 그저 초상조각의 마지막 흔적일 뿐이었다. 이와 더불어 석관과 교회 벽면을 장식하던 부조도 유스티니아누스 황제시대를 끝으로 더 이상 나오지 않았다. 그 대신 하기아소피아 대성당의 주두와 코니스 장식 같은 기하학적 문양의 평부조 석판이 유행하게 되었다. 이 석판은 창문의 아래 칸으로도 쓰였고 그리스 정교회에서는 교회의 본체와 성소를 구분시키는 '이코노스타즈'라는 칸막이로 쓰였다. 이밖에 이 시기에는 유능한 조각가들에게 항상 후원이 뒤따랐기 때문에 공예적인 성격의 조각이 많이 제작되었다. 그 공예조각들은 중세 조각의 면모를 아는 데 필수적인 것으로 그중에서도 상아조각이 제일 중요하게 취급된다. 상아제품은 미사의 성찬식에 쓰이는 성작(聖爵)에서부터 라벤나의 대주교 막시미아누스의 옥좌에 이르기까지 그 종류가 매우 다양하며 일반적으로는 한 쌍으로 된 상아조각 패널이나 책표지 등에 많이 애용되었다. 의식용으로 쓰였던 황제의 상아조각 패널을 보면 한쪽이 5개의 패널로 구성되어 있는데 중앙에는 황제의 초상, 그 양옆에는 집정관, 아래에는 공물을 나르는 사람들, 위에는 그리스도의 흉상을 들고 있는 천사들이 있다. 이러한 배열은 그리스도가 위에 있고 그리스도의 부섭정관으로서의 황제가 지배하는 세상이 그 밑에 있다는 당시 비잔틴 세계의 계급질서를 나타내고 있다. 그중 가장 세련된 것이 아나스타시우스 1세의 것으로 추정되는 바르베리니 상아조각판(루브르 박물관)이다. 이밖에 비잔틴 미술은 그루지야, 아르메니아, 이집트의 곱트 지방 등지에서도 크게 융성했다.

초기 중세

로마 제국이 동서로 갈리면서 문화의 주도권은 동쪽으로 넘어갔지만 옛 전통은 그대로 서쪽에 남아 있으면서 여러 침입자들의 문화와 융합되었다. 프랑크족의 메로빙거 예술은 6세기에 유럽 전역을 휩쓸면서 보석류와 그릇 등의 부장품을 남겼다. 568년 이탈리아를 침입한 롬바르드족은 그곳에서 게르만 문화를 퍼뜨렸으나 조각 분야에서는 지중해 문화의 영향이 우세했고 부조장식에서는 비잔틴 요소가 섞이면서 재현적인 면보다는 추상적인 장식성이 더 강조되었다. 카롤링거 왕조의 샤를마뉴 대제는 궁정학교를 개설하여 민족이동 후 침체된 문화를 부흥시키고자 했다. 시간적으론 바로 768년에서 9세기 후반이다. 이때 고전적, 비잔틴적 요소가 게르만족에 의해 동쪽으로부터 유입된 장식문양과 합쳐져 로마네스크 양식의 징후를 나타내는 문호가 형성되었다. 신성 로마 제국을 건설한 독일의 오토 왕조와 그 뒤를 이은 잘리에르 왕조 초기(950~1050)에는 카롤링거 왕조의 문화유산이 그대로 이어지다가 나중에는 독자적인 양식으로 발전했다. 카롤링거 왕조시대의 조각품은 거의 남아 있는 것이 없고 오토 왕조시대에는 금은세공과 유사한 환조가 다시 부활했다. 이 시대의 특기할 만한 작품으로는 쾰른 대성당에 있는 목조 "게로의 십자가에 못 박힌 그리스도"와 힐데스하임 대성당에 있는 청동부조 "아담과 이브를 꾸짖는 하느님"이 있다.

로마네스크

1818년에 생겨난 이 용어는 당시 유럽에 널리 퍼진 로마의 건축 및 문화유산과 튜턴, 스칸디나비아, 비잔틴, 이슬람교 등 여러 지방의 영향이 중세식으로 종합되어 나온 양식을 말하는 것이다. 전 유럽 대륙에 산재해 있었던 중세의 수도원들은 문화의 실제적 중심지로 이 시기 문화부흥의 견인차 역할을 했고 후원자로서 존재했다. 11세기에는 많은 교회들이 로마네스크 양식으로 지어졌고 로마네스크 조각은 교회 현관의 팀파눔을 통해 프랑스에서 그 절정을 이루었다. 무아삭 교회의 팀파눔 조각(594쪽 사진 15)에서는 24명의 장로들과 함께 있는 "요한의 묵시록"의 그리스도를 묘사했는데 여기서는 자연물체들이 현세성을 초월한 듯이 보인다. 그리고 모든 형태들은 물리적인 공간임을 거부하는 평면상에 놓여 있으며 그리스도상을 중심으로 한 24명의

인물들은 너무나 작아 마치 나무에 잎들이 붙어 있는 것
같은 모습이다.

고딕

"고딕"이라는 용어는 중세에 생겨난 것이 아니라 고딕
양식이 이탈리아 르네상스에 의해 이미 밀려난 다음인 16
세기에 역사가들에 의해 조롱조로 붙여진 말이다. 이 말은
고트족이 고전적인 로마 미술을 파괴하고 야만적인 미술을
전개했다 하여 붙여진 말이다. 로마네스크 시대와 마찬가지
로 고딕 시대의 우수한 조각가들은 주로 건축의 장식조각
을 맡았다. 교회현관이 바로 이러한 조각들이 집결되어 있
는 곳으로 상인방우의 반원형 공간인 팀파눔, 팀파눔을 아
치 모양으로 둘러싸고 있는 작은 조각상들, 문설주 조각 등
이 있다. 로마네스크 조각과 비교해보면 이 시기의 조각들
은 점차 사실적인 방향으로 나아가고 있었음을 알 수 있다.
양식상의 변화가 나타난 첫 번째 예로는 바로 샤르트르 대
성당의 문설주 조각인데 여기서 그리스도와 사도상(1140∼
50)들은 사실적인 인간의 모습을 하고는 있으나 아직도 기
둥처럼 건축구조에 종속되어 있다. 두 번째 양식의 변화는
뫼즈 지방에서 베르됭의 니콜라라는 장인이 인물상을 곡선
으로 휘게 하고 옷 주름이 몸을 둥글게 휘감고 있는 모습
으로 처리하면서 새로운 형식의 사실주의를 추구한 데서

발견할 수 있다. 독일어의 '물덴스틸'이라는 용어는 바로 이런 종류의 옷 주름을 두고 하는 말이다. 그 후 랭스 대성당의 문설주 조각 "방문"에서는 물덴스틸의 소용돌이치는 옷 주름 대신 V자형으로 무겁게 드리워진 옷 주름 양식이 나타났는데 이는 양식상의 또 다른 변화로 그 후 150년간이나 지속되었다. 이 고딕 양식은 각기 독특한 지역적 특성을 보이면서 영국, 독일을 비롯해 유럽 전역으로 확산되었다. 전성기 고딕에 와서는 건축조각이 점차 쇠퇴하고 묘소나 기념물과 같은 사적인 조각들이 많이 나왔다. 프랑스의 생드니 수도원 교회에 남아 있는 루이 9세 때의 묘들과 영국의 웨스트민스터 대수도원에 있는 다양한 재료의 많은 묘들이 그 대표적인 예이다.

이탈리아에서는 1,250∼1,350년에 조형예술이 급격한 발전을 보였다. 이 시기의 중요한 조각가는 니콜라 피사노와 그의 아들 조반니 피사노로 이들은 토스카나 지방에서 활동하면서 교회의 설교단을 많이 만들었다. 피사 세례당과 시에나 대성당에 설교단을 남긴 니콜라는 고전양식을 보여주었는데 그가 이런 양식을 추구한 것은 사실적인 묘사를 회복하기 위해서이다. 조반니 피사노가 만든 산안드레아피스토이아 교회의 설교단은 기술면에서는 세련되지 못하지만 매낙차 극적인 감정표현을 보여준다. 니콜라 피사노의 공방은 그 명성이 이탈리아 전역에 퍼지면서 많은 작품을 제작했음은 물론 아르놀포 디 캄비오와 티노 디 카마이노 같은 유명한 예술가들도 배출했다.

　국제 고딕 시기의 예술품들은 대부분이 유실되었으므로 그때의 예술적 상황을 짐작하기가 매우 어렵다. 14세기 후반의 대표적 인물로는 프랑스 궁정조각가인 앙드레 본뵈를 들 수 있으며 1,390~1,406년에 왕성한 활동을 한 클라우스 슬뤼테르는 사실성이 짙은 작품으로 당대 조각양식에 커다란 변화를 가져왔다. 국제 고딕 양식은 이탈리아에서의 예술의 발전 특히 도나텔로의 초기 작품에서와 같이 고전 사상을 조각에 도입하는 데 지대한 영향을 끼쳤다.

　후기 고딕 양식은 건축과 회화 분야에서 커다란 발자취를 남겼지만 그 조각품들은 파괴된 것이 많아 조각 발전의 흐름을 추적하기가 어렵다. 다만 이 시기의 조각들이 표현에 있어 절제된 양상을 보이지 않고 매우 복잡하고 정교하다는 것은 확실하다. 사실적인 세부묘사와 장식적인 기교가 지나쳐 전체적으로 볼 때 군더더기가 너무 많이 붙은 것 같은 복잡한 인상을 준다. 이 시기의 대표적인 작품으로는 부르고뉴 공작 필리프를 위해 15년간이나 일한 슬뤼테르가 제작한 필리프 공의 묘로서 이 묘의 양식은 그 후 유럽 전역에 퍼졌다. 사실적인 세부묘사와 풍요로운 장식의 결합에 한계를 느낀 1,400년경의 예술가들은 고대의 고전예술에서 그 대안을 찾았다. 그들은 고전의 '정확성'(rightness)에 매료되어 그전까지의 고딕 형태를 야만적이라 규정해버렸던 것이다. 모든 찬사는 고전예술로 돌아갔고 모든 비난은 고딕 예술에 퍼부어졌다. 그러나 후기 고딕에서 르네상스로의 이행은 상징주의에서 사실주의로 넘어가는 것 같은 급격한 변동이 아니라 한 종류의 사실주의에서 다른 종류의 사실주의로 넘어가는 정도의 변화였다.

르네상스

15세기에 이탈리아에서는 고전에 관한 연구가 부활되면서 예술에서도 고전적인 이상이 꽃을 피웠다. 로마네스크나 고딕 시대에도 고전적인 전통이 미미하게 이어지면서 아칸투스 잎이라든가 옷 주름의 처리 같은 고전적인 형태가 종종 보이나 그것은 주로 로마 시대의 미술에 바탕을 둔 것이었다. 13세기 중엽에 활동한 니콜라 피사노는 로마 시대의 작품에 관심을 돌린 최초의 조각가였다. 피렌체에서는 르네상스 양식이 조각 부문에서 처음 나타났다. 르네상스의 시작을 피렌체 대성당 세례당의 청동문 디자인에 대한 경합(競合)이 있었던 1,401년으로 보기도 하고 도나텔로와 난니 디 방코에게 대성당 정면에 놓을 네 명의 성인좌상 주문이 들어온 1,408년으로 보기도 한다. 도나텔로는 친구인 건축가 브루넬레스키와 화가 마사초와 더불어 서양미술사에서 가장 독창적인 예술가들 중의 한 사람으로 꼽힌다. 그

는 피렌체 대성당과 오르산미켈레 교회의 조각장식을 맡아
하면서 천재성을 유감없이 발휘했다. 오르산미켈레 교회의
외부벽감에 있는 "성 조지" 상은 조각에 새로운 방향을 제
시해주었다. 이 상은 휴식과 행동 사이의 정지 상태에 있는
인간의 모습을 나타내고 있다. 또한 도나텔로는 "성 조지"
상 아래의 부조에서 평부조임에도 불구하고 무한한 회화적
깊이를 느끼게 하는 새로운 종류의 부조기법을 창안해냈다.
그와 동시대인으로서 짧은 생애를 살았던 난니 디 방코는
1,411∼13년에 제작한 오르산미켈레 교회의 "4인의 성자"
를 공간적인 유대관계 속에서 말없는 대화가 오가는 군상
으로 처리해 조각이 당면했던 가장 어려운 문제를 풀어주
었다. 세례당의 청동문 경합에서 이긴 로렌초 기베르티는
1,403년 청동문 제작에 착수하여 1,424년에 완성했다. "천
국의 문"이라는 이름이 붙은 기베르티의 두 번째 청동문은
4각형의 틀로 된 10개의 부조로 되어 있다. 이 부조들은
바닥면이 전과 같이 그저 바탕으로서만 있는 것이 아니라
공간감을 주어 하늘과 같은 느낌도 나게 하며 인물들도 원
근법으로 묘사된 건물과 풍경 속에 배치되어 깊이가 느껴
지면서 회화적인 느낌을 강하게 준다. 15세기 시에나의 중
요한 작가인 자코포 델라 퀘르치아는 볼로냐의 산페트로니
오 교회의 정문부조에서 그 활기 있고 생동감 넘치는 인물
묘사로 젊은 미켈란젤로를 매료시켰다. 도나텔로는 15세기

후반 피렌체에서 고대 이래 처음으로 벽에서 완전히 독립된 나체조상의 청동상 "다비드"를 제작했고 파도바에서 산 안토니오 교회 앞에 서 있는 "가타멜라타" 기마상을 만들었는데 이 두 상은 모두 고대의 정신을 아주 강하게 보여주는 작품들이다. 도나텔로는 "가타멜라타" 이후 피렌체로 돌아와서 목조상 "막달라 마리아"를 제작했는데 특별히 정신성을 강조하기 위해 형태를 왜곡시켜 표현했다. 안토니오 폴라이우올로는 회화와 마찬가지로 조각에서도 근육적 동태와 선적인 움직임에 주력하면서 운동감이 풍부한 인체를 묘사하고자 했다. 그의 소형 청동작품 "헤라클레스와 안타이오스"는 격렬하게 싸우는 신화의 두 인물을 묘사한 것이다. 폴라이우올로와는 반대로 데시데리오 다 세티냐뇨는 여인들과 아이들의 초상을 많이 제작했다. 그가 제작한 산로렌초 교회의 "성체 감실"의 조각은 윤곽선을 강조한 편안하고 부드러운 인물묘사로 피렌체 조각에 새로운 바람을 일으켰다. 안드레아 델 베로키오는 특히 운동감에 치중했으며 베네치아에 있는 "바르톨로메오 콜레오니" 기마상과 분수조각인 "돌고래를 안은 푸토 Putto with Dolphin" 등을 제작했는데 후자에서는 돌고래의 입에서 힘차게 물이 뿜어져 나오는 모습으로 운동감 표현의 극치를 이루고 있다.

미켈란젤로는 15세기에 태어나, 예술가로서 성장하여 16세기의 성기 르네상스 및 마니에리스모 양식을 대표하는 인물이다. 그는 피렌체의 조각가인 베르톨도 디 조반니로부터 배우면서 도나텔로에 대해서 알게 되었다고 한다. 또한 메디치가와 가까이 지내면서 고전예술에 관한 지식을 키웠다. 그가 21세에 조각한 "바코스"는 고대정신을 완벽하게 나타낸 조각이다. 미켈란젤로가 1,501년 피렌체에서 만든 "다비드"는 원래 대성당의 높은 부벽부에 놓이도록 계획된 것이었으나 완성 후에는 시의 원로들이 공화국 정부가 있는 베키오 궁 앞에 세우도록 했다. "다비드"가 피렌체를 상징하는 인물이었기 때문이다. 5.49m의 높이, 커다란 손과 발, 소년의 몸과 청년의 얼굴을 한 젊은이로 묘사된 "다비드"는 잠재된 힘을 가진 강인한 모습을 보여준다. 신체 부분들의 균형, 전체적인 조화로 인해 이 작품은 성기 르네상스 양식을 그대로 보여주는 작품으로 꼽힌다.

미켈란젤로는 교황 율리우스 2세가 자신의 묘를 부탁해왔기 때문에 로마에 갔다. 그러나 교황의 재정적인 어려움과 교황청의 반대로 인해 정작 그 일은 하지 못하고 시스티나 예배당의 장식을 맡게 되었다. 그 후 1,513년 율리우스 2세가 죽자 후계자들이 묘를 좀 작게 하되 빨리 완성시켜 달라고 독촉을 해왔다. 1,545년 원래의 계획보다 대폭 축소된 묘가 산피에트노인빈콜리 교회에 설치되었다. 이 묘에 쓰려고 만든 조각상들은 여기저기 흩어졌고 "모세"상만이 원래 설계된 자리에 세워졌을 뿐이다. 이 묘를 위해 만든 "죽어가는 노예", "반항하는 노예"는 현재 루브르 박물관에 있다. 레오 10세가 교황으로 선출되고 난 후 맡게 된 "메디치가의 묘"에서 그는 건축적인 구성으로 작품에 떨어지는 빛도 조절했으며 관람자가 이것을 보게 될 위치도 고려했다. 이 묘의 왼쪽에는 줄리아노 메디치의 묘, 오른쪽에는 로렌초 메디치의 묘가 있으며 그 밑에는 우의적인 조각상 "밤", "낮", "새벽", "저녁"이 비스듬히 누워 있다. 그의 마지막 작품인 "론다니니 피에타"는 조각에 대한 그의 심오한 생각을 잘 나타내주는 작품이다. 그는 이 작품이 거의 완성되었을 때 마음을 바꾸어 상의 넓은 부분을 대폭 깎아냈기 때문에 밋밋한 형태의 조각이 나왔던 것이다. 그는 죽기 10일 전까지도 이 작품에 매달렸으나 작품은 미완성 인 채로 남았다. 벤베누토 첼리니는 자서전을 집필해 자신의 생애를 상세하게 알려준 예술가로 유명하다. 그의 청동작품 "페르세우스"에서는 페르세우스가 헤르메스의 날개달린 신발을 신고 있어 날아가는 데 일종의 경쾌함이 느껴지며 팔을 뻗어 메두사의 머리를 들고 있음으로써 가운데가 비어 있는 열린 공간이 형성되고 있다. 이 조각의 전체적인 구성에서 빈 부분이 차지하는 비중은 조각된 부분만큼이나 중요한 것으로 이런 식의 구성은 청동으로나 가능하지 대리석으로는 생각해 볼 수조차 없는 것이었다. 이 작품은 또한 사방에서 관람할 수 있도록 되어 있는데 이것은 아주 새로운 시도라 하겠다. 16세기 말에 이르러 피렌체에서는 잠볼로냐와 그의 조수들의 영향력이 커졌다. 잠볼로냐는 미켈란젤로가 사용했던 위로 감아 올라가는 구성을 어느 누구보다도 가장 잘 이해했던 조각가로 그의 대표작 "사비니 여인들의 약탈 Rape of the Sabines"은 세 사람이 뒤엉켜 위로 올라가는 형상으로 바로크 미술을 예시했다고 볼 수 있다.

바로크

바로크의 예술가들은 회화, 조각, 건축 사이의 구분을 없애고 그 모두를 합쳐 극적인 회화세계를 창조했다. 17, 18세기의 위대한 조각가인 잔 로렌초 베르니니는 초기작 "아폴론과 다프네"를 통해서 열린 형태, 3차원적 표현을 통한 회화적인 효과로 향후 200년을 지배할 혁신적인 조각의 원리를 수립했다. 그리고 성베드로 대성당의 "성 롱기누스"상에서는 실제 몸의 움직임이 아니라 갑작스러운 기적으로 인해 옷이 심하게 흐트러진 모양을 묘사하여 바로크 조각의 특징적인 양식을 잡아 놓았다. 순간적인 마음상태를 극적으로 포착해서 묘사한 로마의 산타마리아델라비토리아 교회 코르나로 예배당에 있는 "성녀 테레사의 법열"도 건축, 회화, 조각을 통합하여 연극무대와 같은 복합적인 환상의 세계를 창조해내는 데 성공한 대표적인 예이다.

17세기 후반에 들어 회화에서는 구성이 점차 장식적으로 되어가고 형태도 유연해졌는데 이런 양상은 조각에서도 마찬가지였다. 로마에서의 로코코 양식을 예견하게 하는 필리포 카르카니의 조각들, 제노바, 베네치아, 나폴리 등지에 있는 필리포 파로디의 조각들이 그런 흐름을 보여주는 작품들이다. 아고스티노 코르나키니와 피에트로 브라치는 훨씬 가볍고 극적인 작품을 표현했는데 그들이 트레비 분수에 조각한 우의적 작품 "대양 Ocean"은 베르니니의 조각을 익살맞게 흉내 낸 작품이다. 18세기 중엽 이탈리아의 조각은 기교적 발전을 통해 점점 더 회화적인 경향으로 흘러갔다.

17, 18세기의 스페인 조각은 회화 이상으로 후기 고딕 양식과 밀접하게 연결되어 있었다. 반종교개혁은 조각에서 사실주의를 요구했고 신앙심을 고무시킨다는 목적하에 조각에 유리로 된 눈을 붙이고 가발을 씌우며 진짜 천으로 된 옷을 입히는 경우도 있었다. 스페인의 바로크 조각은 전적으로 종교적이면서 대중적인 성격을 띠고 있다. 그레고리오 에르난데스의 "피에타"와 같은 조각은 바로크적이라기보다는 고딕의 감동적인 사실주의에 더 가깝다. 후안 마르티네스 몬타네스는 활동이 많았던 조각가로 그의 작품은 사실성과 깊은 정신성을 동시에 보여주고 있다.

17세기 프랑스는 루이 14세의 통치하에 군사적으로나 문화적으로 유럽에서 가장 강력한 나라로 부상했다. 이 시기의 프랑스 미술은 이탈리아 바로크의 영향을 받았으면서도 고전주의적인 색채가 짙은 그 자체의 독특한 양식을 보여주어 고전주의적 바로크 혹은 바로크적 고전주의라고 불린다. 루이 14세의 궁정조각가인 지라르동이 제작한 "리슐리외 추기경의 묘"는 공간 활용이 많고 회화성이 짙은 바로크적 요소와 보수적인 고전주의 요소가 잘 결합되어 있어 당시 프랑스의 바로크 양식을 그대로 보여주는 적절한 예라 하겠다. 루이 14세의 재상 특히 콜베르에 의해 세워진 미술 아카데미가 요구하는 틀에 박힌 양식 때문에 빛을 보지 못하던 피에르 퓌제는 "크로토나의 밀로"에서 고뇌에 찬 표현으로 강한 독창성을 보여주었다. 루이 14세의 또 다른 조각가 쿠아즈보는 공식적인 아카데미 바로크 양식으로 출발했으나 나중에는 18세기 취향의 대두와 함께 가볍고 경쾌하며 장식적인 양식으로 흘렀다. 바로크 양식을 정교하게 세련화한 18세기 로코코 양식은 귀족적인 살롱 예술이었다. 18세기가 흘러감에 따라 프랑스 조각에서 고전적인 성격의 중요성은 더 크게 부각되었다. 에티엔 모리스 팔코네의 대리석 조각 "목욕하는 사람"에서의 정교한 형태와 끊어짐 없이 계속 이어지는 윤곽선은 고전적인 전통을 로코코 취향에 맞춘 것이다. 장 앙투안 우동은 "디아나"에서 로코코 양식의 유희적인 분위기를 멀리하면서 고전주의를 더욱 정화시켰다. 그의 초상조각은 베르니니의 전통을 18세기의 취향에 따라 세련화한 것이다.

이당시 중부 유럽에서는 신, 구교도 간의 30년 전쟁이 막을 내리고 그 폐허 속에서 회화와 조각이 서서히 부활하기 시작했다. 트리에르에 있는 라우쉬밀러의 조각에서는 베르니니의 영향이 보이지만 오스트리아의 작가들 간에는 고전주의가 더 강하게 작용했다. 바이에른 지방의 바로크 양식은 에기트 퀴린 아삼과 코스마스 다미안 아삼 형제가 주도했는데 그들은 로르 수도원 교회의 중앙제단에서 베르니니의 무대적인 환상주의를 더 발전시켰다. 베를린은 브란덴부르크 대선제후의 치세 아래 정치적으로나 예술적으로 중요한 중심지가 되었다. 현재 샤를로텐부르크에 있는 대선제후의 기마상은 만개된 안드레아스 슐뤼터의 바로크 양식을 그대로 보여주는 작품이다. 중부와 동부 유럽에서는 바로크와 로코코 양식을 연대적으로나 양식적으로 확실하게 구분할 수가 없다. 18세기 남부 독일의 최고 조각가였던 이그나츠 귄터는 마니에리스모 양식의 우아함과 세련미, 후기 고딕 조각의 사실성을 결합시켜 독특한 양식의 조각을 만들었다. 슈바벤 지방에서는 조각가와 치장벽토 예술가 간의 협력관계가 매우 성공적으로 이루어졌다.

신고전주의

신고전주의라 알려진 18세기의 조각운동은 바로크 양식의 말기 현상에 대한 반동으로 일어난 것이며 고전에 대한 학문적 관심의 태동을 보여주는 것이다. 고대의 지중해세계에 대한 고고학적인 탐사로 새로이 발견된 고전적인 예술 형식과 주제들은 당시의 계몽사상과 호흡이 맞춰지면서 미술에서는 재빨리 새로운 표현을 추구하게 되었다. 신고전주의 조각은 부조에서 대기원근법이나 선원근법을 나타낸다든지 환조에서 휘날리는 머리카락이나 옷자락을 묘사한다든지 하는 회화적인 효과를 염두에 두지 않고 명확한 윤곽선, 평평한 바닥면에 역점을 두었다. 이들은 주로 고전사상과 로마 미술에서 영감을 얻었다.

17세기의 프랑스 및 이탈리아 아카데미의 이론가들은 과거의 시대와 장소를 표현할 때 의상, 세부, 배경 등이 정확해야 한다고 주장했다. 이러한 "적성론"(decorum)을 물려받은 18세기 미술가 특히 신고전주의자들은 새롭게 얻어진 고고학적인 지식에 힘입어 그 이론을 충실히 지켰다. 그러나 영웅이나 유명인물의 초상에서는 고대 옷을 입히느냐 아니면 당시의 옷을 입히느냐 하는 문제가 생겨났다. 조각가들은 제복을 입히기도 했고 나체상으로 그냥 두기도 했다. 거의 벗은 상태로 의자에 비스듬히 누워 있는 여인상을 묘사한 이탈리아 조각가 카노바의 "비너스 빅트릭스의 모습을 한 파올리나 보르게세 Paolina Borghese as Venus Victrix"는 그 당시 여인의 초상과 이상화된 고대의 비너스를 결합시켜 놓은 전형적인 신고전주의 조각이다.

　신고전주의자들은 바로크 미술의 과장성과 광기는 야만적이고 거친 미술을 낳는다고 하면서 배척했고 로코코 양식은 경박스럽다고 경멸했지만 그 뿌리를 완전히 없애지는 못 했다. 빙켈만이 고대미술을 모방하라고 한 것은 거기에 나타난 이상미(理想美)와 그 정신을 모방하라는 것이었지 고대작품을 보이는 대로 모사하라는 뜻은 아니었다. 어떤 미술가들은 빙켈만의 주장을 잘못 이해하여 정신성과 생명력이 없는 미술품을 양산해내기도 했다. 일반적으로 신고전주의 미술가들은 동작과 감정표현을 극도로 억제시켰고 고전적인 평온함을 추구했다. 프랑스에서는 회화와 건축 분야에서 신고전주의가 맹위를 떨쳤으나 조각 분야에서는 그리 괄목할 만한 신고전주의 조각가가 나오지 않았다. 님프와 같은 소형의 고전상을 많이 만든 클로디옹, 고전상과 고대 흉상을 본떠 당대인의 초상을 많이 제작한 장 앙투안 우동이 유명한 조각가로 꼽힐 정도이다. 신고전주의의 흐름에서 18세기 말까지 유럽 미술을 대표한 미술가는 이탈리아의 안토니오 카노바였다. 18세기 말에 그가 차지했던 위치는 17세기에 베르니니가 누렸던 것과 비견된다. 베르니니는 군주를 비롯한 수집가들을 위한 조각을 초기에만 제작했지만 카노바는 거의 전 생애에 걸쳐 그런 작품을 제작했다. 두 사람 모두 생애의 대부분을 로마에서 보냈다. 베르니니가 교황의 통제하에서 외국의 유력자들을 위해서는 작품제작이 거의 허용되지 않았던 반면 카노바는 후원자가 주로 외국인이었고 유럽의 모든 궁정에 작품을 공급했다. 엄격하기도 하고 감상적이기도 하며 때로는 격렬하기도 한 다양한 양식을 펼쳐 보이는 조각가였던 카노바는 고전적 구상과 프리즈, 묘, 초상 등 폭넓은 작품을 제작했다.

낭만주의

19세기에도 여전히 궁정이나 귀족의 후원자들의 입김이 예술가의 명성을 좌지우지했지만 아카데미가 연례적으로 개최하는 살롱전은 그 공적인 성격으로 인해 예술가들에게 지대한 영향을 끼쳤다. 살롱 전에서 상을 받은 작품들은 대개 그리스, 로마 신화나 역사에서 주제를 따온 누드 상으로서 서술적인 성격이 강했다. 그러나 대중의 이목을 집중시킨 작품들은 주제를 당대의 사건이나 문학작품에서 따온 것들이 많았다. 아카데미는 교육과정에서 영웅적 성격의 절제된 신고전주의를 가르쳤으나 반대로 전람회를 위해서 새로운 것, 감정적인 것, 선풍적인 것에 관심을 모았다. 전시할 때는 석고모형 작품을 전시했다가 주문이 들어오면 주문자의 요구대로 대리석이나 청동상으로 만들기도 했다. 이 작품들은 미술관에 소장되기도 했고 수집가들 집의 정원이나 멋있는 응접실에 놓이기도 했다. 파리에서는 작품을 작게 축소시키는 기계가 개발되고 경비도 절감시키는 기술이 고안되어 실내장식용 조각이 범람하게 되었다. 그러나 기술의 개발은 조각의 질뿐만 아니라 건축, 가구, 금속세공품 장식의 질도 저하시키는 결과를 초래했다.

19세기에 가장 저조했던 분야는 교회나 공공건물의 대형 부조 같은 기념조각이다. 이런 종류의 일은 개인의 자주성에 치중하는 당시의 낭만적인 분위기에는 맞지 않았기 때문이다. 그러나 광장이나 공공장소에 세워지는 초상조각은 공공조각이면서도 이 당시에 많이 세워졌다. 왕족 이외의 인물을 기념하는 이런 종류의 초상조각이 세워진 것은 고대 이래 처음으로 영국에서 시작되었다. 리버풀과 버밍엄에 세워진 넬슨 제독의 상이 그것이다. 19세기 말에는 박애주의자, 기업가, 이름 없는 장군 등에 이르기까지 많은 초상조각이 제작되었다. 19세기의 가장 뛰어난 공공조각으로는 카를로 마로체티의 "엠마누엘레 필리베르트 공작"(1833, 토리노), 크리스티안 다니엘 라우흐의 "프리드리히 대왕"(1836~51, 베를린)과 프랑스의 잔 다르크상 등 몇 점이 있다. 이것들은 마테오 알론소가 제작하여 1902년 칠레와 아르헨티나 사이의 국경에 세워진 거대한 "안데스 산맥의 그리스도"와 마찬가지로 시사적이고 정치적인 중요성을 갖고 있다. 뉴욕에 세워진 "자유의 여신상"은 그 커다란 규모로 대중들에게 충격을 주었다.

__현대

19세기 말

근대미술은 주제와 양식 면에서 아카데미의 전통을 거부한 데서 시작되었다. 1860년대 후반에 프랑스에서 일어난 인상주의 회화운동은 색채와 붓질, 그리고 형태가 갖는 내재적인 성질을 탐구했다. 인상파의 확장된 시각개념은 조각에도 혁명적인 결과를 가져왔다. 프랑스 조각가인 오귀스트 로댕은 실물 모델링의 새로운 기초를 찾아냈고 양식적인 통합을 꾀했다. 도미에로부터 대담한 표현의 모델링을 배운 로댕은 작품의 완성된 상태가 아니라 마무리되어가는 상태를 보여주는 듯한 조각을 했다. 나중에 가서 로댕은 부서진 토르소와 같이 인체의 한 부분을 조각하기도 하여 인물상 조각의 범위를 최대한으로 넓혀갔다. 그때까지의 조각은 속이 채워진 덩어리와 빈 부분 간의 상호작용에만 의존했으나 로댕에 와서는 주변공간까지도 작품 속에 융합되었다. "아담"(1880), "이브"(1881) 그리고 현대조각의 걸작으로 평가되는 미완성작 "지옥문" 등이 이와 같은 새로운 방법을 발전시킨 대표작들이다. 로댕의 많은 제자 중 가장 뛰어난 사람은 에밀 앙투안 부르델과 샤를 데스피오였다. 1907~14년에 로댕 공방의 책임자였던 데스피오는 고전주의에 대한 관심을 나타낸 작품을 만들었다.

아방가르드

1910년대에는 르네상스로부터 로댕까지 이어져온 인체묘사의 전통이 사라지고 입체파, 브랑쿠시, 구성주의자들이 크게 부상했다. 그중 입체파는 관찰이 아닌 상상에서 나온 형태와 관계들로 이루어진 구성으로 두드러진 영향력을 보여주었다. 혁명적인 조각의 최초의 예는 피카소의 "여인 두상"(1909)이다. 피카소는 전통적인 조각 방법이나 인체에 대한 그의 감각적 경험에 의존하지 않고 대상을 철저히 개념화하는 방법을 택했다. 두상이 해부학적 묘사와는 관계없이 각이 진 면들로 이루어졌기 때문에 강한 인상을 준다. 마티스의 두상 조각 "자네트"(1910~11)도 비례를 주관적으로 조정하여 얼굴 부분에 새로운 활력을 주었다. 브랑쿠시도 설명적인 형태를 버리고 본질적인 형태의 핵심만 집약시켜 표현했다. 그의 작품 "입맞춤"(1908)은 두 개의 덩어리 같은 모양의 남녀가 포옹을 하고 있는 조각으로 원시미술의 응집된 표현력을 갖고 있다. 그의 청동작품 "공간의 새"는 그 추상적 형태를 본 미국 세관이 미술품으로 인정하지 않고 면세혜택을 받지 못하게 한 사건으로 인해 더 유명해진 작품이다. 레이몽 뒤샹 비용의 '말'은 실제 말의 모습이 전혀 아닌 휘감겨진 애매한 기계 형태로 기관차축의 마력을 형상화한 것이며 더 나아가서는 기계화된 현대

생활을 암시한 것이다. 뒤샹 비용은 기계의 힘과 에너지를 사랑한 이탈리아 미래파 운동의 중심인물인 움베르토 보초니의 영향을 받은 듯하다. 보초니의 "공간에서 연속성의 특이한 형태 Unique Forms of Continuity in Space"는 운동감을 형상화한 것으로 조각가는 주변 공간과의 연관성 속에서 대상을 파악함으로써만 실재의 동적인 힘을 나타낼 수 있다는 그의 이론을 작품화한 것이다. 자크 립시츠는 1913년에 곡선과 각진 면으로 된 실험적인 성격의 소형 청동상을 만들었다. 이 작품들은 입체파식의 인체구성을 보여주는 것으로 인체는 마치 기하학적인 틀 속에 갇혀 있는 듯하다. "기타를 든 남자", "서 있는 사람" 등이 그의 대표작이다.

구성주의와 다다이즘

1912~14년에는 아카데미의 가식적인 진지함과 공허한 도덕적 이상을 공격하는 구성주의라는 반조각운동이 일어났다. 이 운동은 1913년에 블라디미르 타틀린이 제작한 부조에서 시작되었다. 구성주의자들은 대리석이나 청동보다 플라스틱, 유리, 철, 강철 등 공업적으로 생산된 재료들을 선호했다. 그들의 조각은 깎고 만들고 주조하는 것이 아니라 비틀고 자르고 용접하는, 즉 글자 그대로 구성하는 것이었고 그로 인해 구성주의라는 명칭이 붙게 된 것이다. 구성주의자들은 이전까지의 조각과 달리 덩어리를 조형요소로 인

정하지 않았고 공간 표현으로서 입체감을 받아들이지 않았다. 대신 기하학과 역학의 원리를 이용했다. 미래주의자들은 기계의 힘에서 미적인 요소를 느꼈으나 구성주의자들은 기계 자체에서 미를 발견했던 것이다. 그들이 추구하는 미는 우아함, 경쾌함, 복잡성의 속성을 지녔고 궁극적으로 정확성과 계산에 의해 얻어진다는 것이다. 구성주의자들은 완전히 순수한 실재를 표현하기 위해 감정적인 요소는 물론 문학적인 연상을 일으키는 어떠한 요소도 철저히 배제했다. 나움 가보의 작품이 종종 수학의 도형과 비슷하고 카지미르 말레비치의 작품이 건축모형과 같은 것은 바로 이 때문이다.

다다이즘은 구성주의의 형상 파괴적 열기를 같이 공유하면서도 그들이 표방하는 합리성에 대해서는 반기를 들었다. 그들은 연상 작용에 따른 우연적, 임의적, 충동적인 것을 신봉했다. 입체파 콜라주에서 나온 다다이즘의 아상블라주는 그 말이 시사하듯이 작업실에 널려 있는 나무, 판지, 못, 철사, 종이 등의 재료들을 '조합'한 것이다. 쿠르트 슈비터스의 "폐기물 구성 Rubbish Construction"(1921), 마르셀 뒤샹의 "교란된 균형 Disturbed Balance"(1918)이 그 대표적 작품이다.

보수적 반동

1920년대에는 사회 전체가 큰 변화를 겪었던 만큼 미술 세계도 큰 변동이 있었다. 전쟁 이후 사람들은 안정, 지속성, 질서를 추구했기 때문에 반란적 성격의 예술은 환영을 받지 못했다. 그래서 아방가르드 예술가들은 급격히 자신의 예술 방향을 선회하기에 이르렀다. 립시츠는 "게르트루드 스타인"과 같은 초상조각에서 볼륨과 얼굴의 특징적인 생김새를 회복했고 제이콥 엡스타인도 사실적이고 정교한 묘사로 초상을 조각했다. 이 시기에 아리스티드 마욜은 약간 둔탁한 느낌의 표면처리로 편안한 자세의 여인상을 계속 제작해 나갔다.

환상조각(1920〜1945)

1920년대 후반과 1930년대의 초현실주의적이거나 환상적인 조각의 한 흐름은 일상에서 취한 물체인 오브제로 된 작품이다. 다다이스트처럼 이 부류의 예술가들도 일상적인 사물들을 낯선 곳에 갖다놓아 결합시킴으로써 생기게 되는 우연적 효과를 노렸다. 시인 로트레아몽이 자신의 시에서 "해부대우에서의 재봉틀과 우산의 만남"을 이야기했듯이 이 놀랄 만한 우연의 만남이 다름 아닌 그들이 지향하는 미의 세계였다. 이 시기의 또 하나의 흐름인 알베르토 자코메티,

장 아르프, 립시츠, 헨리 무어, 바바라 헵워스, 피카소, 곤
잘레스, 알렉산더 칼더 등의 조각은 아주 중요하게 평가된
다. 이들의 작품은 초현실주의자들과 가끔 일치되는 부분이
있기도 하지만 시각, 환각, 꿈, 기억을 토대로 하기 때문에
환상조각이라고 부르는 것이 적당할 듯하다. 자코메티의
"오전 4시의 궁전"은 공적인 외부세계의 언어가 아니라 신
비스러운 개인적 언어로 표현되는 예술가의 세계를 보여주
고 있다. 무어가 심취한 원시적인 고대의 의식, 칼더 작품
에서의 어린애 장난감 같은 뜻밖의 놀랄 만한 요소, 아르프
와 자코메티가 몰두한 비합리성에 대한 표현으로 인해 조
각은 경이롭고 불가사의한 길로 접어들게 되었다.

제2차 세계대전 이후

1945년 이후에는 전통적인 재료를 이용한 조각도 계속되
었지만 금속을 용접 혹은 절단하여 철재 자체로 직접 구성
한 철 조각이 크게 유행했다. 곤잘레스와 피카소는 이미 이
런 철조의 기술적, 표현적 가능성을 실험해 본 바 있다. 철
은 유연하고 영구적이며 작업하기가 쉽고 주조하는 것보다
비용이 적게 들어 다양하게 쓰였다. 이 시기에 나타난 또 하
나의 두드러진 현상은 이탈리아, 프랑스, 미국 등지에서 부
조가 부활했다는 것이다. 여기에서의 부조는 건물 벽에 붙은
부조가 아니라 독립적인 형태의 대형부조를 말하는 것이다.

한 예로 미국의 루이스 네벨슨은 신중하게 배열된 오브제들로 가득 채운 상자를 이용하여 대형의 목재벽을 만들고 그 위에 똑같은 색을 고르게 칠한 대형부조를 제작했다. 유럽의 두드러진 작품으로는 알베르토 부리, 포모도로 형제, 세자르, 마누엘 리베라 등의 철제 부조를 손꼽을 수 있다.

미국에서는 철조가 발전함에 따라 자연계를 새롭게 해석한 작품들이 등장하게 되었다. 리폴드는 우주의 질서정연함과 완전성을 "태양"(1953~56)과 같은 작품을 통해 반영했고 랏소는 천문학적 현상에 대한 관심을 "마젤란의 구름"(1953)과 같은 철제 구조물을 통해 나타냈다. 이사무 노구치가 "밤의 세계"에서 조각을 통해 순수한 풍경을 보여준 데 이어 데이비드 스미스는 "허드슨 강 풍경"(1951)을, 루이스 부르주아는 "밤의 정원"(1953)을, 레오 아미노는 "정글"(1950)이라는 작품을 통해 이러한 시각을 각각 표현했다. 1960년대 미국의 많은 조각가들은 자연세계를 주제가 아닌 일종의 매체로 이용하여 작품을 제작했다. 로버트 스미슨과 같은 작가는 자연 그 자체의 지형을 변경하는 작업을 했고 크리스토는 오브제건 자연물이건 닥치는 대로 '포장'하려고 해 많은 논란을 일으켰다. 이런 부류의 조각은 환경을 그 구성요소로 하기 때문에 환경조각이라 한다.

형상조각이 대상 그대로의 모방에서 벗어나자 인물상 형태에도 여러 가지 해석이 나오게 되었다. 에트루리아의 우상을 연상케 하는 자코메티의 깡마르고 긴 인물상은 두텁게 살붙임을 한 매끄러운 표면의 둥근 인체에 대한 그의 반감을 보여준다. 영국의 조각가 케네스 아미티지와 린 채드윅은 옷이 차지하는 범위를 넓혀 전체적인 동작의 한 부분으로 처리했다. 그 예로 아미티지의 작품 "산책하는 가족"(1953)에서는 인물들이 빨래 줄에 널려 있는 옷이 바람에 휘감겨 있는 모양으로 나와 있다. 팝아트에서 출발한 미국의 조지 시걸은 실제로 인체 위에 석고를 떠서 아무런 특징이 없는 하얀 석고 그대로를 가구 및 소도구들이 비치된 일상적인 공간에 배치했다.

제2차 세계대전 후 몇몇 조각가들은 초기 지중해 문화에 관심을 기울이게 되었다. 헨리 무어는 그리스 아케익 조각에 심취하여 '기대어 누운 인물', '왕과 왕비' 등을 제작했고 아르프는 '우상'(1950)을 제작했다. 우상이나 토템을 다시 만들어내는 작업은 현대인의 합리적인 사고로는 생각할 수 없는 고대의 신화, 신비, 마술적인 분위기를 예술세계에 부여했다. 립시츠, 랏소, 퍼버와 같은 작가들은 근대미술에 종교적 소재가 적합하지 않다는 통념을 뒤엎었다. 랏소의 '불기둥'은 불꽃 속에서 흔히 볼 수 있는 착각의 이미지를 형상화한 조각이다.

컵스톤(Cupstone)은 선사시대의 종교와 관련된 것으로 작은 잔무늬가 새겨진 제단석이나 거석(巨石), 또는 넓적한 돌이다. 주로 스칸디나비아와 독일 북부와 중부에서 발견된다. 주로 신석기시대에 해당되지만 초기 청동기시대와 역사시대 초반에 해당되는 것들도 발견되었다. 대부분의 학자들은 컵스톤을 태양 상징물로 본다. 특히 태양을 가리키는 것으로 생각되는 다른 조각들과 함께 발견될 경우 그렇게 해석된다. 하지만 그 무늬의 기원과 목적에 대해서는 일치된 견해가 없다. 하다면 연변도 컨스톤이 발견될 수 없을까?

훈춘시 하남대교의 북측에 청나라 건축특색을 띤 6각 비석 정자가 하나 있는데 이것이 바로 용호석각의 보호정자이다. 사람들은 이를 용호비석정자라고 한다. 석각은 화강암층으로 되었고 정면에는 겹글자필법으로 '용호' 두 글자를 새기고 좌측 아래쪽에 해서체로 '오대징서'란 네 글자를 새기였다. '용호'는 즉 '용양호시' 혹은 '용반호거'의 축사이고 나라와 변강을 보위하는 암시를 주고 있다. '용양호시'는 용이 솟아오르고 호랑이가 노려본다는 뜻이고 '용반호거'는 산세의 웅장함을 뜻하는 것이다.

용호석각은 1886년 청정부의 도찰원좌우부어사 오대징이 훈춘에 와서 차르러시아와 훈춘 동쪽변경선을 재차 측량할 담판을 하는 기간에 남겨놓은 필적이다. 이것은 변강 여러 민족 인민들이 차르러시아의 강포를 두려워하지 않고 분발하여 러시아의 침략을 물리친 역사의 견증물이며 나라의 존엄과 조국영토의 완정을 보위한 역사의 기념비이다.

1980년 나라에서는 비용을 내여 청나라 풍격을 띠고 있
는 정자를 세웠다. 이 석각은 미명을 후세에 전하면서 후대
들을 격려할 것이다.

에니악 후손

2002년 8월 18일에 노트북을 구매하여 어느덧 일 년이 지났다. 오늘이 바로 일주년이라 하겠다. 컴퓨터라는 현대 이기를 향유하여 많은 고신기술과 사무실리, 작업편의를 터득하기까지 시대변화, 과학덕택을 절감한 나날들이었다. 난 딸따니의 면비고중진학을 기념하여 유행첨단과 모던시설이라는 노트북을 갖추었다. 컴퓨터제품의 소비가 점증(漸增)하는 추세이다. 그러한 동조는 윤택한 생활일각임과 동시에 확고한 문화지향일지도 모른다.

컴퓨터(computer)는 미리 정해진 방법에 따라 입력된 자료를 처리함으로써 문제를 해결하는 다양한 형태의 전자 공학적 자동장치로서 인간의 개입 없이 신속하고 정확하게 자료를 처리한다.

컴퓨터는 기본적으로 아날로그 형과 디지털 형으로 분류된다. 아날로그 컴퓨터는 전압처럼 연속적으로 측정되는 물리량으로 표현된 자료를 다루는 반면 디지털 컴퓨터는 정수로 표현된 숫자, 기호 등을 다룬다. 컴퓨터의 세 번째 종류인 하이브리드 컴퓨터는 두 기본형의 특징을 결합하여 아날로그 형 데이터와 디지털 형 데이터를 모두 이용한다. 오늘날 통상적인 회계 관리에서 우주선 제어, 과학자료 분석에 이르기까지 다양한 업무에 사용되는 컴퓨터는 대부분 디지털 컴퓨터이다.

에커트(John Presper Eckert. Jr. 1919. 4. 9. 미국 펜실베이니아 필라델피아-1995. 6. 3. 펜실베이니아 브린모)는 미국의 공학자로 명망이 높다. 존 W. 모클리와 최초로 다목적 전자디지털컴퓨터인 에니악(Electronic Numerical Integrator & Computer / ENIAC)을 발명한 것으로 유명하다.

1946년 펜실베이니아대학교에서 최초의 전자계산기 에니악(ENIAC: 전자식 수치적분 계산기)이 완성되었다. 계산을 실행하는 회로는 진공관을 사용하는 전자회로로서 1 / 5,000초에 덧셈이 가능했는데 당시로서는 경이적인 속도의 범용(凡庸) 계산기였다. 프로그램은 계산기 전면에 있는 배선반의 배선에서 행해지는 것으로서 명령을 읽어내는 속도는 10분이었다. 그러나 프로그램 변경에는 재배선이 요구되었으며 실행에 1분도 걸리지 않는 계산도 재배선에 몇 시간씩 걸리곤 했다. 이런 난점을 해결한 것이 J. 폰 노이만이 고안한 프로그램 기억방식이다. 이것은 명령을 수치로 표시하여 계산을 행하기 전에 초기 데이터와 함께 프로그램을 읽어 들여 기억장치인 메모리에 입력시켜두는 방식이다. 실행할 때는 메모리에서 명령을 읽어내어 차례로 실행한다. 이 방식에서는 프로그램의 명령도 데이터와 마찬가지로 계산의 대상이기 때문에 짧은 프로그램에서도 복잡한 처리가 가능하다.

오늘날의 계산기는 모두 프로그램 기억방식이다. 최초로 완성된 프로그램 기억방식 계산기는 케임브리지대학교 에드삭(EDSAC: 1949)이다. 이 계산기의 기억방식은 가늘고 긴 수은조(水銀槽)의 한 끝에서 데이터를 초음파 펄스(pulse)로 송출하고 다른 한 끝에서 받아서 다시 처음의 끝으로 송출하여 펄스를 순환시키는 것에 의해 데이터를 기억하는 것이다. EDSAC에서는 프로그램 작성을 쉽게 하는 연구가 이루어져 '초기명령'이라는 것이 만들어졌다. 이것은 오늘날의 어셈블러(언어변환용 프로그램)의 기능을 가진 서브루틴(부프로그램) 등 프로그램에 있어서 중요한 방식을 포함하고 있다.

컴퓨터의 고성능화는 과학발전과 더불어 부단히 갱신상승한다. W. 쇼클리 등이 발명한 트랜지스터가 진공관을 대신할 때까지의 1960년 이전을 계산기의 제1세대라고 하고 그 후 적유년소(積有年所)를 제2세대라고 한다. 제2세대에서는 트랜지스터가 진공관을 대체했을 뿐 아니라 프로그램 언어의 개발과 계산기를 효율적으로 사용하기 위한 운영체계(Operating System / OS)가 IBM - 7090에서 실현되었다.

제3세대에서는 많은 트랜지스터를 실리콘의 기반위에 만든 집적회로(IC)가 채용되어 전자계산기의 소형화, 고성능화가 진행되었다. 나아가 반도체 집적회로의 기술이 부단히 발전하고 이어서 또 참신한 고밀도 집적회로(large - scale integration / LSI)가 개발되었다. 수만 개의 트랜지스터를 포함한 LSI를 사용한 마이크로컴퓨터가 실현되고 개인용 컴퓨터와 사무용 컴퓨터가 대량 생산되어 계산기의 대수는 비약적으로 증대했다.

이 LSI를 사용하고 있는 현대의 계산기를 제4세대 컴퓨터라고 한다. 반도체의 집적화가 발전하고 1개의 IC 속에 수십만 개의 트랜지스터를 포함한 초고밀도 집적회로(VLSI)가 실현 사용되었다. 이 기술을 더욱 개발하여 이제까지의 계산기와는 질적으로 다른 미래의 계산기인 제5세대 컴퓨터를 개발하는 연구가 진행되고 있다. 어떤 전망으로 탈바꿈하든간에 에니악은 모든 컴퓨터의 당연한 모체이고 전신이다.

하지만 1973년 에니악의 특허권을 가지고 있던 스페리랜드사와 전자 컴퓨터를 개발한 존 V. 애터너소프 사이에 벌어진 에니악에 대한 특허권 소송에서 스페리랜드사가 패소함에 따라 에니악에 대한 스페리랜드사의 특허권이 취소되고 존 V. 애터너소프가 전자 컴퓨터를 처음 개발한 사람이라는 공식판결이 나왔다. 당시 담당 판사는 에니악이 1930년대 후반에 제작된 애터너소프 – 베리 컴퓨터(Atanasoff – Berry Computer / ABC)의 핵심 부품을 도입한 것으로 모클리와 애터너소프가 ABC에 관해 나눈 의견을 토대로 제작되었다고 판결했다.

그러나 전문가들은 에클리와 모틀리를 컴퓨터의 창시자로 보고 있다. 그 이유는 애터너소프가 만든 한정적 기능의 ABC에 비해 에니악의 설계가 더 정교할 뿐만 아니라 프로그램 기능도 더 우수하기 때문이다.

에커트는 펜실베이니아대학교의 무어 전기공학전문학부에 입학해 1941년에 학사학위, 1943년에 석사학위를 받았다. 1943년 그는 미국 정부와 계약을 맺고 전자 디지털컴퓨터 제작에 들어갔다. 무게가 30t이나 되고 부피가 방 하나를 가득 채울 정도로 거대한 컴퓨터인 에니악에는 약 1만 8,000개의 진공관, 7만 개의 저항기, 1만 개의 축전지가 사용되었다.

이 컴퓨터는 아주 빠른 속도로 서로 다른 종류의 계산을 할 수 있도록 만들어져 1945년 12월에 첫 번째 문제인 수소

폭탄에 대한 계산을 해냈다. 이렇게 탄생한 에니악은 1946년 2월 14일 공식적으로 모습을 드러냈고 이후 탄도를 계산하거나 군사용 계산과 과학적인 계산을 하는 데 활용되었다. 에커트와 모클리는 1946년 독자적으로 컴퓨터 회사를 창설했고 곧이어 천공(穿孔) 카드 대신 자기 테이프에 정보를 저장하는 비낙(Binary Automatic Computer / BINAC)과 미국 통계조사국에 설치되었다가 상업용으로 광범위하게 사용된 유니백(Universal Automatic Computer / UNIVAC)을 내놓음으로써 현대 컴퓨터 발전에 선구적인 역할을 했다.

에커트는 87개의 특허권을 따냈으며 에커트- 모클리 컴퓨터회사의 이사로 재직했다. 이 회사는 1950년 레밍턴랜드사에 흡수되었다가 1955년 스페리랜드사에 그리고 후에 유니시스사에 합병되었다. 에커트는 1989년 유니시스사에서 은퇴했다.

게이츠(William H. Gates)는 1955년 10월 28일 미국 워싱턴 시애틀에서 태어났다. 흔히 빌 게이츠로 불린다. 미국의 컴퓨터 사업가이다. 마이크로소프트사(Microsoft)를 창설해 전 세계 소프트웨어 산업을 주도해왔으며 이로써 억만장자가 되었다.

고교시절부터 컴퓨터에 흥미를 갖기 시작한 게이츠는 이미 1967년 13세의 나이에 학교선배인 폴 앨런과 함께 자신이 다니던 레이크사이드 고등학교의 월급관리 시스템을 개

발해 돈을 벌었다. 그리고 폴 앨런과 트래프오데이터(Traf
-O-Data)라는 회사를 차려 프로그램을 개발해 경제수입
을 챙기기도 했다. 1975년 하버드대학교 법학과 예과(豫科)
에 다니던 게이츠는 멀지 않아 각 가정에서 퍼스널 컴퓨터
를 사용하게 되리라는 기사를 보고 학업을 그만두고 폴 앨
런과 함께 마이크로소프트사를 창설했다. 당시의 의식 사고
로는 상당한 엘리트 정신이라 하겠다. 시장조사나 정보이용
이 비범성에 걸맞게 현실을 초월한 것이다.

게이츠의 재산과 컴퓨터 사업의 토대는 IBM 또는 IBM
호환컴퓨터의 운영체제로 널리 쓰이는 MS-DOS(Microsoft
Disk Operating System)와 윈도우(Windows)였다. 마이크로
소프트사는 1980년 국제사무기기회사(IBM)의 하청(下請)을
받아 MS-DOS를 개발해냈고 이 체제로 운영되는 IBM 퍼
스널 컴퓨터가 1981년 8월에 모습을 보였다. 그로부터 마
이크로소프트사는 아직 초기 단계에 있던 퍼스널 컴퓨터
산업을 지배하게 되었다. 또한 게이츠는 1985년 복잡한 키
보드 명령어 대신 그래픽과 마우스로 작동되는 윈도우를
처음으로 선보여 1995년 말 윈도우 95를 발표하기까지 개
정을 거듭했다.

MS-DOS와 윈도우로 세계 컴퓨터 시장을 제압한 게이츠
는 단지 소프트웨어를 개발하는 데 그치지 않고 전 세계적인
네트워크를 통한 정보서비스 사업을 구상하는데 착수했다.

‘손가락 끝에 모든 정보를’(Information At Your Fingertips) 등 기치 아래 최첨단 정보화 사회에 대한 비전을 제시했다.

로봇(robot)은 겉모양과 기능을 수행하는 방법이 인간과 닮지는 않았지만 인간이 하는 일을 대신하고 자동으로 작동되는 기계이다. 이 용어는 ‘강제노동’을 뜻하는 체크어 ‘robota’에서 유래되었다. 이 용어의 현대적 사용은 1920년 체크인 작가 카렐 차페크가 쓴 희곡 “R. U. R.”까지 거슬러 올라가는데 이 희곡은 모든 정신 또는 육체노동을 할 수 있는 로봇라고 하는 기계노동자에 의존하는 사회를 묘사했다.

현대의 로봇 장치는 본질적으로 장난감인 초기의 자동장치와 산업기계의 개발에서 도입된 일련의 기술혁신과 개량이라는 두 개의 뚜렷이 구별되는 과정으로 발달해왔다.

오늘날의 산업용 로봇 장치의 최초 원형은 자동으로 스스로를 재순환시키는 사이펀 원리를 이용하여 모래시계를 개량한 물시계이다. 그리스의 물리학자이자 발명가인 알렉산드리아의 크테시비우스가 BC 250년경 이러한 시계를 만든 것으로 생각된다. 추로 움직이는 진자시계가 유럽 중세시대에 발명되었다. 용수철시계는 18세기에 발명되었는데 이 시기에는 섬유산업에 자동기계장치의 기본적인 형태도 도입되었다.

산업혁명은 동력을 자체 생산할 수 있는 초보적인 로봇

장치의 발명을 촉진시켰다. 증기기관이 발명되고 나서 하중(荷重)이 걸려 속도가 느려지면 기관으로 유입되는 증기량을 증가시키고 반대로 하중이 줄면 증기량을 감소시키는 조속기(회전추로 작동)가 발명되었다.

19세기의 내연기관은 각 행정이 끝난 뒤 피스톤이 스스로 다시 제 위치로 돌아가는 재행정을 가능하게 하여 행정기관에서의 혁신을 가져왔다. 19세기 말과 20세기 초에는 산업공정에서 강력한 기계들의 사용이 급속히 증가했다. 이것들은 처음에는 한 명의 작업자가 작업과 기계의 두 위치를 정해주어야 했으나 나중에는 작업의 위치만 정해주면 되었다. 그 뒤 자동반복 기계(자동세탁기), 자동측정 및 조절기계(직물색상혼합장치), 자체 프로그래밍 된 기계(자동승강기) 등이 계속 나왔다.

1960년대 후반 이후 마이크로 전자공학과 컴퓨터 기술의 주요발전으로 로봇 공학이 상당히 발전했다. 예를 들면 자동차산업에서 컴퓨터 제어 로봇 장치의 도입으로 조립공정이 높은 수준까지 자동화되었다. 외팔 로봇은 인간의 팔과 손의 움직임과 관절을 흉내 낼 수 있어 자동차 차체를 들어 올리고 용접, 도장(塗裝)작업에 사용되고 있다. 기계 팔은 원하는 동작을 할 수 있도록 프로그램 되며 다른 동작은 컴퓨터 기억장치에 기록되어 정확하게 반복할 수 있다.

몇몇 고성능 로봇 프로그램 된 동작에서 이탈되면 스스

로 수정할 수 있도록 자체감지장치를 가지고 있다. 또 어떤 로봇은 전자 디지털 카메라가 설치되어 있어 자동차 차체의 치수가 명시된 표준규격에 맞는지를 조사한다. 이러한 로봇 장치의 카메라는 상(像)을 디지털 펄스로 변환시키고 이 펄스를 제어 컴퓨터 기억장치에 저장된 펄스와 비교하는데 저장된 펄스는 컴퓨터가 인식할 수 있도록 프로그램된 2차원의 기하학적인 모양이다. 이와 유사한 종류의 신형 고성능 로봇이 그 밖의 조립공정에서 사용되어왔다. 항공기 제작업자들은 항공기 동체부분에 구멍 뚫기와 리벳(rivet) 이음을 하는데 외팔 로봇을 이용한다. 완제품을 분류, 시험하기 위해 다른 컴퓨터 계측장치와 함께 로봇 장치를 사용하는 전자회사들이 점점 증가하고 있다.

논리철학은 논리학과 관련된 철학문제를 다루는 철학의 한 분야이다. 논리학이라는 용어의 어원은 그리스어 'logos'이다. 로고스는 '문장, 담론, 이성, 규칙, 비율, 설명, 합리적 원리, 정의' 등 다양한 의미를 가지고 있다. 그러므로 논리학의 성격과 영역을 규정하는 일은 매우 어렵다. 일반적으로 논리학의 주제는 '사유의 법칙', '올바른 추론의 규칙', '타당한 논증의 원리', '용어의 의미에만 의존하는 진리' 등이다.

논리학의 성격은 다음과 같다. 논리학이 사유의 법칙을 연구하는 학문이라고 할 때 이 법칙은 심리학에서 연구하는 실제 인간 사유의 경험적 규칙이 아니라 특정인의 심리적 개성과는 무관한 올바른 추론의 규칙이다. 한편 올바른 추론은 타당한 논증으로 나타난다. 명제 p에서 q로의 논증이 타당하다면 이 논증은 우리가 p와 q의 내용에 관해 우연히 알게 된 사실과 무관하게 타당해야 한다. 일반적으로 말해서 p에서 q로의 논증은 'p이면 q이다'라는 함언(含言)이 논리적으로 참일 때 그리고 오직 그때만 타당하다. 논리학의 성격을 살려 에니악의 연혁사를 살펴봄도 유익한 계발을 줄지 모른다.

에니악 후손이란 역대를 내려오며 탈쇄보완된 소유의 컴퓨터계열들이다. 이러한 네트워크 연대, 데이터 시스템, 애니메이션(animation), 컴퓨터그래픽스(computer graphics / CG), 디스플레이 스크린을 다시 뒤돌아보노라니 논리학의 정의를 동감케 된다. 심리적개성의 사유를 한층 더 유발하는 데 현대논리학의 현실의의가 있다 하겠다. 심오한 명제는 아닐지라도 당연한 현실사고 입각점쯤 지목할까 보다. 한 것은 컴퓨터보급이 수동능력, 지력잠재를 침노하는 편린을 보노라면 논리학의 상대성을 부인할 수 없다. 인간이 발명하고 인간이 피해의식을 느끼면 역시 인간이 주도적 능동성으로 연구 보완할 몫이다. 이러한 견지에서 에니악 후손의 다양한 번신양상과 함께 지력주체성을 부단히 거듭하자는 건의가 뒤따를 게 아니랴 싶다.

멀티미디어(multimedia), 하이퍼미디어(hypermedia) 정보도 처리하기 시작한 컴퓨터미래는 갈수록 지척에 접근한다. 편리하고 종합적인 컴퓨터공능을 엔조이로 만끽하면서도 우리는 또 그것의 불가피면적인 피해를 소외시킬 수 없다. 하여 과학과 인간학의 이중마찰을 감안하면서 자폐증, 우울증, 스트레스, 게임중독, 바이러스 등 폐단을 지적하는 바이다. 이러한 온라인 경향은 컴퓨터시대의 온역쓰레기로 생기기도 하고 또 운행질서 속에 노폐물로 적치 될 수도 있다.

인터넷 중독증이란 컴퓨터의 키보드를 만지고 있지 않으면 불안하며 사이버상의 인간관계에만 열중하고 현실적인 대인관계를 제대로 맺지 못하는 정신적인 중독 상태이다. 이들은 타인과의 교류나 그 교제를 피하고 타인과 협조 능력을 상실하는 반면 컴퓨터와 관련된 일이라면 야간 근무나 휴일 근무도 마다하지 않는 경향을 보인다. 이러한 상태가 계속 진행되면 조울증이나 심신쇠약 상태에 빠질 수도 있다. 인터넷 중독증은 우울증, 양극성 기분장애(bipolar disorder), 분노, 자기 비하감 등의 정신적 문제를 일으키며 그 결과 실직, 이혼, 파산, 고립감 등을 초래할 수 있는 것으로 알려졌다. 뿐만 아니라 인터넷 중독자는 중독적 인격으로 변해 약물중독이나 알코올 중독 등에 쉽게 빠지기도 한다. 이와 반대로 컴퓨터 조작에 익숙하지 않은 세대는 컴퓨터에 대한 거부반응으로 인한 스트레스를 받기 쉽다.

　1960년대에 모뎀(전화선을 통해 컴퓨터 통신을 매개하는 장비)이 도입되고 나서부터 정보를 파괴하거나 훔치거나 변경시키기 위해 다른 컴퓨터 시스템에 침입하는 것이 훨씬 용이해졌다. 취미삼아 다른 컴퓨터 시스템에 침입하여 손을 대는 컴퓨터 전문가들을 해커(hacker)라 부른다. 그러나 대부분의 심각한 컴퓨터 범죄는 돈과 신용정보 및 그 밖의 금융 자산이 전자 데이터베이스에 기록되어 있고 전화선을 통해 전송이 가능한 은행이나 금융업 분야에서 발생한다. 예를 들면 시스템에 접근이 가능한 사람들이 다른 사람의 계좌에서 자신의 계좌로 송금하도록 불법적으로 기록을 조작할 수 있다.

　컴퓨터가 만능처럼 지배적으로 등장한 게 물론 좋다. 그 혜택으로 우리는 과학수단의 편리에 멋지게 길들여져 간다. 허나 다른 방면이나 다른 각도에서 또 폐단 내지 경향을 무시할 수 없다. 컴퓨터 사용자들의 교훈만 아니라 시대의 걱정으로 제기될 일이다. 중독은 인체손해만 아니라 정신지력에 대한 침노로 이의를 제기한다.

　에니악 후손의 연혁사를 체크하면서 과학성취를 마냥 극찬하는 한편 네티즌의 제한성을 도외시하지 말자는 발언으로 이 글을 마무리할 가 한다.

E-mail 배달부

이메일(electrónic màil)이란 바로 컴퓨터용어이다. 일명 또 전자 우편(E-mail)으로 순화되는데 두 가지 뜻을 가진다. 첫째는 컴퓨터에서 단말기 사이에 네트워크를 개재하여 메시지나 폴더를 송수신하는 시스템이다. 둘째는 동시스템에 의해 송수신되는 우편물을 말한다.

인터넷이 폭넓게 활용되면서 세인들이 새삼스럽게 접하게 된 문자 중 대표적인 것을 손꼽는다면 바로 '@'이다. 이메일주소에서 흔히 볼 수 있는 이 기호는 영어의 'at'이나 'to'의 뜻을 가진 라틴어 'ad'를 줄인 것으로 미국에서는 '앳'(at)이라고 읽는다. 그러나 백의동포들이 '@'를 흔히 '골뱅이'라고 부르는 것처럼 다른 나라 사람들도 이 기호에

대해 나름대로 독특한 별칭을 매겨주고 있다. 대만국립대학
의 언어학자 카린 스테판 청 교수는 최근 세계 30여 개 나
라 사람들이 '@'를 어떻게 부르는지 조사해 그 결과를 소
개했다. 청 교수가 발표한 논문에 따르면 대부분의 나라에
서는 '@'를 비슷하게 생긴 동물이나 빵의 이름으로 부르
고 있었다. 각국 사람들이 '@'를 보며 가장 많이 연상하는
동물은 원숭이이다. '@'의 모양이 원숭이의 긴 꼬리와 비
슷하기 때문이다.

　불가리아에서는 '@'를 마즈문스코(majmunsko), 폴란드에
서는 말파(malpa), 세르비아에서는 마즈문(majmun)이라고
부른다. 이 단어들은 모두 원숭이를 뜻한다. 또 알바니아에
서는 '@'를 쉰자 에 마즈뮤니트(shenja e majmunit)라고 부
른다. 이는 원숭이의 '사인'이라는 뜻이다. 스웨덴에서는
'@'를 빵의 이름을 따서 부르고 있다. '@' 기호와 비슷한
모양을 한 빵이다. '@'가 원숭이 꼬리와 닮았다는 것을 더
직설적으로 표현해 아예 이 기호에 '원숭이 꼬리'라는 이름
을 붙여준 나라들도 있다. 남아프리카공화국과 네덜란드,
스웨덴에서 '@'를 부르는 이름인 압스터트(aapstert), 아페
스타르트예(apestaartje), 압스밴스(apsvans) 등 역시 모두 '원
숭이 꼬리'라는 의미다.

　'@'가 코끼리 코와 비슷하다고 여기는 나라들도 있다.
스웨덴에서는 이 기호를 스너벨(snabel - a) 또는 엘레판토라

(elefantora)라고 부르기도 한다. 스너벨은 코끼리의 코, 엘레
판토라는 코끼리의 귀를 뜻한다. 스너벨이라는 표현은 덴마
크에서도 많이 쓰인다. 덴마크에서는 특히 스너벨이라는 이
름이 ‘@’의 정식 명칭인 알파 - 테겐(alfa - tegn, 알파 사인)
보다도 더 많이 쓰이고 있다. 한국에서 이 기호를 골뱅이라
고 부르는 것과 유사하게 ‘@’를 달팽이라고 부르는 나라
도 있다. 대표적인 경우가 프랑스이다. 프랑스에서는 ‘@’
를 에스카르고(escargot) 또는 프띠 에스카르고(petit escargot)
라고 부르는데 이는 각각 달팽이, 작은 달팽이라는 뜻이다.
이 표현은 ‘@’를 일컫는 프랑스의 고유 단어인 아호바즈
(arobase) 또는 a 아훌레(a enroule, 동그랗게 말린 a)만큼 많
이 쓰인다. 또 이탈리아 역시 ‘@’에 달팽이라는 이름을 붙
여줬다. 이탈리아 사람들이 ‘@’를 부르는 이름 치오시올라
(chiocciola)는 달팽이라는 뜻이다.

이 밖에도 동물을 빗대 붙인 ‘@’의 이름으로는 핀란드
의 하이렌한타(hiirenhanta, 쥐꼬리), 헝가리의 쿠커츠(Kukac,
구더기 모양의 작은 과일 벌레), 대만의 샤오 라오 슈(xiao
lao - shu, 작은 쥐), 러시아에 소박카(sobachka, 강아지) 등
이 있다. 스웨덴에서는 ‘@’를 크링글라라고 부르기도 한다.
이는 프레첼이라는 이름으로 잘 알려져 있는 과자다. 역시
‘@’ 기호와 모양이 닮았다. 동물이 아니라 ‘@’와 비슷한
모양을 한 음식의 이름을 따서 이름을 지은 경우도 있다.

이스라엘에서는 이 기호를 스튜들(strudel)이라고 부르는데 이는 빵의 이름이다. 압스밴드, 스너벨 등 동물의 이름을 따 '@'를 부르기도 하는 스웨덴에서는 '@'에 빵의 이름을 딴 애칭도 붙여줬다. 세계에서 가장 다양하게 '@'를 불러 주고 있는 셈이다. 스웨덴에서 '@'에 붙여준 빵의 이름은 카넬블(kanelbull)과 크링글라(kringla)이다. 카넬블은 동그랗게 말린 계피빵의 이름이고 크링글라는 프레첼로 잘 알려진 동그랗게 말린 과자의 이름이다.

물론 일부에서는 '@'의 원래 뜻을 그대로 살려 부르기도 한다. 미국, 일본, 향항 등 국가와 지구가 대표적이다. 일본에서는 이를 에또 – 마쿠(atto – maaku, at 마크)라고 부른다. 영어권의 영향을 많이 받은 향항 역시 이를 디 앳 사인(the at sign)이라고 부른다.

이메일을 모르던 과거엔 고적 만부하를 거는 통신도구가 바로 편지(便紙)였다. 소식을 알리거나 용건을 적어 보내는 글이 편지이다. 서간(書簡), 서독(書牘), 서자(書字), 서찰(書札), 서한(書翰) 등 여러 가지 명칭이 있으며 상대방에게 자기의 뜻을 전달하기 위한 사적 문서이다. 대부분 글씨로 쓰이나 그 중에는 암호나 부호로 쓰이는 비밀문서도 있으며 아메리카 인디언들끼리의 그림편지도 있다. 우편법상 편지는 신서(信書)라 하는 제1종 우편물이다. 우편법규에 의하면 글자 또는 기호, 부호로 서필(書筆)한 문서이며 개봉

하지 않는 것을 말한다. 그것은 특정인에게 보낼 통신문을 종이에 서필 한 것뿐 아니라 나무 조각, 형겊 등에 서필 한 것까지도 포함되며 일반인에게 공개하는 것(예를 들면 광고문)이 아니라 어떤 정해진 사람이나 법인, 단체 등에 대한 것이다.

엽서로 정보를 교환하고 감정을 주고받는 것이 그 당시의 의사소통의 루트 전부였다. 봉화대, 종루(鐘漏), 등기우편, 전인급보(專人急報), 전보의 퀵서비스-늘찬 배달-는 그 시기의 전매권이었다. 더는 격변기에 컴백(comeback)할 수 없다. LAN-근거리통신망-, PCS-개인휴대통신서비스 - 등 프로그래밍(Program(m)ing)들이 대거 출범하여 호사를 누린다. 누구한테 부탁하는 심부름을 몰래 앉은 자리에서 스탬프(stamp)없이도 전송이 가능하다. 내 집에서 세계 각지로 송달하는 전자우편은 속도도 빠르고 실수가 없다. 그램을 단위로 계산하여 조금한 표준을 초과해도 배가의 우편료를 지불하던 시끄러움도 이젠 우스운 옛말로 남았다. 우전부문의 영업액에 그늘이 비낀다는 여론이 거세질 법도 하렷다. 거품경제를 들먹일 때가 아니다. 실리적이면서도 효율이 신선한 시스템만 적자생존이 아닌가! 하이테크(hightech), 멀티미디어(multimedia), 모바일(mobile) 등 자원을 무진장 개발한 현세에서 우리는 기존의 계획경제를 도태시킨 전제하에서 최적화의 타이밍(timing)을 자축할 바이다. 어쩌면 미스터리(mystery)를 초래할지도 모른다. 이메일활용과 더불어 코쿤족과 비슷한 독단적이며도 자유로운 군체들이 급증하고 있는 현실에서 얼마든지 가능한 일이다.

코쿤족(Cocoon)이란 바로 '누에고치'라는 말에서 유래한 용어로서 일명 '나홀로족'이라고도 한다. 코쿤족은 집이나 차, 가상현실(사이버 공간) 등 자신만의 세계에서 모든 것을 해결한다. 사회적 의미의 '코쿤'은 미국의 마케팅 전문가 페이스 팝콘이 '불확실한 사회에서 단절되어 보호받고 싶은 욕망을 해소하는 공간'이라는 뜻으로 사용하였다. 그러나 한국의 코쿤은 '불확실한 사회를 살아가는 데 필요한 에너지를 재충전하는 공간'이라는 의미가 짙다. 이들은 외부로 나가는 대신 자신만의 공간에서 안락함을 추구하는데 그 예로 자동차에 특수 오디오를 장착하고 음악을 감상하면서 드라이브를 한다든가, 방을 음악 감상실 수준의 음향 기기를 구비하고 음악 감상을 즐기는 것 등을 들 수 있다. 또한 자신의 방에서 컴퓨터를 통해 세상과 접촉하고 배달시킨 음식을 먹으며 자신의 취미생활을 즐기는 등의 행동양식을 보인다. 코쿤족은 보통 안정된 수입원을 갖고 있으면서 업무능력이 월등하고 스트레스 등 외부 자극에 대한 확실한 해결책을 가지고 있는 것이 특징이다. '에너지 충전'의 성격이 짙어 긍정적인 평가를 받기도 하지만 코쿤족이 늘어나면서 조직을 중시하는 전통적 가치관과 마찰을 빛을 가능성이 높다는 우려도 제기되고 있다. 근래에는 코 쿤족을 대상으로 인터넷게임방, 비디오방, 통신판매업, 음 식배달업 등의 코쿤비즈니스가 다양하게 발달하고 있다.

과연 현대인들은 저마다 자신만을 위한 고치를 갖고 있 기 좋아한다. 바로 '코쿤'(Cocoon)의 경우를 빌어 입증해도 충분하다. 자신만의 안락한 공간 확보를 위해 주변을 차단 하는 껍질인 셈이다. 결과 갈수록 코쿤족이 급증할거라는 추측은 가히 현실적이면서도 긍정적이다. 이제 코쿤은 불확 실한 현대 사회에서 생존을 위해 필요한 에너지를 재충전 하는 일상적인 공간으로 고착된 것이다. 자동차, 산악회, 룸살롱, 헬스, 인터넷 등 저마다 하나씩의 코쿤을 갖고 있 는 게 요즘 현실이다. 전문가들은 코쿤을 크게 자기만의 공 간을 확보하려는 '방어 코쿤', 현실을 탈출하려는 욕구를 지닌 '일탈 코쿤', 끼리끼리만 모이려는 경향을 가진 '사교 코쿤' 등 세 가지 유형으로 나눈다.

코쿤족이 등장한 데는 몇 가지 배경이 있다. 급속히 변 하는 사회 속에서 개인의 정보는 쉽게 노출되고 부대끼는 사람도 많아져 간다. 재충전을 위한 '혼자만의 골방'이나 독거감방(獨居監房)같은 아지트가 절실해 질 수밖에 없다. 그 독방거처의 소산물이 바로 코쿤으로 이해하면 한결 착 제어답다. 요즘의 코쿤족은 자신의 일에 최선을 다하면서 적극적으로 코쿤을 찾아 나서는 중화형과 극복형의 중간 유형으로 볼 수 있다. 어려운 경제 사정도 코쿤족 증가를 재촉한 요인이다. 수직적인 현실 세계의 인간관계와는 달리 사이버 세계는 수평적인 관계가 가능하다. 퇴근 후 귀가해 채팅과 네트워크 게임에 몰두하면서 새로운 인맥관계를 맺는 것 역시 코쿤족의 생존방식이다.

정신과 전문의들은 사이버 코쿤을 긴장감을 해소하고 편안한 취미 생활처럼 사이버를 즐기는 '협의'의 사이버 코쿤족과 사이버 공간 안에 자신을 완전히 가두는 '광의'의 사이버 코쿤족으로 분류한다. 자신을 가둔 공간이 자동차든 밀실이든 인터넷이든 거기에 너무 집착만 하지 않는다면 생활에 활력소가 될 수 있다는 게 전문가들의 분석이다. 사이버 공간에서 불안, 강박 등 정신 장애를 일으킬 수 있는 요인을 해소하기 때문에 정신 건강에 도움이 될 뿐 아니라 개인의 자의식까지 높아진다는 것이다. 하지만 어린이나 청소년들이 무분별하게 인터넷에 빠지면 현실 생활에 적응하지 못해 사회에서 격리될 위험이 크다. 코쿤족이 늘어날수록 조직을 중시하는 전통적인 가치관과 마찰을 빚을 가능성도 있다. 사이버 공간이 사회와 개인의 창의력과 경쟁력을 높이고 인정세태를 확대하며 정서 장애를 해결하는 공간이 될 수 있다는 적극적인 자세를 가져야 한다. 그러면서도 응집력과 연대성을 망각해서는 안 된다.

대도시의 화려함을 잠시 등진 코쿤족의 삶은 당분간 더

지속됨을 부인할 길 없다. 경제 부문의 세밀화와 사회 부문의 개인화 촉진 상태는 향후 코쿤족의 확산을 일거에 예방하기엔 역부족이다. 그것은 집단주의로부터 현실사회가 서서히 벗어나고 있다는 징후이기도 하지만 동시에 세상과의 소통이 차단된 자폐증에 시달린다는 방백이며 스스로 객관 체계를 거부한 밀실의 삶이 늘고 있다는 반증이기도 하다. 이 전후시말의 주요 장본인은 누구인가? 바로 이메일이다. 명약관화한 일이 아닌가!

플래시몹(flash mob)란 이메일 연락을 통해 특정한 날과 시간 장소에 모여 10분이 채 안 되는 시간에 약속된 간단한 행동을 한 뒤 뿔뿔이 흩어지는 모임을 뜻하는 신조어이다. 플래시몹은 특정 사이트의 접속자가 급격히 증가하는 플래시크라우드(flash crowd)와 뜻을 같이하는 군중을 일컫는 스마트몹(smart mob)의 합성어이다. 2003년 6월 미국 뉴욕에서 처음 시작된 이래 댈러스, 보스턴, 샌프란시스코 등 미국 내의 여러 도시로 퍼졌고 이탈리아 로마, 프랑스 파리, 영국 런던, 오스트리아 빈, 독일 뮌헨 등 유럽 각 도시로까지 번졌다. 플래시몹은 자신을 뉴욕의 문화산업 종사자라고만 밝힌 빌이라는 남성이 처음 시작했다. 빌의 시도는 사전에 경찰에 알려져 무산되었다. 이후 열흘에서 2주 간격으로 뉴욕 시내 곳곳에서 플래시몹이 벌어졌다. 참가자들은 지시사항에 따르기만 하면 되며 다만 해산 시간은 엄

중히 지켜야 하고 흩어지는 방향이 일정하면 안 된다. 인터
넷 미디어인 치즈비키니가 이 현상을 소개하며 플래시몹이
라고 이름을 붙였다.

코쿤족이나 플래시몹 역시 어디까지나 이메일을 주요한
연락수단으로 한다. 인터넷에서 접선한 후 네티즌들끼리 호
환성을 강화하면서 부단히 자체의 대오를 늘려간다. 이메일
의 폐단을 감안한다면 그 속성의 적극성 내지 실용성에 안
주하여 보다 합리한 일익을 추구함이 떳떳하다. 마치 프리
―섹스(free sex)처럼 광분하거나 감방죄수처럼 두문불출한
다면 자유의 범람과 참여의식의 폐쇄로 이 세상은 희박할
지도 모른다. 어디까지나 확고한 긍정사유로 현실을 낙관적
으로 보며 내일의 비전을 가져야 한다. 궁벽한 촌락에서 편
지봉투를 절로 만들던 초매시대로부터 이메일의 보급으로
코쿤족과 플래시몹이 늘어나는 현대까지 역사의 입회인으
로 살아오면서 난 그래도 잦은 정보의 스피드를 갈구하고
싶다. 하냥 빅뉴스(big news) 같고 핫뉴스(hot news)는 커뮤
니케이션을 활용하면서 정보화, 시장화에 몸을 담그련다.
신성한 선택에서 인생가치를 창조하련다.

신생사물로서의 E―mail 배달부는 막강한 파워를 소유하
였다. 이메일은 적어도 통신 분야의 5대 업종을 도태, 농
단, 충격, 압승, 경고했다. 텔렉스(telex), 팩스, 핸드폰, 편지,
전화 등 독재기존체계를 무참히 비하시키고 세인의 각광을

받는다. 열세상태에 처한 전통적인 통신망들은 지금 생로의 갈림길에서 방황한다. 이메일 배달부야말로 정보화시대의 천사요, 멀티미디어전성기의 능수요, 글로벌격변기의 고수이다. 음성녹음에 사진전송도 첨부로 원활한 이메일은 이 시대의 정보교류의 총애물이자 과학보급의 촉진제이다. 인류문화의 형상대사이다. 아니 정보소통분야의 손색없는 챔피언(champion)이다.

확실히 인터넷은 전지구의 공용재부이자 지혜의 독천장이다. 중국 광주에서 발간하는 경제 전문잡지 ≪신재부≫(新財富)가 2005년 5월에 발표한 500대 갑부명단에 따르면 인터넷게임 사업자인 31세의 진천교(陳天橋) 성대(盛大)네트워크 총재가 150억 원의 재산으로 1위에 올랐다. 이 한 가지 사실을 보고도 인터넷의 매력과 실력을 얼마든지 짐작할 수 있다. 인터넷이라는 사이버공간에서 무난히 비상할 E－mail 배달부님! 청조지신(靑鳥之信)은 과연 네로구나.

짝가슴 여장부

아마존(Amazon)은 그리스 신화에 나오는 특수한 종족이다. 여전사만으로 이루어졌다는 무인족(武人族)이다. 여자만으로 나라를 이루고 금혁지난(金革之難), 강역다사(疆場多事)와 사냥으로 생활을 영위하면서 일정한 때에 다른 종족의 남자와 관계하여 자식을 얻었다. 만일 낳은 자식이 아들일 경우 가차 없이 죽이거나 불구자로 만들었다. 왜? 손색없는 아마존족의 독립성을 고수하기 위해서였다. 그만큼 남자를 증오시하는 그 풍속을 알고도 남음이 있다 하겠다.

그뿐이 아니다. 아마존의 또 다른 개성은 활쏘기에 지장이 없도록 오른쪽 젖가슴을 전부 도려냈다는 것이다. 하여 '젖이 없다'는 의미를 가진 '아마존'(Amazon)은 천편일률로 짝

가슴이라는 것이다. 여인의 우아하고 신비한 내막을 반상적
내지 기형으로 대동소이하게 고쳐놓은 극치의 희생성이다.

아마존족은 군신 아레스와 님프(nymph)인 하르모니아를
조상으로 하는 신화 속의 민족이며 카우카수스(카프카스),
스키티아(스키타이) 등 북방지역에 거주했다. 님프(nymph)
란 그리스 신화에 나오는 젊고 아름다운 모습의 요정이다.
물, 산야, 수목과 같은 자연물에 깃들여 있다고 하는데 자
연물에 따라 그 이름이 다르다. 예를 들어 물의 요정은 오
케아니데스(Okeanides), 산야의 요정은 오레아데스(Oreades),
수목의 요정은 드리아데스(Dryades)라고 이른다.

원체 통일되고 집중된 질서의 윤리에 길들여진 무인족이
었다. 아마존은 아레스와 아르테미스를 신봉하고 한 사람의
여왕에 의해 지배되었다. 아르테미스(Artemis)란 그리스 신
화에 나오는 여신이다. 제우스와 레토의 딸로서 올림포스
12신의 하나이며 사냥, 다산(多産), 순결, 달의 여신이기도
하다. 로마 신화의 디아나(Diana)에 해당한다. 무인족들은 1
년에 한 번 다른 나라의 남자들과 교합하여 자식을 얻었으
나 남자가 출생하면 위불위없이 살육했다. 순수한 동성의
연합체로 이룩된 강토에서 여중호걸들의 이성만 존재할 따
름이다. 나약하고 제약성이 많은 자성(雌性)들이지만 활과
화살, 반달 모양의 방패로 무장하고 말을 타고 기사풍도를
떨쳤다. 전투, 약탈, 수렵에 종사하는 나날, 여협객들은 부

녀자로서의 투사, 여인으로서의 용병, 여자로서의 맹장(猛將)이어야 했다. 여인국의 주재자이자 통치자로 여러 방면에서 남자를 제패할 기능구비에 만전을 기해야 했다.

제아무리 여중열협(女中烈俠)이라고 해도 왜 여자의 포인트인 유방을 보호하거나 베일에 엄닉(掩匿)하는 것으로 매력을 보존하고 싶지 않았으랴! 그러나 간거하고 엄연한 전투현장인 만큼 더는 폼을 잡거나 체형미를 뽐낼 개인의 욕을 용서하지 않았다. 잔인하고 무정한 전쟁은 여인을 강호협객으로 부상시켰다. 무인족들의 오른쪽 유방은 활과 화살의 조작에 방해가 됐기에 잘라내야 했다. 전투방편을 위해 생리구조마저 뜯어고치는 가학적인 와신상담에서 아마존의 인고를 푸짐히 읽을 가 보다.

허다한 패권자들이 그녀들과 교전하였다. 영웅서사시는 그녀들 자신이 화려하게 창작했다. 헤라클레스는 에우리스테우스의 명령으로 아마존의 여왕 히폴리테의 허리띠를 빼앗기 위해 보내졌으며 여왕은 헤라클레스의 요구에 응했다. 그러나 헤라의 흉계로 아마존들에게 공격받은 헤라클레스는 어쩔 수 없이 여왕을 살해했다. 아마존은 외세의 침략에 굴하지 않으면서, 시종 자체의 강인성을 남김없이 과시하였다. 또 테세우스가 아마존의 한 사람을 빼앗았을 때 그녀들은 보복으로 아티카를 습격했으나 아테나이인의 세찬 반격으로 패배했다. 피비린내 나는 탄압 속에 잉태한 넋은 천고에 빛난다. 무사도들은 실패와 전멸을 두려워하지 않는 불요불굴의 투지로 후세의 전설을 낳았다. 트로이전쟁에서는 여왕 펜테실레아에게 인솔되어 트로이를 원조했다. 이 싸움에서 여왕은 아킬레우스에게 토벌되었는데 장군은 죽은 그녀의 아름다운 얼굴에 반해 사랑에 빠졌다 한다. 이 얼마나 처절하고 비창한 로맨스의 스토리인가!

과연 아마존족이 세파에 부대낀 역사는 인류의 창업사 한 부분에 속한다 해도 과언이 아니렷다. 그녀들은 일종 보복심으로 아티카를 공격했으나 결국 패배하고 말았다. 불행이었다. 그러는 와중에서 테세우스가 아마존족의 한 사람인 안티오페와 결혼했다는 일설도 있다. 헬레니즘 시대에 아마존족은 주신(酒神) 디오니소스와 연관되어 그의 동조자 또는 적으로 묘사되었다. 무인족의 여인국은 순발력과 비범성으로 속성의 반경을 획일하게 그었다.

예술작품에서 아마존족과 그리스인들 간의 전쟁은 그리스인들과 켄타우로스들과의 전쟁과 관련을 가지며 그것과 비슷한 수준에서 다루어졌다. 그녀들은 아테나 여신(전쟁, 수공예, 실제적 이성의 여신)과 비슷한 모습으로 팔에 활과 창, 가벼운 쌍날 도끼, 반쪽 방패 등을 들고 있으며 초기 작품에서는 투구를 쓴 모습으로 등장한다. 이후의 예술작품에서 여걸들은 아르테미스(야생동물, 식물, 처녀성, 출산의 여신)와 비슷한 모습으로 묘사되는데 얇은 옷을 입고 빨리 달리기 위해 허리띠를 단단히 졸라맨 모습이었다. 이후의 채색 도자기에서는 종종 독특한 페르시아인 복장을 하고 있다. 무릇 어떤 포즈를 취했던 무인족들은 하나같이 짝가슴이라는 점을 주목할 때 재삼 감오되는 것은 무엇일가? 외유내강이라는 낱말을 고도로 집약하고 압축한 정화(精華)와 윤색의 진미이리라!

일설에 따르면 아마존 강은 16세기 스페인의 탐험가 프란시스코 데 오레야나가 전에는 파라논으로 알려졌던 지역에서 만났다는 여전사들을 부르기 위해 이름 붙인 것이라고 한다. 보라, 아마존 강의 유래에까지 무인족이 일으킨 세력이 지금도 도도히 굽이치지 않는가!

아마존은 활을 주요한 무기로 하여 근접전에서 사용할 수 있는 창 그리고 직접 공격과 던지는 간접 공격을 할 수 있는 자벨린,(Javelin), 즉 표창을 사용한다. 아마존의 능력치 중 가장 돌출한 것은 역시 민첩성이다. 젖가슴마저 서슴없이 도려낸 그 결사적인 정신이 한결 집중적으로 보여 주지 않는가! 민첩성은 공격 성공률과 큰 관계가 있는 것으로 던지는 무기를 주로 사용하는 것이 아마존에서는 가장 중요하다고 할 수 있다. 그래서 부득이 유방을 잘라내는 극단에 이른 것이다.

유비쿼터스와 매체 광역화

방송시대는 부단히 포맷(format)의 연혁을 거듭한다. 기존의 단순송출이나 일방전송으로부터 인제는 점차 다원화, 입체 방송이라는 스테레오(stereo)방송, 다중식방송으로 탈바꿈하는가 싶더니 그것도 또 도태를 면치 못하였다. 초고속 정보통신망을 비롯한 각종 명목의 형식과 수단들이 대거 투입된 방송망은 현재 고유한 시스템을 쇄신하고 나서 바야흐로 인류의 부풀었던 환상을 푸짐하게 만족시킨다. 올 － 웨이브(all wave)라는 수신기도 점차 공능을 극대화한다.

패러다임(paradigm)이란 어떤 한 시대 사람들의 견해나 사고를 근본적으로 규정하고 있는 테두리로서의 인식 체계, 사물에 대한 이론적인 틀이나 체계를 말한다. 인간의 복합

사고는 무한한 발굴을 시도하는 것으로 향상을 구성하고 문화를 축적한다. 그 변종의 파생으로 부단히 기적을 낳는 현대과학이다.

그 일종으로 유비쿼터스 컴퓨팅 혹은 퍼베이시브 컴퓨팅(pervasive computing)이라고도 하는 유비쿼터스(Ubiquitous)를 들 수 있다. 시간과 장소, 컴퓨터나 네트워크 여건에 구애받지 않고 자유롭게 네트워크에 접속할 수 있는 정보기술(IT) 환경 또는 그 패러다임(paradigm)이 이른바 유비쿼터스(Ubiquitous)이다.

유비쿼터스(Ubiquitous)는 물이나 공기처럼 시공을 초월해 '언제 어디에나 존재한다.'는 뜻의 라틴어에서 유래한 용어로서 사용자가 시간과 장소에 구애받지 않고 자유롭게 네트워크에 접속하는 것을 의미한다. 이 유비쿼터스란 용어를 IT분야에서 새로운 의미로 처음 제시한 사람은 미국인이다. 미국 제록스(Xerox)사 팰러앨토연구소(PARC)의 마크 와이저(Mark Weiser) 박사가 유비쿼터스 컴퓨팅을 차세대 컴퓨터의 비전(vision)으로 제시하면서 알려졌다. 그는 "21세기를 위한 컴퓨터(The Computer for the 21st Century)"라는 논문을 1991년 9월호 "사이언티픽 아메리칸(Scientific American)"에 게재했는데 이 논문은 발표 이후 유비쿼터스의 텍스트(text)로 명칭을 고착하게 된 연유라 하겠다.

유비쿼터스 컴퓨팅이란 모든 사물에 컴퓨터 칩(chip)을 내장하여 상호 의사소통을 통해 보이지 않는 생활환경까지 최적화하는 인간 중심의 컴퓨팅 환경을 의미한다. 칩(chip)이란 집적 회로의 전기 회로 부분을 넣어 두는 케이스(case) 또는 케이스에 넣은 집적 회로이다. 유비쿼터스가 실현되려면 가전제품, 가구, 자동차 등 모든 일상적인 사물에 적용할 수 있는 정보기술, 나노기술, 생명공학기술의 고도화가 전제되어야 한다. 진정한 유비쿼터스는 현재 개발되는 모든 첨단기술이 모이는 최종단계에 구현된다고 할 수 있다. 그 영역으로 방송시대의 전성기를 개척할 가능성이 완전히 제기된다는 확신이다. 그러므로 방송시대의 광역화는 유비쿼터스로 조종되고 확장된다고 해도 과언이 아니다. 멀티미디어(multimedia), 커뮤니케이션(communication)의 다양화는 유비쿼터스로 규모구조를 확장하였고 또 나중에 방송시대의 새로운 지평선을 열어가면서 부단히 갱신을 창출한다.

방송업체에 부여된 본질적인 대안들이 유비쿼터스로 명명되는 IT 혁명을 통해 다양한 방식으로 해결되고 새삼스레 절충될 전망은 가히 낙관적이다. 정보산업의 쇄도는 이미 방송망을 충격하고 자극한지 오래다. 홍수사태로 쏟아지는 첨단기술은 방송 그 전체에 거쳐 부단히 새로운 양상템포를 강요한다. 하여 방송 수신의 이동성과 개인성은 기존의 방송 프로그램의 편성시간 뿐만 아니라 내용과 형식의 차원에서도 질적 변화를 초래한다. 청중과 방송인의 거리가 줄어들고 공간전파와 네트워크접선이 일맥상통하게 된다. 게다가 상호작용과 데이터(data)의 축적 기능까지 보완될 경우 수용자의 기호선택 여하에 따라 프로그램요청이 가능하다. 즉 시처위(時處位)가 달라져도 원하는 프로그램을 무시로 수신함이 당연하게 된다. 방송국의 일방적인 재래권위와 관리역도가 점차 복합체로 재편성되는 혁신을 맞이했다. 서비스제공자로부터 통제와 제어의 감시대상으로 위치가 변하게 된다. 바로 이것이 협소한 의미에서 칭하는 방송의 유비쿼터스화라고 단언할 수 있을 것이다.

유비쿼터스 환경의 구축은 디지털화된 특정 콘텐츠나 정보를 자유롭게 발신하고 수신하는 차원을 넘어서는 매우 거시적인 범위와 규모에서의 환경 변화를 가져올 것이다. 콘텐츠(contents)란 인터넷이나 컴퓨터 통신 등을 통하여 제공되는 각종 정보, 또는 그 내용물이다. 구체적으로 해석하면 인터넷을 비롯한 정보통신 네트워크나 케이블 텔레비전, CD－ROM 등에서 제공하는 정보이다. 원래는 책, 논문 등의 내용이나 목차를 가리키는 것이었으나 지금은 영화나 음악, 게임 등의 오락으로부터 교육, 비즈니스, 백과사전, 서적에 이르는 디지털 정보를 통칭해 가리킨다.

텔레비전을 포함한 모든 가전기기와 주변 사물들에 컴퓨터 칩과 센서(sensor)가 내장되고 지능화되어 이를 제어하고 통제하는 개인 이용자들의 자율적인 환경 관리가 가능해진다는 점에서 디지털 환경의 획기적인 전환점이 될 것으로 전망할 수 있다. 센서(sensor)란 물리에서 소리, 빛, 온도, 압력 따위의 여러 가지 물리량을 검출하는 소자(素子) 또는 그 소자를 갖춘 기계 장치로서 일명 또 '감지기'로 순화한다. 이러한 환경의 변화 속에서 미래의 향후 방송망은 어떠한 위상을 지녀야 하며 또 어떤 역할과 기능을 수행하는 미디어가 될 것인가? 이는 세인이 바라는 숙망이자 미래지향의 불가분리 속성이다.

인터넷은 프로그래밍 분야에 새로운 방법을 제시했다. 프로그래밍(Programming)이란 실제로 컴퓨터를 작동시킬 프로그램을 작성하는 일이거나 그 작성 과정을 말한다. 프로그래머(Programmer)들은 컴퓨터의 사용 및 조작을 더 효과적이고 빠르게 하기 위해 처리장치를 분산시키는 소프트웨어를 발전시켰다. 이러한 계열작업은 컴퓨터가 정보를 공유하고 복잡한 문제를 풀 수 있도록 하는 다양한 방법 중 하나이다. 분산 컴퓨팅 애플리케이션(Distributed computing application)은 데이터(Data)를 세계의 크고 복잡한 네트워크와 연결될 수 있도록 해준다. 지구상위치파악시스템(Global Positioning System / GPS)도 전면가동이다. 미군이 발전시킨 위성 통신 및 위치파악 시스템인 GPS는 이제 GPS 수신 장치만 있으면 누가 어느 장소에 있든지 접근이 가능하도록 상업화되었다. 이러한 다양한 컴퓨터 매핑 소프트웨어(computer-mapping softwares)의 결합으로 GPS는 특정인의 위치, 여행경로, 이동수단 등을 모두 낱낱이 파악할 수 있다.

군사작전이나 편의생활 그리고 첨단과학에만 현대기술이 공유되는 것이 아니다. 그 지속적인 보급은 방송망을 배제할 수 없다. 많은 업체, 회사나 산업단지들이 노리는 주공목표의 하나가 바로 중계망이다. 그만큼 방송체제는 개발영역이나 잠재력이 무궁하다는 점이라 하겠다. 방송과 통신은 연대성처럼 '네트워킹'(연계망 구축하기와 활용)이라는 공통점을 지니고 있다.

방송과 통신은 사람들의 필요를 채우기 위한 서비스를 제공한다는 점에서 네트워크 기반 비즈니스(business)의 속성을 공통적으로 가지고 있다. 목전에는 네트워크 특히 인터넷을 주축으로 해서 방송과 통신의 영역이 무척 유기적인 소통을 원활하게 잘 보이고 있다. 서로 유무상통을 꾀하는 한편 다양한 미상(未詳)의 처녀지를 돌파구로 중점적인 개발을 투입한다. 이에 대해 기존 방송 영역에서도 인터넷 기반의 IT 기술이 활발하게 적용되고 있다.

지속적으로 각광받고 있는 유비쿼터스 컴퓨팅은 단순히 컴퓨팅 환경을 개선하는 것에 그치는 것이 아니라 인류의 제반 사회문화까지 철저히 수정하고 화끈하게 개량한다. 그 포괄범주에 든 방송망은 불가피하게 문호개방의 재충전 내지 재정비를 거치지 않으면 안 된다.

2006년 IT 업계의 최대 화두를 꼽으라면 와이브로(WiBro-무선광대역인터넷, 무선초고속인터넷, 휴대인터넷), 유비쿼터스와 함께 IP TV를 들 수 있다. 자동화기능이 무난하고 급진적인 탐구가 성공의 첩보를 올리는 와중에 전달망구축의 정체적인 예측이전은 점차 방송업체로 바투 접근한다. 방송업체 또한 통신방송분야를 홀시하거나 배제할 수 없다. 상호보완내지 추진으로 보다 완미한 네트워크의 정체성과 통합성을 구축해야 한다. 랜(LAN), 모뎀 등을 이용한 컴퓨터 통신망이 보다 활력소를 가강해야 한다.

IP TV는 동영상 등 기존 방송 서비스를 인터넷 프로토콜(IP)을 이용해 텔레비전 수상기에 전달하는 서비스를 말한다. 이른바 방송과 통신이 융합된 형태로 단방향 콘텐츠 시청이라는 방송의 속성과 쌍방향 의사소통이라는 통신의 속성이 결합돼 있다. 전송수단으로 초고속 인터넷 망을 이용하기 때문에 기존 방송과 달리 데이터를 주고받을 수 있어 TV를 통한 쇼핑이나 TV 뱅킹(banking), 주문형 비디오(VOD) 등 다양한 서비스 모델을 적용할 수 있다. 이처럼 시청자들이 TV 방송을 받아들이기만 하던 재래의 틀에서 대담히 해탈되어 쌍방향으로 소통할 수 있다. 결국 다양한 서비스 모델을 수립할 수 있다는 점에서 IT 업계의 이목을 끌고 있다.

미디어와 콘텐츠, 기술이 통합, 융합한다는 의미로 제기된 디지털 컨버전스(digital convergence)는 간단없는 진로를 걸어왔다. 하여 디지털방송은 다양한 미디어의 컨버전스를 구현한다. 또 방송과 통신의 융합서비스는 기존의 아날로그 방송이 구현했던 일방향성의 극복뿐 아니라 언제 어디서나 미디어에 접근할 수 있는 유비쿼터스 환경의 실현으로 나타나고 있다. 패러다임으로 조종되는 인간사고의 결정체인 유비쿼터스가 과연 그 막강한 실력을 발휘하는 전성기인가 보다. 수용자들은 아날로그 방송의 시 / 공간적 제약에서 벗어나 정보와 컨텐츠를 소비할 수 있는 다양한 미디어 환경에 처했으니 말이다. 이러한 환경에서 수용자의 태도는 VOD와 같은 주문형 서비스나 T-Commerce의 소비로 나타나 개인의 취향과 선호에 따라 부합하는 1인 미디어 형태로의 진화를 담보한다.

유비쿼터스가 마법이나 유령으로 부각되는 '주술'의 시대이다. 유, 무선을 가리지 않는 개념이 현실에 밀착했다. 사용자가 컴퓨터나 네트워크를 의식하지 않는 상태에서 장소에 구애받지 않고 네트워크에 접속할 수 있는 환경이 대두했다. 침실과 직장, 그리고 공중과 해수욕장에까지 그 장착이 가능한 실태이다. 이를테면 종이처럼 얇은 전자 페이퍼(paper)를 가정 내 테이블에 설치해두면 아침에는 조간신문이, 저녁에는 자동으로 석간신문이 표시된다. 다른 여러 종류의 신문을 모두 읽을 수도 있다. 입고 있는 옷에 컴퓨터가 내장돼 있어 사무실이 아닌 어느 곳에서든지 다른 사람들과 정보교환이 가능하다. 허리띠에 붙어 있는 컴퓨팅장치로 온갖 정보를 신속하게 검색해 볼 수도 있다. 마치 아전인수(我田引水)의 옵션을 리드하는 영묘한 주인공들 같다.

이 신비하고 기기묘묘한 마술의 장본인이 바로 유비쿼터스이다. 이제 유비쿼터스의 종류를 밝혀보자.

유비쿼터스는 크게 두 가지 개념적인 특징을 가지고 있다. 하나는 유비쿼터스 컴퓨팅이고 다른 하나는 유비쿼터스 네트워크이다. 유비쿼터스 컴퓨팅은 모든 사물에 칩을 내장하여 모든 곳에서 컴퓨터를 사용할 수 있는 환경을 의미하는 반면 유비쿼터스 네트워크는 언제 어디서나 컴퓨터 네트워크에 접속할 수 있는 환경을 의미한다. 결과적으로 유비쿼터스 환경이란 사물들의 네트워크를 지향한다고 말할 수 있다. 이러한 유비쿼터스 환경구축을 위해 주목받고 있는 기술로서 RFID, 센서, MEMS, IPv6, 소형 OS 등이 있다.

이제 유비쿼터스를 종합귀납하면 그 내함을 간략하고 압축적으로 알 것 같다. 방송망에 집약적으로 반영되는 시스템이자 커뮤니케이션과 정보교류의 지름길이며 의사소통의 다각적인 외교루트이다. 유비쿼터스란 특정한 기술이 아니라 지금까지 발전해온 기술을 융합하여 새로운 개념을 제안한 것이기에 IT에 관련된 모든 기술이 유비쿼터스의 기반기술 또는 관련기술이라고 할 수 있다. 사람뿐만 아니라 자동차, 화물, 가축 등 개체를 식별하는 정보를 저장하고 이 식별정보를 무선통신을 이용하여 인식한다.

과연 유비쿼터스가 방송망에 동참개입이 이상적인가? 실천은 이미 과학적인 도리를 여실히 입증하였다. 유구한 대중적인 전파매체로서의 라디오의 역사는 문화적인 충격이자 정보혁명이었다. 지구 건너편의 세상소식도 지척에서 청취하면서 공기처럼 세상을 뒤덮는 전파의 위력을 생신하게 절감했다. 그러나 그때까지만 해도 이런 추세로 전파기술이 발전하면 언젠가 통신선이나 수신 장비가 없어도 사람끼리 빛의 속도로 대화를 나누는 무대가 펼쳐지리라고는 상상조차 못했다. 큼직한 진공관 소자가 트랜지스터로 대체되면서 호주머니에 쏙 들어가는 초소형 라디오가 등장할 때까지만 해도 이런 발상은 엉터리 환몽에 불과했다. 물론 교통, 뉴스, 날씨, 증권 등 문자정보를 서비스하는 FM 부가방송(DARC: Data Radio Channel)이 생활 속에 보급되면서 눈으로 보는 라디오 시대가 열렸으나 그 희열의 극치를 채 만끽하기엔 상상력이 극히 미약했다.

전성기의 인기가도를 질주하던 라디오는 비록 20세기 70년대 이후 TV에 유망주의 주도권을 뺏겼지만 1인당 보급률이 가장 높고 대중화된 정보미디어로 봉헌한 것만은 사실이다. 그 기여가치를 매체박물관에 소장하는 한편 라디오가 도입된 지 불과 40여 년 만에 '언제 어디서나 누구라도'

방송망에 접근할 수 있는 유비쿼터스 방송환경이 개입했으니 천지개벽의 변천이 아닐 수 없다. 라디오는 그래서 환골탈태를 몸부림친다.

그 지속적인 일로를 달리는 라디오발전 템포는 이미 무궁한 미래를 포옹하고 전망을 잉태하였다. 음성위주 서비스를 담당한 단일배역을 떠나 유비쿼터스 기술로 각광받고 있는 실용화방향으로 접어들게 된다. 그것은 라디오 매체야말로 가장 저렴한 비용으로 유비쿼터스 통신환경을 구현하는데 최적의 도구이기 때문이다. 소척(疏斥)의 불행지수가 높은 만큼 저력의 사용가치 역시 무한하다는 지적이다. 저렴하다는 가격비교의 열세에서가 아니라 사용빈도가 빈번하다는 재활용에서 그 오롯한 잠재를 재차 긍정해야 할 가보다.

방송변화가 아무리 굴곡이 심해도 라디오가 지닌 광범한 청취군체가 형성한 복사 층과 저렴한 수신 장비의 편의 피복률은 장기적으로 결코 포기할 수 없다. 방송은 통신기술과 달리 수익성보다 공익성이 우선이다. 그만큼 방대한 애청 콜로니(colony)는 역사의 부동한 시기를 경우하면서 시종일관하게 민족과 시대와 사회를 리드했고 추진했다. 유비쿼터스 환경에서 수용자는 언제, 어디에서나, 어떤 기기로나 미디에 구애받지 않고 경제적이며 편리한 커뮤니케이션을 수행할 수 있게 된다. 보다 편안하고 안일한 향수를 달

래는 청취자의 입장을 이제 새로운 방송시대의 전성기가
마련한다. 유비쿼터스 방송개념은 디지털TV, 디지털라디오
(DMB), 넷스트리밍(Net Strneaming), 공업용 텔레비전(I TV),
데이터서비스, 스마트TV(Smar TV)을 포괄한다. 이런 추향에
동조한 세계 각국의 통신회사들의 방송 산업진출은 이미 만
가동에 만부하를 걸었다. 인터넷 포털 등 비(非)방송계도 방
송시장을 슬며시 노크하면서도 결국 스매시(Smash)를 선고하
는 중이다.

세계 최대 휴대전화 회사인 노키아는 방송과 인터넷기술
을 합친 새 이동방송기술(DVB - H)을 개발하고 있다.

MS 빌 게이츠 회장도 앞으로 방송시장이 최대 격전지가
될 것이라고 보고 관련 기술, 서비스 개발을 용약 검독책려
를 아끼지 않고 있다.

방송 산업의 지각변동 중에 가장 타격을 받는 쪽은 공중
파 방송이다. 케이블과 위성방송 등 경쟁자들이 통신회사,
인터넷업체 등과 함께 '퍼스널(personal) 방송'으로 협공하
고 있기 때문이다. 방송사와 통신회사가 주도권을 잡기 위
한 치밀한 각축전이 비일비재이다. 결국 소비자에게 얼마나
좋은 콘텐츠를 제공하느냐가 승부를 가르며 자웅을 겨룰
것이다. 그렇다. 진정한 감독이자 황제는 어디까지나 청취
자 쪽이다. 그러니 구경 누가 월계관을 따내는가 하는 것은
역사의 세례와 함께 방송진화의 연혁으로 증명할 몫이다.

한두 사람의 왈가왈부로 아퀴 짓기엔 너무나 무기력하고 허무하다. 공정한 평가는 영겁의 세례와 함께 가장 합리한 결론을 내려야 인류에 덜 미안하다.

방송은 DMB 서비스 등을 통해 통신 영역을 넘보고 있다. 반면 통신회사도 홈 네트워크 서비스 등을 통해 방송 진출을 노린다. 유비쿼터스 컴퓨팅 시대에도 초월의식을 보장하기 위해서는 방송사와 통신사가 자유롭게 경쟁할 수 있다는 전제조건이 흥미롭다. 세월의 변이와 동조하는 기능이 보다 원활한 한편 유기적인 내연이어야 한다.

그 예로 위성과 지상파 디지털멀티미디어방송(DMB)이 시작되고 와이브로(휴대인터넷) 인프라스트럭처(infrastructure)가 구축되는 일정이 출범하면서 유비쿼터스 세상에 대한 호기심이 강도를 높인다. 하여 유비쿼터스의 강세가 점차 매체에 다이내믹(dynamic)하게 개입하면서 심층피복이 두터워진다. 유비쿼터스는 언제 어디서나 어떤 단말기로도 인터넷에 접속해 네트워킹을 할 수 있음을 의미한다. 유비쿼터스 세상이 되면 유선이 무선으로, 안방에서 야외로, 음성이 데이터와 동영상으로 바뀌면서 일상생활에 혁신적인 변화가 연쇄반응처럼 급속하게 일어난다. 이것이 유비쿼터스로 세상을 열어가고 세인을 만난다는 새로운 독무대이자 독천장이다.

유비쿼터스 세상이 되면 가장 크게 바뀌는 것이 모든 기기가 유선에서 무선으로 교체된다는 것이다. 대표적인 서비스가 와이브로다. 와이브로(Wibro)란 와이어리스 브로드밴드(Wireless Broadband)의 약어로 차세대 무선 인터넷 서비스의 이름이다. 2004년 12월부터 본격적으로 논의되기 시작한 이 서비스는 위성 및 지상파 DMB와 함께 2005년 새해 벽두의 IT 시장을 본격적으로 가열하더니 인젠 꽤 파다하게 이용성을 높여 보급을 추진한다. 와이브로를 더 세분화하면 기존 초고속인터넷을 휴대폰으로 옮겨놓은 것으로서 달리는 자동차, 버스, 지하철, 기차에서 대용량 데이터를 초고속으로 주고받을 수 있는 서비스를 말한다. 와이브로를 이제 칩으로 안장한 기타 물체에 더 장착한다면 보다 광범위한 청취, 시청 신빙성을 자아낼 것이 아니겠는가?

2005년 3월 미국 오리건(Origan)주 밀워키의 한적한 숲속에 자리 잡은 첨단 휴양 시설인 '엘리트 케어(Elite Care)'가 오픈했다. 여기에 거주하는 노인들은 각자의 상의에 작은 위치 추적 배지(badge)를 달고 다닌다. 엘리트 케어 곳곳에 심어진 센서(sensor)들은 노인의 배지를 계속 추적하며 특정 지역을 이탈하거나 의식상실과 같은 이상 증세가 나타나면 곧바로 간호사에게 알린다. 아울러 숙소의 침대에도 몸무게 측정 센서(sensor)가 내장되어 있고 모든 센서(sensor)들은 몸무게 변화뿐 아니라 수면 중 몸부림까지도 감지해서 수시로 의료진의 컴퓨터로 자동 보고한다.

2005년 1 / 4분기, 연쇄적으로 일어난 대규모 지진에도 불구하고 인명 피해를 최소화하였다. 특히 신칸센 열차가 탈선하였음에도 불구하고 인명 사고를 극력 피면했다. 그것은 어디까지나 유비쿼터스 센서 네트워크 관련 기술들이 큰 역할을 했다. 선로에 부착된 센서(sensor)는 미묘한 지반의 떨림을 실시간으로 전달했다. 하여 지진을 사전에 감지해 적절한 조치를 취함으로써 인명 피해를 줄일 수 있었다.

유비쿼터스로 부단히 확장되는 지구촌은 더욱 밀접하게 하나로 접목될 것이다. 상용 서비스에 진입한 위성 DMB는 안방에서 TV를 본다는 개념을 무자비하게 파괴하고 시각 구미를 별유천지로 원활하게 돌려놓았다. 위성 DMB가 시작되면 지하철이나 버스, 야외에서 자기가 원하는 채널을 임의로 선택해 언제든지 TV시청이 가능하다. 향후 이제 지상파 DMB까지 서비스되면 안방이나 거실에서 TV를 보는 사람보다 밖에서 TV를 보는 시청자가 더 많아질 가능성도 배제할 수 없다는 것이 여론계와 동업체들의 한결같은 주장의 이데올로기(Ideologie)이다.

유비쿼터스로 맥락을 이어놓을 와이브로는 사무실이나 집에서 즐기던 인터넷을 밖으로 확장한 기술이다. 홈 네트워크는 공원을 산책하며 가습기나 난방기를 켤 수 있다는 점에서 '안에서 밖으로'를 지향하는 유비쿼터스의 흐름과 적합하게 일치하다.

안팎을 이어놓는 유비쿼터스로의 지향내지 이전은 그 계열적인 작업이 보다 밝다는 것으로 전망된다. 획기적인 전환의 일환으로 음성에서 데이터, 동영상으로 비전하였다. 광대역코드분할다중접속(WCDMA) 방식 이동통신은 음성 중심의 통화를 영상 위주로 바꿔 놓는다. 유비쿼터스는 이처럼 음성에서 데이터와 동영상으로 정보 내용을 변경한다. WCDMA 폰을 통해 상대편 얼굴과 모습을 보면서 통화할 수 있고 여러 사람과 동영상 회의를 한다. 지척이 천리요 만리가 눈앞이라던 축지법(縮地法) 전설이 금시 만화경이라는 완호지물로 각인되었다. 천애지각이 한동네요, 만호장안이 만호중생이라던 군체개념이 하나로 통합되는 상전벽해이다. 유비쿼터스로 진척되는 방송전성기에 패러다임(paradigm)이 조종하는 리모트–컨트롤(remote control)의 마력을 엔조이할 때이다.

DMB 데이터 방송과 텔레매틱스도 동영상과 데이터를 빠르게 전송한다는 점에서 유비쿼터스의 총아로 부상하고 있다. 인터넷 전화도 음성 위주로 된 통신기기를 동영상으로 바꾸는 혁신을 제공하였다. 생방송중계를 이런 형식으로 도입하여 보다 효과적이고 편리하였는가 하면 경제절약도 보장한 사례가 더는 자랑이 아니다. 축구실황, 공연무대, 이벤트, 경축행사 등 다각적인 면에서 유비쿼터스로 움직이는 방송매체의 전성기 수승(殊勝)이 각광을 받는다.

유비쿼터스로 시공을 초월하여 고금을 합일하면서 미래

를 앞당기는 방송전성기가 밀물마냥 쇄도한다. 지상파와 공중파의 방송실체에 복합기능을 덧붙이는 금상첨화의 격변기이다.

2000년대 들어 미래사회를 나타내는 대표적인 신조어로 '유비쿼터스'가 나돌아서부터 그 포인트 각색이 점점 황홀경을 만들어간다. 유비쿼터스는 정보기술(IT)의 발전으로 이제 더 이상 미래가 아닌 현실로 성큼 다가섰다. 이런 상황에서 IT기술들은 유비쿼터스 사회를 구축하기 위한 방향으로 활보를 놓으면서 유, 무선통합을 촉진한다. 우선 이동 중 방송을 시청할 수 있는 이동멀티미디어방송(DMB)이 본격화된다. 다양한 매체의 보급과 함께 신규서비스들이 꼬리를 물고 잇따른다. 무엇보다 공간적 제약을 해소하는 붐이 거세차다. 데뷔와 히트가 쌍을 이루는 능곡지변(陵谷之變)이다. 통신사업자들은 IP TV를, 케이블방송 사업자들은 디지털케이블방송 서비스를 통해 쌍방향 통방융합을 선물한다.

IP TV를 포함해 집안의 가전제품이나 출입문을 PC나 PDA, 또는 휴대폰을 이용해 어디서나 확인하고 통제할 수 있는 홈뷰어(viewer)와 홈제어, 생활 정보 서비스와 TV를 보면서 쇼핑을 하는 T-커머스, 원격으로 건강상태를 체크하고 진료를 받는 원격진료 등이 가능한 홈네트워크도 보다 전면적으로 확산된다. 유, 무선이 통합되고 통신, 방송 및 인터넷이 융합되어 하나의 광대역 네트워크로 발전되면서 가입자에게도 고속의 무선 멀티미디어 서비스를 제공하기 위해 액세스(access) 망 및 댁내망의 고속화 필요성이 증대될 수밖에 없다. 이에 따라 댁내 및 사무실에서 근거리의 가전기기, 사무기기 및 각종 정보기기를 배선의 불편 없이 무선으로 초고속 신호를 연결시켜 줄 수 있는 HR(High Rate)-WPAN(Wireless Personal Area Network) 기술이 주목 받고 있다.

정보의 홍수에 말려 방송도 자체의 생로를 모색해야 한다. 현재 전 세계 모든 국가는 21세기의 ICT(Information & Communication Technology) 기술 및 서비스 개발을 통한 자국의 국부 증대와 신종 산업 창출이라는 21세기 기술혁명에 총력을 기울이고 있다. 인류의 정보혁명이 서서히 막을 올렸다. 21세기 정보통신 기술의 가장 큰 특징 중 하나인 기술 융합(Technology Convergence)의 특성을 기존 연구개발 방법으로 접근할 경우, 기술 융합 기반의 연구개발에 능동적으로 대처하기에는 미흡하다는 지적이 있다. 이를 해결하기 위한 방법 중 하나인 서비스 시나리오 기반 신규 핵심 기술 발굴이 중요한 이슈(issue)로 인식되고 있다. 유비쿼터스 사회 기반을 지속적으로 구축하고 와이브로와 DMB 등 차세대 통신방송 서비스를 활성화해 정보통신서비스 시장에 새로운 활력을 불어넣는 추진이 맹활약을 보인다.

단순하고 고정적이던 방송은 이제 그 고루한 개념을 새로 명명한다. 유비쿼터스로 이어지는 방송의 연혁은 찬란한 전망을 약속한다. 패러다임으로 조종되는 유비쿼터스와 다중방송, 매체광역화의 전성기는 시공을 초월하면서 세인과 세상과 세계를 시각화, 동기화, 인격화한다. 커뮤니티(community)가 과연 하나로 더불어 공존하는 창세기가 도래한다.

타이타닉 호

타이타닉(Titanic) 호라면 악연한 공포가 앞선다. 그 공감 연유가 거물급 난파선의 침몰영상막이 반사한 스릴이라 하겠다. 그만큼 이 세계적전기색채의 기문은 인류재난과 함께 금시초문의 센세이션을 일으켰었다. 덩달아 이 기화일화막후에 연달아 발생한건 사후조처의 연쇄반응이었다. 즉 전대미문의 국제법출범이 쇄도하여 미비했던 해양학을 보완했다.

1912년 4월 14~15일 영국 사우스팸프턴에서 미국 뉴욕시로 향하는 처녀항해 중 침몰한 영국의 호화여객선이 타이타닉 호인데 1911년에 건조했다. 이로써 세계 최대 해난사고기록을 남겼다. 전대미문의 엽기적 기적 같은 이 침몰사건으로 하여 후세엔 허다한 예술가들을 창출할 줄이야……

예술영화 타이타닉(Titanic) 제작팀을 알아보자. 감독에 제임스 카메론, 주연에 Leonardo Wilhelm DiCaprio, Kate Elizabeth Winslet, 빌리 제인, 캐시 베이츠, 글로리아 스튜어드, 빌 팩스턴, 프랜시스 피셔, 자넷 골드스타인이다. 각본에 제임스 카메론, 제작에 제임스 카메론, 존 랜듀이고 촬영에 러셀 카펜터이고 편집에 제임스 카메론, 리처드 A. 해리스, 콘래드 퍼프 IV이고 음악에 제임스 오너이고 미술에 빌 리, 피터 라몽이고 특수효과에 토마스 L. 피셔이다. 스토리는 다음과 같다. 1912년 4월 10일 타이타닉 호는 영국의 사우스팸프톤 항에서 뉴욕을 향해 대서양 횡단의 처녀항해를 나선다. 당시 17세의 로즈는 약혼자이자 대자산가 칼 헉슬리와 승선했지만 마음은 공허하다. 그녀는 필라델피아 상류층의 딸이었지만 몰락해 버린 가문의 명예를 다시 세우기 위해 칼과 정략결혼을 해야 하는 상황이다. 한편 화가 지망생 잭은 친구와 함께 선술집에서 도박으로 딴 삼등실 표를 가지고 타이타닉 호에 승선한다. 오랫동안 유럽을 방랑하면서 그림공부를 해왔던 잭은 미지의 땅에 대한 설렘을 간직한 채 타이타닉 호에 이른다.

엄격한 규율과 예절을 요구하는 상류 사회에 숨 막혀 하던 로즈는 결혼을 비관, 배 맨 끝에서 자살하려고 한다. 하지만 우연히 이를 본 잭이 로즈를 극적으로 구출하게 되어 두 사람의 인연이 시작된다. 화려한 선상 파티가 벌어지던

날 로즈는 대담하게 잭과 함께 파티장에 나타난다. 그리고 이 두 연인을 타이타닉의 승객 중 가장 화려한 이력을 가진 몰리 브라운이 응원해 주었다. 그녀는 미국의 가장 큰 슈퍼 체인인 메이시 소유주의 아내였던 것이다. 로즈와 잭은 평생 잊을 수 없는 아름다운 밤을 보낸다. 어느덧 운명의 시간, 빙산에 충돌한 타이타닉 호는 몇 시간 후 침몰의 시간을 맞이한다. 아수라장 속에서 끝까지 키를 잡고 배와 함께 죽음을 맞이하는 선장, 그대로 침대 속에서 죽음을 맞이하는 어느 노부부, 또 배의 밴드 연주자들 또한 끝까지 연주를 계속한다. 마침내 타이타닉 호는 바다 속으로 침몰하고 만다. 뉴펀들랜드에서 남쪽으로 640km 떨어진 지점에서 일어난 이 침몰사고로 인해 1,515명의 인명이 수중고혼이 되었다. 가장 거대하고 호화스럽던 타이타닉 호는 16개의 수밀격실(水密隔室)로 이루어진 이중저(二重底) 선체를 가지고 있었다. 그 수밀격실 중 4개가 물이 차도 부력에 이상이 없었기 때문에 침몰의 위험이 없다고 생각되었다.

4월 14일 자정이 조금 지났을 때 빙산과 충돌하여 4월 15일 오전 2시 20분 침몰했다. 미국과 영국에서 이루어진 조사에 의하면 그날 밤새 동안 사고지점에서 32km가 채 안 되는 곳에 레이랜드 정기선인 '캘리포니안 호'가 있었다. 만약 당시 그 선박의 무선기사가 근무 중이었다면 조난신호를 받았을 것이고 침몰위기의 타이타닉 호를 구조했을 것이다. 타이타닉 호가 침몰한 지 1시간 20분 후 커나드 정기선인 '카파시아 호'가 사고지점에 도착하여 인명손실을 줄일 수 있었다.

이 비극의 결과로 런던에서 최초의 국제해상안전협정이 체결되었다. 즉 모든 선박은 승선한 승객이 모두 탈 수 있는 구명정을 비치(備置)해야 한다는 규정(타이타닉 호는 2,224명의 승객 중 1,178명이 탈 수 있는 정도의 구명정이 비치되어 있었음), 항해 중 구명정에 대한 훈련교육이 동반해야 한다는 규정, 24시간 내내 무선관찰을 해야 한다는 규정 등을 정했다. 또한 북대서양 항로를 지나는 선박에 빙산이 있음을 알려주기 위해 국제 부빙(浮氷)순찰대가 창설되었다. 잠정이라지만 명문조목이었다.

그 후 1985년 9월 1일 '협정'은 두 부분으로 분리되었다. 아울러 곧추 서 있는 타이타닉 호의 잔해가 4,000m 깊이의 해저에서 발견되었다. 그 선박은 대략 북위 41°26', 서경 50°14'에 위치해 있었다. 1997년 미국의 해양학자 로버트 밸러드는 고대에 침몰한 선박 여덟 척을 발견함으로써 고고학의 신기원을 열었다. 그중 한 척은 지중해의 옛 무역항로상에 있는 해저 760m 지점에서 발견되었는데 침몰 시기는 B. C. 200년경으로 추정되었다. 이전의 해저탐사는 해저 60m 범위에 한정되었다. 그러나 밸러드는 미국, 프랑스 과학자의 감독하에 무인잠수정으로 탐사를 시작했다. 고고학자, 해양학자, 심해전문가들과 팀을 이루어 장거리 수중 음파탐지기를 갖춘 핵추진 잠수함을 이용해 심해에서 난파선을 찾는 데 성공했으며 로봇배를 보내 사진을 찍고 유물 일부를 수집했다. 얕은 바다에 침몰한 배들은 흔히 약탈당하거나 산호로 뒤덮여 훼손되지만 그가 발견한 배들은 깊은 바다에 가라앉아 있어 보존상태가 깔축없을 정도로 양호했다.

이 발견으로 '심해고고학'이라는 분야가 창출했는데 이미 타이타닉 호의 발견으로 유명인사가 된 밸러드는 '세계 해저박물관의 큐레이터'라는 명성을 획득했다. 그의 거사(巨事)로 신기한 침몰내막이 드러났다. 빙산에 부딪혀 갈라진 긴 틈이 있을 거라는 예상과는 달리 그런 흔적은 발견되지 않았다.

로버트 밸러드 못지않게 속세에서 천재일우의 모멘트를 만나 크게 히트한 분이 또 있다. 여자이다.

브라운(Molly Brown)은 일명 Maggie Brown이라고도 하는데 본명은 Margaret Brown이다. 결혼 전 성은 Tobin(1867. 7. 미국 몬태나 해너벌~1932. 10. 25 뉴욕 뉴욕 시.)인데 미국의 벼락출세자이다.

1912년 침몰한 타이타닉 호의 구사일생 생존자로 널리 알려지면서 인기스타마냥 급부상한 것이다. 그녀에 대한 이야기의 대부분은 '바다와 싸워 이긴 몰리 브라운 The

Unsinkable Molly Brown'(1960, 영화화 1964)이라는 뮤지컬로 만들어졌다. 그러나 이 스토리는 자신이 의기양양해 고취한 것으로 사실과 픽션이 반죽된 것이다.

그녀는 막벌이꾼의 딸로 태어나 정규교육을 거의 받지 못했으며 10대 초부터 벌써 일을 해야만 했다. 기구한 운명의 시작이었다. 1884년경 오빠를 따라 콜로라도 주의 리드빌이라는 광산촌에 갔다가 당시 은광경영자였던 제임스 J. 브라운(1849(?)~1922)을 만나 1886년에 결혼했다. 그들이 처음 모은 큰돈이 사고로 난로 속에 들어가 다 타버렸다는 유명한 이야기는 겨우 75달러의 동전이 불에 그슬린 사건을 나중에 부풀려서 과장한 것이었다.

1894년 제임스가 금광을 발견해 꽤 부자가 되자 덴버(Denver)로 이사했는데 그녀는 칠보단장으로 상류사교계를 기웃거렸으나 콤비를 잃었다. 남편과 결별했지만 여전히 의존했으며 뉴욕과 로드아일랜드의 뉴포트, 그 다음에는 유럽을 드나들며 애스토어가, 밴더빌트가, 휘트니가 등 부유하고 명류가문들이 운집하는 파티에 단골로 휩쓸렸다. 결국 에로틱한 로맨스로 사교계의 유혹녀왕계관을 들썼다.

비록 사생활 내지 은사권이 복잡한 선정주의자였으나 그녀는 분명 인간주의가 우위였다 하겠다. 타이타닉 호가 가라앉는 동안 브라운은 승객들이 구명정에 옮겨 타 노를 저어 바른 방향으로 나아가도록 지휘했고 구조선 카페이시어

호에서는 오랜 시간 환자들을 간호했다. 미국 언론들은 그녀를 "바다와 싸워 이긴 브라운 부인"이라고 극구 찬양했다. 남편이 죽은 뒤 1920년대에 점점 형편이 기울다가 뉴욕에 있는 바비전 클럽 호텔에서 빈털터리로 죽었다. 스캔들과 인의로 점철된 한 여인의 비극적인 생몰년(生沒年)이다.

타이타닉 호를 둘러싸고 브라운과 밸러드는 모두 부동한 배역을 치렀다. 전자는 조난자를 구했고 후자는 침몰선을 건졌다. 모두다 인도주의정신이 다분했다. 허나 휴머니즘(humanism)에도 유감은 없지 않다. 사고를 미연에 방지했더라면 하는 한숨이 절로 새어나감을 어쩔 수 없다.

하여 예방을 위주로 하면서 치료를 하자는 발설이나 보다. 사고를 방지할 목적에서 안전생산이나 규장제도가 생긴 게 아닌가! 보험도 행망에 불과하다. 소 잃고 외양간 고친다는 말처럼 행차 뒤의 왈가왈부는 피하는 것이 바람직할 듯싶다.

타이타닉 호 침몰 후유증으로 국제해상안전협정이 새로 체결되었다. 승객 구명정의 비치, 구명정 훈련교육, 주야 무선관찰 규정과 국제 부빙(浮氷)순찰대 창설 등 일련의 응급조치는 사고여운을 남기고 있다.

1912년 호화유람선 타이타닉 호를 침몰시켰던 거대한 빙산을 도시 앞 바다로 끌어와서 녹이는 프로젝트가 최근에 추진되고 있다. 타이타닉과 함께 쇠락한 도시의 명운을 되살리려는 취지다. 프로젝트를 추진하는 곳은 영국 북아일랜드의 수도 벨파스트이다. 벨파스트는 타이타닉이 건조됐던 도시다. 당시 세계에서 가장 큰 유람선이었던 타이타닉은 산업혁명 이후 가장 빠르게 성장한 산업도시 벨파스트의 자부심이었다. 하지만 타이타닉의 침몰과 함께 벨파스트는 쇠락하기 시작했다. 벨파스트는 이제 산업도시의 명성을 잃은 채 분쟁과 테러의 도시가 됐다. 게다가 시민들은 여전히 타이타닉의 충격에서 벗어나지 못하고 있다. 벨파스트에서 '타이타닉'이라는 단어는 여전히 금기어다. 영국 일간지 가디언은 2005년 3월말 벨파스트 출신의 예술가 리타 더피의 '빙산 녹이기 프로젝트'를 소개했다. 프로젝트의 내용은 타이타닉을 침몰시켰던 빙산을 벨파스트의 부두 앞까지 끌고 와서 녹여버리는 것이다. 빙산을 녹이듯 종교적, 정치적 이유로 '차갑게' 계속되고 있는 벨파스트의 분쟁과 대립도 녹여버리겠다는 뜻을 담고 있다.

더피는 '꽁꽁 얼어 있는 거대한 빙산은 벨파스트의 현재 모습과 같다'며 '북아일랜드 사람들이 이번 행사를 계기로 벨파스트를 침몰시킨 원인을 정확히 바라보고 그것들을 완전히 녹이면서 새롭게 출발하게 되기를 바란다.'고 말했다. 더피는 아울러 빙산을 끌고 오면서 선조들이 북아일랜드에 정착했던 경로를 다시 밟을 계획이다. 북극해에 있는 그린란드부터 벨파스트의 해안까지 옛 바이킹의 해로를 그대로 따라온다는 것이다. 하지만 프로젝트를 당장 시작할 수 있지는 않다. 예산을 확보하고 기술을 개발하는 데 대략 3년이 걸릴 것으로 추정된다. 더피는 현재 타이타닉이 난파된 곳인 캐나다 뉴펀들랜드 해역의 답사를 마친 상태다.

벨파스트 시장을 비롯해 학자들과 기업가들은 더피의 프로젝트를 크게 기대하고 있다. 이들은 '타이타닉을 침몰시켰던 빙산이 이제 벨파스트에서 최후를 맞이하게 됐다'며 '빙산이 녹는 것을 지켜보면서 우리 모두 카타르시스를 느끼기를 바란다.'고 말했다. 카타르시스(catharsis)란 그리스어이자 문학술어이다. 비극을 봄으로써 마음에 쌓여 있던 우울함, 불안감, 긴장감 따위가 해소되고 마음이 정화되는 일을 의미한다. 아리스토텔레스가 "시학"(詩學)에서 비극이 관객에 미치는 중요 작용의 하나로 든 것이다. 일명 정화(淨化)로 순화된다. 또한 심리학의 정신 분석에서 마음속에 억압된 감정의 응어리를 언어나 행동을 통하여 외부에 표출함으로써 정신의 안정을 찾는 일을 말한다. 심리 요법에 많이 이용한다.

프로젝트 추진 계획이 발표된 뒤 벨파스트에서는 벌써 변화의 조짐이 나타나고 있다. 벨파스트에 새롭게 지어지고 있는 조선소에는 오랜 금기를 깨고 "타이타닉 조선소"라는 이름이 붙을 예정이다.

장기

장기는 약 4,000여 년 전에 인도에서 비롯되었다. 그 후 인도의 불교도들이 전쟁이나 살생을 금하는 계율 때문에 인간 본연의 파괴본능을 달래고 수도를 하는 시간 외에 잠시라도 세속에 흐르기 쉬운 잡념을 떨쳐버리기 위해 전쟁을 모의(模擬)한 소재로 장기를 발명하였다.

또 일설에 미얀마(Myanmar) 사람들은 자기네의 고대국 타이링의 왕비가 발명한 것이라고 주장하고 있다. 왕을 지극히 사랑한 왕비가 전쟁만을 일삼고 늘 싸움터에만 나다니는 왕을 궁중에 머물게 하기 위해 궁리 끝에 만든 것이 바로 장기라는 것이다. 서양학자들에 따르면 고대 인도에서 지금의 장기의 시조(始祖)인 것이 발명되었는데 그 최초명칭은 차툴앙가(Chaturanga)로서 고대 인도어, 즉 산스크리트어(Snskrit: 楚語)이다. 차툴(Chatur)은 넷(四), 앙가(Anga)는 원(員)을 뜻하므로 이는 군대의 네 가지 구성원인 차(車), 마(馬), 상(象), 보졸(步卒)이니 전군(全軍)을 의미하는 것이라고 한다.

그러나 오늘날 우리가 말하는 장기의 발상지는 역시 중국으로 보는 것이 타당한 것 같다. 장기짝(말) 자체가 초(楚), 한(漢)으로 되었고 초패왕 항우(項羽)와 한왕 유방(劉邦)의 각축전을 모방한 것이 분명하며 따라서 약 2,000년 전 삼국시대 이후라는 것을 알 수 있다. 또 한편 코끼리의 뜻글자인 '象'이 인도에 있었다고 하여 현대 장기도 인도가 진원지라는 설이 있으나 중국의 남월지방(南越地方)에는 인도 못지않게 코끼리가 많은 것을 감안하면 장기의 발상지 역시 중국임이 거의 확실시된다. 또한 '象'은 실상(實相)이라는 '相'의 전음(轉音)이라고 하니 더욱 뒤받침이 되는 내력이 된다. 여기서의 상(相)이란 재상(宰相)을 뜻한다.

중국에서는 원래 장기를 '상희'(象戲)라고 하였는데 장기가 지금과 비슷한 모습을 갖추게 된 것은 육조(六朝)시대 이후 인 것으로 추측한다. 육조 시대 이전의 것은 중국학자 유신의 상희(象戲)에 나타난 문헌으로 미루어 지금의 장기와는 다름을 알 수 있고 그 이후 당(唐)의 증증유(中憎儒)의 ≪현경록≫(玄經錄)에 나타난 것을 보면 상희에는 금상

(金象), 사장(士將), 천마(天馬), 보졸(步卒) 등이 있고 그 행마법(行馬法)도 지금과 비슷하며 송대(宋代) 유준촌(劉俊村)의 상혁시(象奕詩)에는 포(包), 상(象), 마(馬), 차(車), 사(士), 졸(卒) 등 지금과 같은 말의 이름이 보이는 것으로 보아 가장 흡사함을 알 수 있어 장기가 지금과 같은 모습을 갖춘 것은 송 대 이전일 것이라 추측한다.

또 ≪잠확유서≫(潛確類書)에는 기원전 1천 8백년 경 하(夏)의 폭군 걸왕(桀王)의 신하였던 오증(烏曾)이 장기와 바둑을 만들었다고 전하며 ≪유원총보≫(類苑叢寶)에는 진대(晋代) 사람인 도간(陶侃)의 고사가 적혀 있는데 은(殷)나라의 폭군 주왕(紂王)이 만들었다고 전한다.

이 같은 사실로 미루어 보아 중국 장기인 동양 장기는 고대 중국 시대인 하(夏)나라나 은(殷)나라 말에 고안된 것으로 보아도 될 것 같다.

한국에는 삼국 시대 초기인 한사군(漢四郡) 시대에 수많은 한인(漢人)들이 이주해 오면서 장기를 퍼뜨린 것으로 추측된다. 그들은 8년 동안 계속되었던 초(楚)와의 패권 다툼에서 승리하고 난 뒤 조선에 한사군을 설치하고 자기들의 치열했던 초한전(楚漢戰)의 이야기를 피지배인들인 조선인(韓人)들에게 들려줌으로써 우월감을 자랑했을 것이다.

그렇다면 장기에도 민족성과 국가성질이 대표된다고 해야 하겠다. 자고로 전쟁과 침략은 불가결요소로 인류를 괴

롭혀 오고 있다. 장기판을 압축도나 축소판으로 아는 것도 무리는 아닐 것이다. 궤적이나 전철을 살피는 뒤안길을 만날 수 있으니깐……

국적과 고향을 두고 시야비야하는 장기의 호적문제는 고고학자나 학술계의 쟁점으로 미루어 둘 가 보다. 작은 마찰에 통일과 조합을 기한다는 관용이라면 이런 알륵은 별일이 아니다. 게임이나 도박이나 우의나 모두다 인간취향을 유발하고 화목친선을 도모한다면 그 이상 더 유조할건 없다. 장기로 멀티미디어를 개발한다는 아이디어는 공상과학소설로만 가능한 것이 아니다.

장기(將棋)란 청(靑)과 홍(紅)의 두 편을 나누어 각기 16개 씩의 조각을 가지고 군대를 지휘하는 총 사령관의 입장에서 작전을 구상, 수행하여 적의 장(將)을 포위하고 옥쇄를 탈취하는 놀이이다. 이 16개의 말은 각 將 1장군(將一將軍), 車 2전차(車二戰車), 包 2포(包二포), 馬 2기(馬二騎), 상 이전상(象二戰象), 사 2모사(士二謀士), 兵, 卒 각5도(兵, 卒 各五道)로서 장(將)은 9궁(九宮) 가운데 있고 사(士)는 그 뒤 좌우에 있고 포(包)는 전2패(前二패: 두 칸 즉 날 일자를 말한다)에 병, 졸(兵,卒)은 포(包)의 앞에 열거전방(列居前方)하여 각 칸에 놓여서 국(局)을 이룬다. 이 상을 장기의 차림 혹은 포진(布陳)이라 하는데 조선장기 포진법에서는 마와 상은 임의로 바꾸어 배치 할 수 있는 점이 특징이다.

　장기는 여러 가지 희구(戱具)로서의 가치를 지녔다. 우선 무엇보다도 재미가 있고 경제적이며 장소와 시간에 구애받지 않는다는 특징이다. 장기의 재미라는 것은 한 번 빠져들면 침식을 잊게 된다. 게다가 아마추어 동호인들이 한 판 두는데 소요되는 시간이 5〜30분을 넘지 않아 그리 오래 걸리지도 않는다. 또 장군, 멍군 흥겹게 외치다 보면 쌓인 스트레스까지도 절로 해소가 되며 장기를 두는 도중에 각 기물의 움직임, 이기는 방법 등을 익히는 과정에서 충효정신, 협동심, 희생정신, 책임감 등을 체험하게 되는 것은 물론 남녀노소가 함께 즐기는 가운데 평등정신도 고취된다. 상대를 경시하면 패할 수 있고 과욕이나 한 번의 실수에도 질 수가 있으나 실패를 딛고 일어서서 노력하면 성공 할 수도 있다는 등의 경험을 하면서 인생을 배우게 된다. 그 밖에 어린이들의 집중력. 창의력, 순발력, 판단력 등의 개발과 직장, 마을 오락으로 친선도모에도 안성맞춤이다.

　병가상사(兵家常事)는 전쟁만이 아니라 인생에도 존재한다. 장기에서 지지 않는 법을 창안함도 역시 분발시도일 것이다.

　1) 쓸모없는 수는 줄이자.

　2) 장기에서 1＋1＝2가 아니다. 3이 될 수도 있고 10이 될 수도 있다.

3) 상대편의 기물을 나의 것으로 만들자!

4) 기물 VS 형세: 상대편 기물이 아무리 많이 있어도 유기적으로 협조가 돼있지 않으면 그냥 무용지물로 된다. 차라리 기물을 줄지언정 자리는 주지 말라.

5) 왕은 신하 뒤에 꼭꼭 숨어서 전쟁이 끝나길 기다린다.

6) 이길 때도 있고 질 때도 있다.

빅장(比將)이란 장기에서 상대편에게 무승부를 요구하며 부르는 장군으로 비기려는 의도로 將과 將을 의도적으로 맞보게 하거나 (對宮) 車나 馬 등으로 계속 장군을 의도적으로 연달아 부르는 경우에는 빅장의 승부가 된다. 타협과 절충을 떠올리는 공간이다. 교섭을 무마적으로 하는 경우가 바로 빅장일 것이다. 시비가 분명하고 계선이 명확히 하자면 일도양단으로 아퀴를 지어야 한다. 결단성이란 승패여부를 보여줌이다. 빅장은 불가피면적이나 대치상태의 생억지 같은 고집일지도 모른다. 플레이오프(Play – off)를 해서라도 결판을 내야 한다는 거다.

옛날 조선조 때의 장기판을 보면 판 속에 소리 나는 철사 줄을 놓고 판을 만들어 장기 알을 내리칠 때마다 소리가 나게 만들기도 했다. 민속장기의 참멋은 한 수 내리칠 때마다 울리는 철사 줄 소리에서 찾을 수 있겠으나, 현대에 와서는 많은 사람들이 동시에 한 장소에서 승부를 가리는 공식대국이 늘어나 시끄럽기만 하다.

일본의 경우 60년 전 일본장기연맹에서 양쪽에 표기가
된 일본장기인 쇼기 알에다 금은장등의 표시를 한쪽에만
하도록 규정해 이후 살짝 들어서 옮기는 조용한 대국이 돼
버렸다. 이 때문에 일본장기는 오늘날 일본바둑과 쌍벽을
이루고 있다.

중국 장기도 역시 한쪽에만 기물표시가 돼 있다. 세계에
서 소리 내어 쾅쾅 내리치는 장기는 한국 장기뿐이고 앞뒤
양면에 글이 새겨져 있는 장기도 한국뿐인 걸로 알고 있다.

장기필승 10계명을 적어본다.

1) 상대편을 얕잡아 보지 말라. 2) 공격을 서두르지 말라.
3) 전국의 변동은 무상하다. 4) 적 기물의 활동 범위를 살
펴라. 5) 상대편의 작전 계획을 간파하라. 6) 기물은 효과적
으로 운용하라. 7) 결전을 조급하게 기대하지 말라. 8) 대살
은 원칙적으로 피하지 말라. 9) 필요 없는 장군을 하지 말
라. 10) 선수를 택하라.

대인관계나 교제사이에서 현대사고방식으로도 가히 활용
할만한 잠언록인가 보다. 처세술이나 장사술 그리고 인간관
계도 평화시기의 기교 내지 전략을 요구한다.

"지피지기, 백전백승"(知彼知己 百戰百勝)의 원문은 '적
을 알고 나를 알면 백 가지 전투를 해도 위태롭지 않다'(知
彼知己 百戰不殆)이다. 출전은 손자병법(孫子兵法)이다. 오
늘날 바뀐 뜻은 백전백승이 백 번 싸워서 백 번 이긴다는

뜻으로 잘못 알려져 있다. 그러나 병법에서 얘기하는 백전은 백 번을 싸운다는 뜻이 아니라 백 가지 전투를 가리키는 말이다. 지구전이건 육박전이건 야전이건 어떠한 종류의 전쟁을 치른다 해도 이길 수 있다는 말이다.

인간의 심리를 최대한 이용한 계략이 있다.

반간계(反間計)란 적의 사이를 이간시키는 걸 말한다. 의진(疑陣) 가운데 또 하나의 의진을 만들어라. 아군의 진영에 침투하여 암약(暗約)하고 있는 적의 간첩에게 거짓 정보를 전하게 하면 아군은 손실을 입지 않는다.

동탁의 부하장수로 동탁이 죽은 후 세력을 이등분 할 만큼 세력을 얻은 이각과 곽사가 조정의 태위 양표에게 이 계략을 이용하여 사이를 갈라놓았으며 명군사인 가후가 마초와 한수를 멀어지게 한 것도 이 이간질이었다. 치사한 방법이라고 생각하는 것은 잘못된 생각이다. ≪삼국지≫의 세계에서는 살아남기 위해 전쟁을 해야만 하는 것이고 그런 이상 오히려 계략에 빠진 쪽이 생존논리에 더 신중하지 못하다고 볼 수 있기 때문이다.

제갈공명도 이 계략을 이용하였다. 월준군의 태수인 고정(高定)은 만왕 맹획과 짜고 건녕의 태수인 옹개의 반란군에게 성을 열어주었다. 또한 고정은 반란군과 함께 영창군을 공략하려고 하였지만 이때 부하인 악환(신장이 9척에 방천극을 사용했다)이 촉군의 위연에게 붙잡혔다. 제갈공명

은 악환을 놓아주면서 돌아가서 고정에게 극진한 대우를
받았다고 말하게 하였다.

이것이 옹개의 의심을 샀다. 결국 제갈공명은 '반간의 계
략'을 이용, 옹개에게 살해될 것을 두려워한 고정을 역이용
하여 옹개를 유인, 살해하도록 하였다. 또한 제갈공명은 서
로를 의심하도록 하는 계략을 꾸몄으며 다음으로 반란군이
었던 장가군 태수 주포도 고정에게 살해되도록 하였다. 이
러한 공로로 고정은 익주 태수인 아문장(牙門將)에 임명되
었다. 그 외에도 마속을 이용한 '반간의 계략'으로 조예와
사마중달의 사이를 갈라놓았다.

인간관계에서 가장 효과적인 전술의 하나가 바로 이 '반
간의 계략'일 것이다. 물론 선의적이며도 적극적인 융합공
간을 염두에 두고 이른 말이다. 인간은 누구나 상대의 의심
을 받으면 자신이 결백하다는 것을 증명해 보이려고 한다.
이때 결백하다는 것을 보이기 위해 특별한 도경으로 호소
하는 경우도 종종 있다. 현대에 와서 이 계략은 윗사람이나
지위가 높은 사람이 아랫사람에게 이용하는 경우가 많다.
그러나 잘못 사용하면 '생병법'(牲兵法)은 오히려 상처를
당하는 법이 될 수 있다는 것을 알아야 한다.

이간도발은 정당성이나 능동성을 수요로 한다. 축구게임
이나 상영술로 도입한다면 가능하게 긍정을 받아 마땅할 것
이다. 무턱대고 시기질투나 분열조성이 아니라 어디까지나

공평경쟁으로 생업을 취득하는 입장을 견지해야 떳떳하다.

격장지계(激將之計)란 상대 장수의 감정을 결정적으로 자극시켜 의도하는 방향으로 이끄는 계책인데 흔히 성격이 급한 적장을 상대로 사용한다. 적벽대전 직전에 제갈량이 강동으로 손권을 방문하여 조조에게 항복하라고 권하니까 손권이 '왜 유비는 항복하지 않느냐'고 하니 '우리 유예주는 백성들에게 추앙받는 사람인데 어찌 항복을 하겠느냐'고 손권의 심기를 건드렸다. 대표적인 격장지계이다. 대국 중에 상대의 감정을 자극시키기 위해 분위기를 조성하는 행위는 잘못된 대국예절이다. 관전매너도 대국에 피해가 가지 않도록 지켜줘야 하며 병법에 나온 계책인 만큼 자신의 감정을 스스로 통제할 줄 아는 장군의 마음 또한 필요하겠다.

타초경사(打草驚蛇)란 '변죽을 울려 정체가 드러나게 하라'는 것으로서 수색과 정찰의 중요성을 강조한 거다. 삼십육계 공전계 중 첫 번째 원문(原文)에 보면 '조금이라도 의심스러울 때는 정찰을 확실하게 하여 형세를 파악한 후 행동하라'고 되어있다. 적의 병력이 노출되지 않은 경우 적의 음모가 숨어있는 경우가 많으니 함부로 진격하지 말고 적의 주력부대의 동태를 면밀하게 파악하거나 수색, 정찰하여야 한다는 말이다.

병서에서 말하기를 "진군하는 길가에 험준한 장애물이나 못이나 우물, 갈대밭, 우거진 숲, 무성한 잡초 또는 돌무더기 등이 있으면 반드시 조심하여 수색해야 하니 이런 곳은 적이 병력을 숨겨둘 수 있는 곳”(≪손자병법≫의 <행군편>)이라고 했다. ‘타초경사’의 계책은 원래 주목적이 뱀을 착안 해 잡는 것으로 뱀을 잡기 위해서는 놀라 숲에서 나오게 하여 눈에 띄도록 먼저 숨어 있을만한 곳을 두드리라는 것이다. 원문에도 있듯이 이 계책은 수색과 정찰의 중요성을 강조한 것이다.

백전백승의 전제조건으로 미리 탐색함도 좋을 상 싶다. 상대방과 주동성으로 파악하여 거래하자면 먼저 접선보다 요해가 우선시됨을 예시한다. 장기필승 10계명은 비단 압축판도의 경계원칙뿐만 아니라 현실생활의 필수적인 과제인가 보다. 가동작이라는 반간유인이나 암중모색은 적수나 라이벌을 재치 있게 전승하는 과학적인 수단으로 작용할 때 후세에 길이 전해질 것이다.

패배를 인정할 줄 아는 자 역시 현명하다. 장기한판이 끝나면 패자들은 대부분 이런 말을 하는 경우가 많다.

“다 이긴 장기 아깝게 졌군.”

“한판 합시다.” 하고 덤벼들었던 도전이 수포로 돌아간 셈이다. 초반이나 중반에 유리함을 마지막에 뒤집혀서 아쉬움을 토해내는 데 엄밀히 따지면 마지막까지 잘 둬야 장기는 이기는 것이고 승부와 집결되는 건 대부분 종반전이기 때문에 상수일수록 후반이 강하다. 또한 마지막 졸하나 때문에 졌을 때도 아깝게 졌다고 말해선 안 된다.

장기는 처음 시작 시 16개의 기물로 똑같이 시작하지만 서로 대살이 이뤄지면 기물이 줄어들기 때문에 마지막 3～4개에서 승부가 가장 많이 이뤄지므로 당연히 기물차이가 얼마 안날 때 승패가 결정되는 것이다. 냉정하게 승부의 결과에 승복(承服)할 줄 아는 자세가 필요하다. 승패는 병가지상사라고 패배를 떳떳이 인정하는 자만이 승리의 참맛을 아는 진정한 고수가 될 것이다.

만사가 모두 전투승리나 상업영리로 될 수 없다. 시작 전에 물론 궁극적인 실패나 손실을 각오함도 비장미에 근사한 정신기질이다. 이런 여유와 심리여건으로 다음 접전을 더 주도적으로 치르거나 완승할 수 있기 때문이다. 꼭 이겨야 한다는 압박감에 자칫 콤플렉스를 받아 심태조절이 엉망일거다. 또한 공포나 위기를 앞세운 불행모순은 개선가와 직결될 리 만무하다.

패배감보다 그 빌미를 모르는 무감각이 더 무섭다. 한번 좌절당한 뒤끝엔 칠전팔기(七顚八起)로 비전하는 각고가 십분 요긴하다. 장기 역시 다음 게임을 타산하듯 운명도 내일을 기약하고 새로운 도전장을 던지는 자태가 대인답다.

너무 강인하면 부서지고 너무 유연하면 혹사당한다. 통제중심이란 바로 이 양자의 정립 상태를 이른 것이다. 한판 승부로 아퀴를 짓는 장기라면 한 번 실책으로 다음 성공을 모색할 인간모략이라 하겠다. 그제 날 과분하게 영악했다면 이젠 쟁개비열정을 냉각시켜 온오한 사로로 운무를 통찰할까 보다.

패하려고 놀 장기가 없으나 또 무조건 이긴다고 덤벼들 조우도 없다. 허나 우리는 비범한 인간 사고로 승부를 조절하며 완미한 결과를 창조할 수밖에 없다.

꼭 출국한다고 밀입국으로 해적선에 올랐다가 수중고혼이 된 어부, 이잣돈을 물려고 살인 강탈하다가 덜미를 잡혀 유기도형으로 옥중에 감금된 철창생활, 면밀한 시장정보 조사 없이 무턱대고 안마시술소를 오픈하였다가 밑천을 날려 무일푼 신세가 되는 것 등.

이는 모두 패배를 모른 절대적인 승리감에 기인된 불행이다. 한판 장기로 먼저 기물의 흥망성쇠를 연습하고 나중에 인생경영을 배워도 늦지 않을 듯싶지 않은가! 또한 이런 절차야말로 합당하고 온전한 질서윤리일 것이다.

삼진삼퇴(三進三退)란 과거에 급제한 선배들이 새로 급제한 사람을 부릴 때에 세 번 앞으로 나오고 세 번 뒤로 물러가게 하던 일이다. 예술에선 또 승전무, 호남 농악 따위에서 세 번 앞으로 가고 세 번 뒤로 가는 춤사위이다. 뒤로 물러서는 여유는 저력이요, 더 후퇴하는 피신은 휴식이다. 인생은 간혹 한발자국 물러서기와 같은 공간 비움이 필요하나 보다. 알선급제나 무대에서만 아니라 현실도 그런

느긋한 자세로 삼진삼퇴에 익숙해야겠다.

조선장기와 중국장기의 비교에서 또 구별점을 발견케 된다.

말을 쓰는 방법에서 한국 장기는 중국장기에 비해 개방의식, 자유의식이 강하고 등급차별 관념이 적다. 예를 들면 중국장기에서 궁은 직선으로만 다니고 사는 사선으로만 다닐 수 있게 되어 군신(君臣)지간의 차별이 엄격히 규정되었으나 한국 장기에서는 궁이나 사나 할 것 없이 모든 말씨가 궁내에서 직선 혹은 사선으로 마음대로 다닐 수 있다. 중국의 전통군주제도의 후유증과 한국인들의 다혈질 체질화가 보여준 대립인지도 모른다.

한국 장기의 행마법에서 가장 특색이 있는 것은 상이다. 중국 장기에서 상은 자기의 영토 안에서만 활동할 수 있으나 한국 장기에서 상은 적진에 들어가 좌충우돌할 수 있는 유력한 공격수로 밭 전(田)자가 아니라 쓸 용(用)자로 다닌다. 한마디로 말하면 중국 장기에서의 상은 보수적이나 한국 장기에서 상은 개방적이라 할 수 있다. 이밖에 한국 장기와 중국 장기의 포와 졸의 행마법에서도 상기한 차이점들을 찾아볼 수 있다.

중국 장기에서 포는 전후좌우 일직선으로 다른 말을 넘지 않고 직접 다닐 수 있으며 포는 같은 포를 넘어 다닐 수 있고 또 한 말 넘어 건너 밭에 있는 상대방의 포를 잡아뗄 수 있지만 한국 장기에서 포는 말을 한 개 넘어서만 쓸 수 있으며 같은 포를 넘어갈 수 없고 또 포끼리 서로 잡아뗄 수 없다. 상기한 차별은 고대 화포의 성능에 대한 두 민족이 착안점이 서로 다른 데서 기인된 것이라고 생각된다. 중국 장기에서는 포와 포탄을 엄격히 구분해 보고 있기 때문에 포탄을 쓰기 전에 먼저 포를 필요한 위치에 운반하기 위해 다른 말을 넘지 않고 직접 일직선으로 다닐 수 있게끔 규정되어 있으나 한국 장기에서는 포를 포탄의 의미로 이해하고 있기 때문에 포의 운반과정이 따로 표시되지 않고 포가 번마다 다른 말 위를 날아 넘어가도록 규정되어있다.

한국 장기가 포와 포탄을 갈라보지 않고 포를 포탄으로 이해하고 있는 것은 중국장기에 비해 그의 실용적 가치를 더욱 강조하고 있음을 말해 준다. 병과 졸의 경우에 있어서도 중국 장기에서는 병졸이 적진에 들어간 후에만 좌우로 한 구간씩 갈 수 있으나 한국 장기에서는 적진에 들어가기 전에 자기 영토 내에서도 좌우로 한 구간씩 갈 수 있어 그 영활성과 실용성이 중국 장기에 비해 갑절 크고 그의 전투력도 갑절 강하게 된다.

이처럼 한국 장기가 인재사용면에서 중국 장기보다 실용적이고 개방적인 것은 지난날 우리 민족이 살아온 영토 범위가 중국보다 작고 또 그 인구의 수효도 중국보다 훨씬 적은 자연조건에서 보다 더 효과적으로 인재의 잠재력을 발굴

하여 일당십, 일당백의 정신으로 외적을 방어하기 위한 군
사전략상의 실제적 수요로부터 출발한 것이라고 생각된다.

실용성, 진공성을 추구하는 면에서 일본 장기는 중국장
기보다 더 선명한 특색을 보여주고 있다. 이를테면 중국장
기에서 진공능력을 가진 말씨는 4분의 3을 차지하고 한국
장기에서 진공능력을 가진 말씨는 8분의 7을 차지하고 있
으나 일본장기의 말씨는 죄다 진공능력을 가지고 있으며
죄다 적진에 돌입할 수 있다.

일본 장기에서 한국 장기의 포에 해당한 위치에 놓여있
는 '각'(角)과 '비'(飛)는 진공력이 가장 강한 두 개의 작용
이 같지 않은 말씨로서 싸움이 시작되자마자 직접 진공에
투입할 수 있으므로 그 진공력이 한국 장기나 중국 장기의
'차'보다도 더 커 보인다.

국가지간의 장기게임규칙이 다르다 하여 플레이(play)도
다르다는 건 아니다. 각자의 소임을 다해 플레이스(place)나
플레이스 – 히트(place hit)를 해야 한다.

암컷 모기

중국에서는 쥐, 모기, 파리, 바퀴를 통틀어 '사해'라고 했었다. 1958년 2월 12일, 중공중앙과 국무원에서는 "사해를 제거하고 위생을 잘 할 데 대한 지시"를 발표했다. 그때 '사해'는 파리, 모기, 쥐, 참새였다. 후에 참새는 바퀴로 바뀌었다. 곤충으로서의 모기는 약 2,500종이 있는데 암컷의 흡혈습성 때문에 공중위생상 매우 중요하며 황열병(黃熱病), 말라리아(학질), 사상충증(絲狀蟲症), 일본뇌염(日本腦炎)과 같은 심각한 질병을 옮긴다. 성충의 길쭉한 몸은 인편(鱗 片)으로 덮여 있으며 길고 약하게 생긴 다리와 길쭉한 주 둥이에 있는 구기(口器)가 특징이다. 실처럼 생긴 수컷의 촉각은 암컷의 촉각에 비해 가지가 많다. 육안으로 암수 구별이 가능한데 더듬이에 긴 털이 많은 것이 수컷이고 몇 개의 윤모가 있는 것이 암컷이다. 그리고 아래 입술 수염 역시 긴 것이 수컷이고 짧은 것이 암컷이다. 수컷은 물론이고 때로 암컷도 감로(甘露)나 그 밖의 식물즙을 먹고 사는데 대부분의 암컷은 물 표면에 낳은 알을 성숙시키기 위해 혈액성 먹이를 필요로 한다. 알은 부화되면 수서(水棲) 유충인 장구벌레가 되는데 갑자기 홱 움직이거나 꿈틀거리며 헤엄치고 조류(藻類)나 유기질 조각을 먹고 산다. 일부 종류는 포식성이며 심지어 다른 모기를 잡아먹는 일도 있다. 대부분의 곤충들과 달리 번데기 시기의 모기는 활동적이다. 이들은 가슴에 있는 구조물로 호흡한다. 모기는 습기, 젖산, 이산화탄소, 체열, 운동 등에 의해 숙주(宿主)동물로 유인된다. 모기의 왱왱거리는 소리는 높은 빈도의 날갯짓에서 오는데 암컷은 그 빈도가 낮아 성(性) 식별에 유용하다. 번식방법은 다양하다.

모기에는 3가지 중요한 속(屬)이 있는데 학질모기속(Anopheles)은 유일하게 알려진 말라리아 매개체로 사상충증이나 뇌염도 전파한다. 학질모기는 쉬고 있는 자세로 식별되는데 주둥이, 머리, 몸통이 직선을 이루며 그 직선은 수평면과 일정한 각도를 유지한다. 날개에서 보이는 반점 색채는 색갈이 있는 인편 때문이다. 암컷은 물 표면에 알을 낳는다. 유충은 수면과 평행으로 있으며 다른 모기의 유충들 대부분이 그렇듯이 관(管)이 아닌 복부의 후부(後部) 숨문판을 통해 호흡한다. 번식은 식생(植生)이 풍부한 물에서 이루어지며 생활사는 18일부터 여러 주까지 다양하다.

집모기속(Culex)은 비루스성 뇌염의 매개체이며 열대, 아열대 기후에서는 사상충증을 매개한다. 휴식상태에서 몸을 표면과 평행으로 유지하며 주둥이는 표면에 비해 아래쪽으로 구부러져 있다. 날개맥[翅脈]과 날개 가장자리에 인편을 갖고 있는 날개는 단일색을 띤다. 암컷은 복부의 끝이 무딘 편이며 감각 부속기인 미모(尾毛)가 안으로 수축되어 있다. 길고 가느다란 유충은 모방(毛房)으로 된 호흡관을 가졌으며 머리가 물 표면과 45° 각도로 아래를 향한다. 생식은 정체된 오수(汚水)를 위시(爲始)해 거의 모든 유형의 담수에서 이루어진다. 물에 떠 있는 알은 100개 이상이 서로 얽혀 있으며 생활사는 10~14일인데 일기가 추워지면 더 길어진다. 흉모기는 북쪽 지방에서 가장 흔한 빨간집모기이고 열대집모기는 남쪽 지방에 흔하다. 황열의 주요매개체인 열대숲모기는 다리에 백색 띠가 있고 배와 가슴에는 반점이 있다. 이 옥내종(屋內種)은 꽃병에서부터 버려진 자동차 바퀴 덮개에 이르기까지 거의 모든 종류의 용기에서 번식한다. 아이데스 솔리키탄스(A. sollicitans), 아이데스 타이니오링쿠스(A. taeniorhynchus), 등줄모기(A. dorsalis)는 중요한 염습지성 모기로서 번식력과 비행능력이 강하며 인간을 비롯한 동물을 몹시 괴롭힌다. 문예(蚊蚋)는 날개와 다리가 길고 눈은 겹눈이다. 주둥이가 길고 윗입술이 바늘 모양으로 되어 있어 사람이나 가축 따위의 피를 빨기에 알맞다. 수컷은 나무의 진을 빨아 먹는다.

사람의 피를 빨아먹는 모기는 산란기의 암컷 모기뿐이다. 몸속에서 알을 키우는데 동물성 단백질이 많이 필요하기 때문이다. 그러니까 암컷모기만이 사람의 피를 빨아먹는다는 해석이기도 하다. 기생충의 의미를 새삼스레 느껴보는 대목이렷다. 이 암컷모기가 흡혈대상을 찾을 때 이산화탄소, 체취, 체온, 습기 등을 이용한다. 가까운 거리의 대상은 체온이나 습기로 감지하고 먼 거리는 바람에 실려 오는 이산화탄소로 찾아낸다. 또 비누나 일부 향수냄새도 모기를 유인한다.

미국농무부의 얼리치 버니아연구원은 모기가 달콤한 냄새를 좋아 특정한 사람을 물기를 좋아한다고 설명한다. 그는 피부 위에 있는 화학성분 1천 가지 가운데 모기가 좋아하는 성분과 싫어하는 성분을 연구한 끝에 이 같은 결론은 내렸다. 모기는 땀 성분 가운데 유산과 이산화탄소를 좋아한다. 모기가 피를 빨고 있을 때 눈치 채지 못하는 이유는 모기가 분비하는 침에 마취성분이 있기 때문이며 이 성분이 피를 빠는 동안 혈액이 응고되지 않도록 하는 역할을 한다. 모기에 물리면 빨갛게 부어오르고 가려우며 알레르기반응이 일어난다.

모기는 집안에 들어오면 벽에 가만히 붙어있는 습성이 있다. 따라서 잠자리는 가급적 벽에서 멀리 떨어져 있는 곳이 이상적이다. 또 모기는 빨간색, 청색, 검정색을 좋아한다. 이런 색상의 잠옷은 가능한 피하는 게 좋다. 모기는 성충단계를 제외하고는 대부분 물속에서 살기에 물웅덩이가 많은 지역은 모기가 급증할 온상이기도 하다. 불결한 웅덩이를 제거하면 모기우환을 미연에 방지하는 것과 진배없다.

모기는 예민한 후각을 통해 피부분비샘에서 나오는 젖산, 아미노산, 요산, 암모니아 등의 냄새를 맡고 자기가 선호하는 사냥물을 찾아낸다. 따라서 몸집이 뚱뚱한 사람은 신진대사가 활발해 열이 많고 땀이 많아 모기가 선호하는 대상이 된다. 또한 모기는 스스로 콜레스테롤과 비타민B를 합성할 수 없어 다른 동물의 혈액 속에서 이를 공급받아야 하므로 혈액 속에 이런 성분이 풍부한 적임자를 찾는다.

임신부 여성도 모기의 좋은 표적이다. 상대적으로 호흡량이 많고 체열이 높기 때문이다. 저녁때 산보한 후 씻지 않고 그냥 자는 사람도 몸에 땀과 함께 젖산이 풍부해져 모기가 곧잘 접촉한다. 또 취침 시에 일부 향수나 화장품이 몸에 남아 있는 것도 유발 요소다. 고혈압이나 고지혈증약을 복용하는 환자도 모기에 잘 습격당한다.

집모기나 늪모기는 덩어리로 수면위에 알을 낳아 수백

개의 알이 세로로 아름답게 나란히 배(舟) 모양으로 떠 있는데 이것을 난주(卵舟)라고 한다. 산란 장소의 선택도 논이나 넓은 늪, 길가의 물웅덩이, 대나무의 그루터기 등 곳에 따라 여러 가지로 다양하며 물 흐름의 유무, 수질 특히 유기물의 많고 적음 등 여러 조건이 종에 따라서 조금씩 다르다. 개중에는 습지에 산란하는 것도 있고 큰 비로 늪의 수위가 높아졌을 때에 부화하는 종도 있다. 알은 낳은 지 3일 정도 되면 부화하여 유충이 된다. 흐르지 않는 개천, 하안(河岸)이나 해안의 움푹 팬 바위에 괸 물, 무논(水田), 빈 깡통, 세숫대야 등의 물을 국자로 건져 올리면 유충을 채집할 수 있다. 모기 구제(驅除)방법으로는 번식장소를 없애고 기름으로 표면막을 만들어 장구벌레의 호흡관을 막아버리거나 유충을 죽이는 약제를 사용하는 방법 등이 있으며 실내의 모기 성충을 구제하는 데는 합성 유기 살충제가 쓰이고 있다.

기생충이란 다른 동물체에 붙어서 양분을 빨아먹고 사는 붙어살이벌레 총칭이다. 하여 인간은 기생충을 박멸하기도 하고 구충제(驅蟲劑)를 먹기도 한다. 그러면서 또 살충제가 무효되게끔 또 기생충을 흡수하기도 하니 이 아니 자가당착의 이율배반이랴! 암컷모기만이 피를 빨아먹는다. 기생만이 남자에게 흡착하여 돈을 흘려내고 보석을 빼낸다.

일시적 또는 영구적으로 다른 생물체의 체표나 체내에

서식하며 이 생물체로부터 필요한 영양물을 섭취하는 기생생물 같은 매음녀들도 암컷모기에 해당된다. 인체에 기생하여 여러 가지 질병의 병원체 및 매개체로 작용하는 것을 인체기생충이라 하는데 원생동물, 흡충류, 촌충류, 선충류, 거머리류, 곤충류 등이 있다. 기생생물을 몇 가지 기준에 따라 나누어보면 다음과 같다. ① 통상적인 숙주가 아닌 다른 동물에 기생하고 있는 우연(偶然)기생생물. ② 약한 쪽이 제대순환(臍帶循環)을 통하여 강한 쪽으로부터 혈액공급을 받는 쌍태의 뇨막(尿膜)기생생물. ③ 체강(體腔)안에 있는 강내(腔內)기생생물. ④ 말라리아원충처럼 체세포안에 사는 세포기생생물. ⑤ 2개의 중간 숙주를 필요로 하는 2중 숙주기생생물. ⑥ 외부 기생체인 식물성 외부기생식물. ⑦ 외부 기생체인 동물성 외부기생생물. ⑧ 내부 기생체인 식물성 내부기생식물. ⑨ 장관강에 사는 내(內)기생생물. ⑩ 각종 숙주에 기생할 수 있는 광영양형(光營養型)기생생물. ⑪ 다른 동물에 기생하지만 독립하여 생존할 수 있는 통성(通性)기생생물. ⑫ 혈액 내에 사는 주혈(住血)기생생물. ⑬ 일정한 시기에만 숙주 안에 살며 그 밖의 시기에는 자유로이 사는 간헐(間歇)기생생물. ⑭ 세포핵 내에 사는 핵내(核內)기생생물. ⑮ 숙주를 떠나서는 살 수 없는 편성(偏性)기생생물. ⑯ 짧은 기간 동안 숙주에 기생하는 정기성(定期性)기생생물. ⑰ 어릴 때부터 성숙하거나 또는 죽을 때까지 한 숙주 안에 사는 영구(永久)기생생물. ⑱ 현재의 숙주가 정상적으로 지니고 살아가는 특이기생생물. ⑲ 사람 이외의 숙주에 기생하는 생물체로 인체를 통과하더라도 해를 끼치지 않는 가성형(假性型) 기생생물. ⑳ 한 종류의 숙주에만 기생하여 사는 협영양성(狹營養性) 외부기생생물. ㉑ 생활주기 중 일시적으로 그 숙주를 떠나 사는 일시적인 기생생물. ㉒ 종양과 유사한 덩어리처럼 보이는 기형양(畸形樣) 태생 기생생물. ㉓ 식물계에 속하는 식물기생생물 등이 있다.

알피니스트

　알피니스트(alpinist)란 바로 등산을 잘 하거나 즐기는 사람을 말한다. 알프스 등산가로 지칭되는데 현대에 이르러서는 통칭 산객으로 어울린다. 세계적인 등산 붐이 쇄도하는 와중에 알피니스트는 그리 생소한 외래어나 신조어가 아니다. 촌락이나 도시 어디를 가나 등산을 조직하는 운동이 활발하고 등산화제가 가담항의처럼 심심찮게 떠오른다. 바캉스나 상업고찰 혹은 해외견학에도 등산일정은 소외될 수 없는 상등요리요, 시체 메뉴이다. 등산용품 전매업체를 비롯한 슈퍼마켓 따위 체인점들이 속출하고 등산지식들이 핫이슈로 떠오른다. 그만큼 우리는 등산스케줄 속에서 산다고 해도 과언이 아닐 것이다. 과연 세계적으로 손색없는 등산가 - 적격자 - 를 손꼽으면 누구를 지목할까? 당연히 세인이 공정하는 인물이 따로 있다. 이제 그와 만나는 지면에 다가서보자.

텐징 노르가이(Tenzing Norgay)를 또 Norgay는 Norkey, Norkay라고도 쓴다. 본명은 Namgyal Wangdi인데 네팔어로 '부유하고 행복한 신도'라는 뜻이다. 그는 1914년 5월 15일 네팔 솔로쿰부에서 출생해 1986년 5월 9일 인도 다르질링에서 타계했다. 2006년 5월 9일은 텐징 노르가이의 타계 20주년이다. 그는 네팔의 셰르파족 등반가로 세인의 흠모를 한껏 자아낸다. 가난하고 문맹인 텐징에게 있어서 산은 생명과 유기적인 내연을 지닌 성물이다. 생명을 담보로 한 생계의 실질적인 터전이자 신분 상승의 유일한 루트였다. 미지와 공포의 세계에 대한 도전으로 시작했던 알피니즘(Alpinism)의 모험전기는 텐징과 힐러리의 등반으로 시작되어 화려하면서도 파격적인 히트로 막을 내렸다.

텐징 노르가이는 뉴질랜드의 E. 힐러리와 함께 세계 최고봉인 에베레스트 산(8,844.43m) 정상을 최초로 정복한 세계급 엘리트 알피니스트이다. 귀족출신과 수도승들이 지배하는 히말라야에서 몹시 미천한 신분의 출생인 그가 처녀등정가로 에베레스트를 정복한 것은 인간기적의 승리다. 구시대의 고립된 폐쇄구역 오지로부터 문명과 과학이 쇄도하는 개명지인 공간에서 점유자의 보폭을 받은 제일봉도 행

운아라 하겠다. 변천의 기록을 메모 받은 천혜의 팔자소관
이다.

1953년 5월 29일 오전 11시 30분, 망망한 창공치고는
너무나 험악하고 사나웠던 하늘은 지상 꼭대기의 지척에서
인간과의 해후상봉을 부득불 마련해야 했다. 인간이 개척하
는 탐방의 발자취가 노크하는 대로 수천 년을 지켜오던 내
막의 베일을 철저히 그리고 필연적으로 벗어야 했다. 두 파
트너들은 알파니스트라는 동반자로 결성되어 살을 에는 혹
한, 포효하는 돌풍과 성긴 산소를 인고하며 등반에 성공했
다. 옆구리까지 차오르는 눈길을 헤쳐 오르길 5시간 대가
를 치렀다. 텐징은 '어떤 새도 넘을 수 없는 산'이라고 어
머니가 말했던 해발 8,844.43m의 에베레스트 산정을 발바
닥 도장으로 사인하는 기적을 창조했다. 텐징도 힐러리도
모두 그 순간 계기 때문에 슈퍼스타로, 폭발적인 인기인물
로, 속세의 간세지재로 태어났다.

텐징은 등반에 능숙한 티베트인의 분파인 셰르파족 출신
으로서 소년시절에 에베레스트 남쪽 지역의 셰르파 거주
지역에 있던 집에서 도망 나왔다. 셰르파(Sherpa)란 원래 네
팔 동부 히말라야 산속에 살고 있는 티베트계의 한 종족이
다. 라마교를 신봉하고 농업, 목축업, 상업 따위에 종사하
며 히말라야 등산대의 짐을 나르고 길을 안내하는 인부로
서 유명하다. 즉 구체적으로 해석하면 셰르파란 티베트어로

256

'동쪽에서 온 사람'이라는 뜻을 갖고 있으며 티베트계 네팔인을 통틀어 부르는 말이다. 최근 히말라야에서 등산의 안내인 인부로 일하는 사람들이 많아지면서 단순 가이드나 짐꾼을 일컫는 말로 사용되고 있지만 셰르파의 역할은 그렇게 단순하지 않다. 등반을 위한 전반적인 준비는 물론 등정루트 선정에서부터 정상 공격시간의 최종설정에 이르기까지 모든 것을 조언하는 히말라야 산악 등반 안내인이다. 산을 손보듯 장악하고 있는 이들은 설붕(雪崩)이 일어날 듯한 장소와 그 시간마저 직감적으로 알 정도라고 한다. 그들은 항상 산과 더불어 살아가고 있기 때문에 산 정세에 누구보다 익숙하고 선관(仙官)마냥 신출귀몰로 선견지명을 군림한다.

셰르파족은 히말라야 고지대에 주로 거주하고 있으며, 농업, 목축, 등산 보조 등으로 생계를 꾸려가고 있다. 티베트불교를 믿는 이들은 자신이 셰르파족이라는 자긍심이 매우 강하며 산악 민족 특유의 강인함과 성실함으로 히말라야의 동반자가 되었다. 셰르파족은 에베레스트를 '초모랑마' 즉 '대지의 여신'이라는 이름으로 부른다. 하늘이 가까울수록 자신을 낮추어 산과 자연의 심기를 거스르지 않기 위해 겸손하고 소박하게 살아가고 있다. 셰르파는 결코 산을 정복의 대상으로 보지 않는다. 척박한 고산지대를 삶의 터전으로 선택하였지만 자연을 그들에게 맞춰 바꾸려 하지 않고 그들 스스로 자연에 맞추어 가는 삶을 선택했다. 그곳에서 희망을 일구고 행복을 찾은 것이다. 높을수록 고개를 숙이는 겸허는 인간미덕이 아니던가!

텐징은 셰르파(Sherpa 히말라야 고산지대 티베트계 네팔인)로 알려져 있지만 국적이나 출생년도조차 확실치 않는 것이 당초의 사실이다. 야크(Yak) 떼 수백 마리를 키우며 제법 넉넉했던 가세가 급격히 기울면서 그는 한때 남의 집 하인으로 고용되기도 했다. 야크(Yak)란 야우(野牛) 비슷한 소과의 짐승이다. 북인도, 티베트의 고원 지방에 사는데 역용(役用), 육용, 유용(乳用)으로서 중요하다. 뿔은 길고 체측 하부의 털이 긴 것이 특징이다. 부모가 셋째아들인 그에게 새로 지어준 이름 '텐징(종교 후원자) 노르가이(부유한)'라는 속칭에는 가난했던 동년의 흔적이 그대로 엿보인다. 결혼을 반대한 친정 부모에게 의절(儀節) 당한 임신 상태의 아내를 남겨둔 채 텐징은 집을 나섰다. 그때 그의 나이는 스물한 살이었다. 가출? 도주? 아니다. 히말라야 원정대를 따라 처음 등반에 나선 것이다. 텐징은 본체 문맹이었기에 심한 자폐심이나 열등감에 시달렸다. 그러다보니 됨됨이가 어수룩하면서도 직심을 보였다. 텐징은 정의감과 자비심이 강한 걸로 알려졌다. 그만큼 자존심 역시 청순과 지조로 충만 되었다. 그는 결코 돈의 노예나 금전의 귀신이 아니었다. 호사스러운 선진 열강의 원정 대원들로부터 기시박대를 밥 먹듯 했다. 그럴 때마다 그는 길잡이의 당당한 인격을 시종일관 잃지 않았다. 훤칠한 체격의 장골사나이를 방불케 했던 175cm 키와 65kg의 체중에 걸맞게 언행일치를 밸런스로 통일했던 것이다. 게다가 탁월한 심폐기능을 갖춘 천부성과 극빈, 인종차별에서 발로된 반발적인 오기가 더 지배적이었겠다.

인도의 서벵골 다르질링에 자리를 잡은 텐징은 1935년 에릭 십턴 경이 이끄는 에베레스트 조사대의 부지군으로 동행했다. 그 후 수년 동안 다른 어떤 등반가보다 에베레스트 탐험에 많이 참가했다. 제2차 세계대전이 끝난 후에는 짐꾼 조직 대장신분으로 많은 탐험대에 가담하는 기회를 가졌었다.

네팔인과 티베트인에게 있어서 하늘 위에 솟은 산은 회색 안개의 전모를 억천만겁으로 은닉해온 신령의 탑으로 토템 봉작을 받아온다. 1952년 스위스 탐험대는 남부 등반로를 따라 2차례의 에베레스트 정복을 시도했는데 텐징은 두 번 다 짐꾼 조직 대장으로 참가했다. 이 시기가 바로 그의 인생전환점이기도 하다. 목동과 야크가 방울을 울리며 달랑달랑 울리며 걷던 산길에서 신화적인 현대전설이 잉태한 시간이다.

그는 1953년 영국의 에베레스트 탐험대에 하담인(荷担人) 대장으로 참가하여 힐러리와 함께 제2 정상등반조를 이루었다. 동남부 산마루 해발 8,506m 지점에 설치한 텐트를 떠난 두 사람은 5월 29일 오전 11시 30분 마침내 에베레스트 정상에 올랐다. 그는 그곳에서 15분에 거쳐 사진을 찍고 박하빵을 먹은 후에 독실한 불교도로서 제수를 남겨놓고 하산했다. 텐징은 수많은 네팔인과 인도인들에게는 전설적인 영웅으로 인식되었다. 영국의 조지 십자훈장과 네팔의 타라 훈장을 비롯해 많은 훈장과 메달을 선후하여 받았다. 자서전으로는 제임스 램지 울먼과 공저한 ≪에베레스트인 Man of Everest≫(1955)이라는 책자가 있다. "에베레스트 정복 이후 After Everest"(1978)는 텐징이 맬컴 반스에게 이야기했던 바와 같이 에베레스트 등반 이후에 했던 여행과 다르질링에 있는 히말라야 산맥 등반훈련원의 지도자로서의 생활을 담고 있는데 이 책은 1954년 인도 정부에 의해 세상에 공개 출판되었다.

텐징은 에베레스트 정상 눈구덩이에 딸이 건넨 색연필을 묻어 "산꼭대기에 등정 기념품을 남겨 달라"는 딸의 소망을 들어줬다. 그는 "가족이야말로 내 첫째 관심사이자 최고 기쁨"이라고도 표했다.

그의 패기는 세인을 감탄시킬 수 있다. 결단력과 친화력 그리고 인내성을 비범하게 보여주는 데로부터 등정의 성공을 예시했다. 고용인을 위해 폭풍 속에 혼자 텐트를 세울 신실(信實)도 구전해 능히 자립할 수 있었다. 그의 고백 역시 아주 소박하고 진실하다. "나는 일곱 차례 에베레스트 등정을 시도했다. 원수를 물리치는 병사의 기력이 아니라 어머니 무릎에 오르는 아이의 사랑을 갖고 매번 산을 찾았다. 허다한 것들이 정치와 국적의 명목으로 치러지지만 산에서는 그렇지 않다. 산에서의 생명은 너무 현실적이다. 죽음은 너무나 근거리이다. 인간은 오로지 인간일 뿐 다른 것이 될 수 없기에 어디까지나 그 자체가 전부다."

그는 소외와 기시 편견의 부조리에서 용케 파란을 타개하고 돌올한 등신상을 만들었다. 영국, 독일, 중국 서장, 네팔, 인도 등의 분쟁으로 얼룩진 당시 국제정치의 소용돌이에 말려들어 많은 시련을 겪었다. 그가 에베레스트를 정복하자 아직 한 번도 그의 국적에 관심을 보이지 않던 사람들이 '네팔'이니 '인도'니 하면서 그를 괴롭혔다. 또 영국은 힐러리에게는 기사 작위를 수여했지만 텐징에겐 고작 2등급 훈장인 조지 훈장만 줄 뿐이었다. 1914년 티베트에서 출생한 그가 어린 시절 티베트와 네팔의 국경지대인 쿰중에서 보잘것없는 월급을 받으며 하인으로 연명했던 비극의 재연 같았다.

위인을 두고 시야비야 논의도 많았다. 그만큼 그의 인격은 더 상승할 따름이었다. 사실 그는 셰르파족이 아니라 티베트인이었다. 1935년부터 셰르파로 일하기 시작한 그는 강인한 체력과 고용인들을 위해 사력을 다하는 불굴의 투지 및 낭만적인 성격으로 뭇 국가들의 원정대에 셰르파로 인정받았던 것이다. 그는 결코 셰르파들처럼 맹목적으로 돈을 벌기 위해 등반하지 않았다. 텐징 노르가이는 에베레스트를 다시 등정하지 않았다. 대신 히말라야 등반학교에서 후진들을 양성하는 일에 진력했다.

하지만 산에 헌신한 삶에 가정의 행복까지 동행하기엔 벅찼다. 그는 이질에 걸린 아들을 잃고 결혼생활 10년 만에 첫 부인과 사별했다. 게다가 한때 수북한 행복감을 안긴 네 살 연상의 둘째 부인과도 영원하지 못했다. 중년에 들어서도 텐징은 세계 각국으로부터 강연회, 방송, 명예시민증 수여식 같은 각종 행사에 초빙돼 젊은 날의 명성을 향수했지만 나중엔 폐렴과 우울증에 시달렸다. 인도정부의 자원이 부족하면서 만년에 멜랑콜리(Melancholy)에 시달리다가 1986년 뇌출혈로 졸사했다.

텐징의 화장식 때 히말리야에 비가 내려 보기 드문 기문을 만들었다. 비는 그의 육신을 마지막으로 적셨다. 최초의 에베레스트 등정가를 추모하는 눈물인가보다.

지금까지 에베레스트에 등정한 사람이 무려 1,100명에 달하는데 그중 여성등산가가 69명이다. 12번이나 에베레스트를 정복한 셰르파도 있다. 제일봉이 더는 환상의 정수리가 아니다. 존 헌트 대장이 휘동하는 영국 원정대가 1953년 최초로 에베레스트에 오를 때 베이스캠프(Base camp)에서 정상까지 길을 개척하는데 6주 이상 걸렸지만 2,000년 셰르파 바부 치리는 산소통도 휴대하지 않은 채 혼자서 16시간 56분에 정상을 정복했다. 많은 인류의 꿈을 실현하는 해몽장으로 제공될 상상봉이 아닌가! 야망과 소원 그리고 저력을 보여주는 독천장이다. 모험과 신비의 접선장이요, 탐험과 향수의 도박장이다. 상업주의도 가끔 동반하는 가운데서 상상력은 무기력해 도태를 면치 못하고 대신 확고한 신념들만 번쩍거리는 발광체로 유혹을 발산한다. 스키와 보드, 패러 글라이드를 타고 내려오기도 하고 열기구를 타고 올라가기도 하는 등반대는 인간전승의 실례이다. 한해에 무려 20여개 원정대가 제일봉을 오른다.

당시 세계 언론은 텐징이 셰르파였다는 이유만으로 그를 별달리 주목하지 않았다. 두 사람 가운데 누가 정상에 첫발을 내디뎠는가는 확실치 않으나 오늘날 산악인들 사이에서는 텐징 노르가이가 힐러리와 함께 나란히 에베레스트에 올랐다는 의견이 지배적이다. '셰르파'라고 하면 산악인들의 짐꾼, 안내인 역할을 하는 현지 사람으로 알려져 있지만 사실은 네팔 고산 지대에 거주하는 소수민족의 이름이다. 에베레스트 정복 후 텐징이 셰르파족으로서 힐러리의 등반에 지대한 역할을 했다는 사실이 알려지면서 고산 등반에 천부적인 능력을 지닌 셰르파족이 세계 각국의 등반대로부터 폭발적인 인기를 누리면서 환영을 받게 되었다.

등반 역사상 가장 유명한 한 장의 사진을 바로 그들 둘이 만들었다. 인간 의지의 놀라운 순간을 포착한 역사적인 이미지이다. 1953년 5월 29일 뉴질랜드 출신의 양봉업자 에드먼드 힐러리(영국 국적)는 셰르파 텐징 노르가이와 함께 세계에서 가장 높은 미지의 땅에 인류의 첫 발을 창조적인 자취로 남겼다. 그리고 이 순간을 기리기 위해 힐러리는 정상에서 단 한 장의 역사적인 사진을 찍었다. 정상에서 포토에 찍힐 수 있는 사람은 단 한 명뿐이었다. 사진 속에서 맹렬한 바람에 기발이 흩날리는 피켈을 높이 쳐들고 서 있는 셰르파 텐징 노르가이의 모습은 후세의 흠앙을 받기에 너무나 족하다. 산소가 담긴 호흡기를 둘러쓰고 강풍에 부서지는 기발을 추켜든 채 인간의 극한 의지를 만방에 응변하는 프로필이다!

그런데 이 사진의 촬영 및 발표 막후에는 위대하고 고상한 인간미가 깊이 깔려있다는 점을 아는 이는 많지 않을 것이다. 힐러리는 정상을 코앞에 두고서도 뒤쳐진 자신을 30분이나 기다려준 텐징 노르가이에 대한 존중과 예의의 표시로 끝까지 정상에서 피사체로 제공되기를 거부했다. 텐징은 등반대장을 기다리는 것은 셰르파의 당연한 임무일 뿐이라고 했으나 힐러리는 알파니스트의 양심에 비추어 진정한 첫 에베레스트 등반자는 네팔의 셰르파 텐징 노르가이임을 기록으로서 각인시키고자 한 것이다. 정상에서 산소

호흡기를 떼여나자 희박한 공기 때문에 힐러리는 거친 숨을 몰아쉬며 방풍 처리된 포켓에서 카메라를 꺼냈다.

그리고는 렌즈 덮개와 자외선 필터를 고정시킨 후 방금 올라 온 산등성이 쪽으로 조금 걸음 물러섰다. 텐징은 미국, 영국, 네팔과 인도 국기들이 칭칭 감겨 있는 피켈에서 국기들을 펼친 다음 머리 위로 들어올렸다. 힐러리는 세 장의 사진을 찍었다. 그 중 한 장이 전 세계 신문과 잡지의 첫 장을 장식했다. 텐징은 힐러리에게 카메라를 넘겨달라는 몸짓을 했다. 승리의 순간에 자신도 힐러리의 사진을 찍어야 한다고 생각했다. 하지만 힐러리는 고개를 가로 저었다.

'텐징에게 내 사진을 찍게 하는 것은 상상할 수 없는 일이었다. 내가 아는 한 그는 단 한 번도 사진을 찍어 본적이 없었다. 게다가 에베레스트 정상은 그에게 사진 찍는 방법을 가르쳐줄 만한 장소도 아니었다.'

그 대신 힐러리는 정상으로 다시 돌아와 주변 전경을 사진에 담기에 바빴다. 텐징이 촬영할 여유는 없었다. 시간적으로나 환경적으로 계제가 용서하지 않았다. 아니 그 보다 힐러리의 일방적인 완력이 모든 것을 지배한 탓에 텐징은 피동에 처하고 말았다. 양보와 대치, 희생과 인도라는 대립 통일 속에서 위대한 우정과 완미한 인애가 서서히 두각을 드러냈다. 결국 사진에 담긴 인물은 텐징 노르가이뿐이었다. 힐러리는 사진이 잘 찍혔다고 생각했다.

'두툼한 각종 장비들을 걸친 채 심하게 펄럭이는 국기를 들고 있는 그의 모습은 극적인 장면으로서는 부족함이 없었다. 만일 현상이 된다면 기막힌 사진이 될 거라는 생각이 머릿속에서 맴돌았다.'

하지만 힐러리는 인공산소가 없었기에 혈중산소가 심하게 떨어져 몽롱한 상태였다. 잠시 후 카메라를 다시 챙길 무렵에는 그의 손가락이 거의 마비상태였었다. 순간 그는 자신이 조정 능력을 잃고 있으며 산소 호흡기를 다시 착용해야 한다고 느꼈다. 그가 찍은 유명한 사진에는 이런 비현실적인 느낌과 함께 마치 딴 세상에 온 듯한 심리변화의 의식 상태가 그대로 담겨 있었다. 어느덧 텐징의 어깨 너머로 어둠이 급속하게 밀려들고 있었다. 세찬 바람에 피켈의 국기들이 아무렇게나 흩날렸다. 텐징은 국기들이 지나치게 펄럭이지 않도록 왼손으로 가는 줄을 꼭 감아 쥐었다. 왼쪽 다리는 정상 근처의 경사진 곳에 단단히 고정시켰다. 두툼하게 옷을 껴입고 있던 터라 그의 다리는 더 튼튼해 보였다.

뉴질랜드의 등반가로서 최초로 세계에서 가장 높은 에베레스트 산을 정복한 에드먼드 힐러리(Edmund Hillary 1919. 7. 20 ~)의 이야기는 우리에게 시사하는 바가 크다. 그는 1940년대에 에베레스트 산 정복에 나섰다가 실패를 했다. 그러나 그는 절망하지 않고 다시금 도전하겠다는 의지를 분명히 했다. 그러면서 그는 하산하는 길에 다음과 같이 유명한 말을 남겼다. "산아 너는 자라나지 못한다. 그러나 나는 자라날 것이다. 내 기술도, 내 힘도, 내 경험도, 내 장비도 자라날 것이다. 나는 다시 돌아올 것이다. 그리고 나는 기어이 네 정상에 설 것이다." 약 10년 후인 1953년 5월 29일, 그는 자신이 장담했던 대로 네팔인 등반가 텐징 노르가이와 함께 역사상 처음으로 세계 최고봉인 8,844.43m의 에베레스트 산 정복에 성공했다. 그는 그 위업을 인정받은 같은 해 7월 16일에 기사 작위를 받았다. 그는 자신의 자서전 "Nothing Venture, Nothing Win, 모험 없이는 아무 것도 얻을 수 없다"(1975)에서 밝힌 바와 같이 강속부절 도전하는 정신으로 자신의 삶을 일관해 왔다. 그는 실패했다고 해서 주저 않지 않고 칠전팔기로 그 좌절을 극복하고 나중에 정복자의 희열을 만끽했었다. 그는 남들이 하지 않은 새로운 분야에 늘 도전하기를 좋아했다. 하여 1967년 남극원정에서 고도 3,282m의 허셸산을 최초로 정복했다. 그리고 1977년에는 그가 이끄는 탐험대가 세계 최초로 제트보트를 이용해서 갠지스 강을 거슬러 올라갔으며 막바지에는 히말라야 산맥을 등반하여 산맥에 있는 갠지스 강의 원류까지 닿았다. 꾸준한 저력이란 이렇게 지속적인 생명력을 낳을 때 능히 강한 매력을 지닌다.

2003년은 '세계의 지붕' 에베레스트가 에드먼드 힐러리에 의해 처음 그 모습을 드러낸 지 꼭 50년이 되었다. 네팔은 에베레스트 초등 50주년을 기념하기 위하여 성대한 이벤트를 치렀다. 많은 산악인들이 에베레스트를 찾았는데 그 가운데 등정 길에 올랐다 숨진 조난자들을 기리는 추모식이 열리기도 했다. 그러나 그 축제에서 눈길을 끄는 인물은 지난 1986년 유명을 달리한 셰르파 텐징 노르가이 이다. 그는 힐러리와 함께 에베레스트 등정길에 나섰던 네팔인으로 세월의 구석에 매몰되었던 일화가 전해지면서 각광을 받기 시작했다. 그것은 텐징이 힐러리보다도 30여 분 먼저 에베레스트 정상에 도착하여 힐러리를 기다렸다는 사실이었다. 그가 사람들의 무관심 속에 잊혀 질 수밖에 없었던 것은 한낱 원정대의 등반 안내인 겸 담부(担夫)로만 취급받던 셰르파였기 때문이었다.

2003년 5월 29일 네팔 수도 카트만두에서 열린 에베레스트 초등 50돌 기념식장에서 힐러리 등은 재차 영웅식 투어리스트(Tourist)로 높이 추대되었다. 그러나 텐징을 기억하는 사람은 많지 않았다는 유감을 남겼다. 힐러리 경이 텐징을 재차 회억해서야 사람들은 재삼 간세지재의 신분을 확인했고 그 불패의 마인드(Mind)를 칭송하기 시작했다. 그러던차 내셔널지오그래픽에서 에베레스트 등정 50주년을 맞아 "텐징 노르가이"(에드 더글러스 지음)라는 제목으로 책을 출판하였다. 전기를 읽은 사람들이 셰르파들의 세계와 활동을 텐징이라는 인물을 통해 자세히 알 수 있게 되었다. 텐징의 이야기는 셰르파라는 전문적인 직업 등반가라는 호칭이 따라다니면서 최초의 최고봉 등반가라는 의미보다는 직업적인 고소(高所) 담부로서의 역할을 부각 받아 왔다. 이런 측면에서 텐징의 최고봉 등반은 그 의미를 힐러리에게 넘겨주고 있다는 인상을 깊게 남겼다. 힐러리는 백인이다. 그 백인의 심부름 하는 짐꾼으로서의 텐징의 역할이라는 의미에서 평가절하 된 선입견을 떨쳐 버릴 수 없다. 이런 기존의 느낌과 생각, 백인들에 의해 만들어진 최고봉 등반에 대한 숨겨진 전후사연을 이 책은 자세하게 전하고 있다.

빅토리아 시대에 광란적으로 알프스에 등반했던 유럽인들은 제1차 세계대전을 전후로 등산에 완전히 매료된 광이자 팬들이었다. 스트레스와 콤플렉스 그리고 소외감 및 허탈감에 싸여 있던 상류층들에게 등산은 유일무이한 해탈구 내지 돌파구로 각인되었던 것이다. 산은 생명의 무대이요, 활력의 브리지(Bridge)이다. 야외와 천공과 고봉정상을 통해 인식되는 자연정복의 희열은 폐활량을 한껏 높여준 것이다. 수학에 능하기로 소문난 인도인이 삼각측량으로 최고높이를 증명하자 에베레스트가 그만에 정복의 과녁으로 충당된 것이다. 희박한 공기가 무시로 목숨을 위협하는 가운데 등산애호가들은 모험을 만끽하는 주도자로 나섰다. 탐험의 선각자들이다. 산에 투영된 인간의 정신력은 비범한 저력을 과시할 수 있었다. 미지의 세계를 노크하고 미래지향을 원하는 창조력은 험악한 산봉에서도 그 기능발휘를 잊지 않았다.

그러나 등산을 놓고 화제를 만들면 자연히 그리고 당연히 텐징과 힐러리를 잊지 말아야 한다. 그들이야말로 세계적인 범주에서 등산의 획기적인 창시자이자 출중한 척후병이며, 또한 최고의 알피니스트임을 부정할 사람은 없을 것이다. 오늘날 등산의 인기주인공은 역시 이 두 파트너이다. 만구성비(万口成碑)렷다. 흉금과 덕목을 보여준 정상에서의 양도정신은 후세의 미담이 아닐 수 없다. 알피니스트가 갖추어야 할 기본자격 내지 인격수양을 집약적으로 시범한 귀감이다. 결국 그들은 세계의 상상봉을 최초로 정복했다는 처녀등반가의 신분에 매력이 있는 것이 아니다. 가장 핵심적인 포인트는 향수의 시각에 서로를 양보하고 자기를 비우려는 인도주의와 희생정신이다. 관건적인 승리의 관두에 도취되지도 않았거니와 이기심은 더욱 몰랐다. 그런 이유로 심신을 무장했길래 위대하고 장엄한 순간에도 서로 대방을 위해 선뜻이 할애하고 고매한 덕목을 추천할 수 있었다.

지금 나의 노트북 바탕화면에는 텐징의 흑백사진이 클로즈업되어 바뀐 지 며칠 된다. 매일 컴을 부팅할 때마다 텐징의 프로필을 재삼 확인하고 유심히 들여다본다. 햇빛에 그은 구릿빛 얼굴, 이색적인 복색, 설산의 눈빛처럼 새하얀 이빨, 낭자를 틀어 덧얹은 듯 더부룩한 머리카락, 바싹 졸라맨 각반, 대마와 나일론 그리고 마닐라삼 따위로 꼬아서 만든 등산용 밧줄인 자일(Seil)을 걸친 떡 벌어진 어깨, 왼손에 꽉 거머쥔 마우어하켄(Mauerhaken), 스파이크 모양으로 얼음에 미끄러지지 않도록 등산화 밑에 덧신은 슈타이크아이젠(Steigeisen), 정상에 쿡 박아놓은 'T'자 모양의 금속제 날이 달린 목제자루의 피켈(Pickel)……. 도전자이자 주재자로서의 그는 아이스액스(Ice axe)를 마치 깃발마냥 휘두르면서 정상에 산악인등신상을 현시해 세계 최고 무대에 등장했었다. 지팽이창처럼 활용한 실례다. 암반빙벽을 향해 도전한 클라이밍(Climbing)의 개선가였다. 등산화에 박은 징인 트리쿠니(Tricouni)가 적설 위에 날카롭게 안겨오면서 퍽 유표하다. 클라이모그래프(Climograph)의 변화를 타개한 절세의 선등자이다.

그러나 그 넘버원의 후광 속에 그림자라도 비껴들 것 같아 또 하나의 존재를 더듬으면서 나는 결코 흥분만 하고 있지는 않았다. 분명 두 사람의 등반가라는 기존이미지가 금세 각인되는 순간이다. 무형의 유형 실체를 발견한다. 확대경이나 망원경이 아니더라도 숨은 영웅을 천지간에서 방불히 만난다. 아, 순결한 봉헌의 존재가치는 가장 높은 고봉정상에서 가장 현란한 극치의 광환을 그려가노라!

작은 메나 산봉에 오르고도 제법 들먹거리며 으스대면서 야호를 복창하는 아마추어등산가들이 없지 않다. 지고기양

(趾高气揚)치고는 이불속의 활보라 하겠다. 텐징이나 힐러리의 일화가 지금부터라도 꾸준히 깃들어야겠다. 바다 같고 하늘같다는 흉차(胸次)와 광회(曠怀)를 소유할 때라야만 자아를 깡그리 비우고 세상을 포섭할 수 있다는 도리가 쵸몰랑마봉에서 주조되었다. 그 창조자를 구태여 반복하지 않으련다. 거룩한 불굴의 투사들이 비겁쟁이를 조소하면서 질타하는 음성이 구천에서 들려온다. 작은 이끗 앞에서 아부로 굽실거리는 한치보기들은 비실비실 게걸음치며 후퇴한다. 대의를 버리고 궁지에서 주위상책(走爲上策)을 부르짖는 시정아치들에게 있어서 알피니스트의 풍도는 작히나 늠름하고 거창한가! 호방한 기질로 세인을 매료한 정상답다.

두 다리에 모두 의족을 하고 있는 뉴질랜드의 산악인이 2006년 5월 15일 에베레스트 정상에 올라 두 다리가 없는 사람으로서는 최초로 세계 최고봉을 정복하는 기록을 세웠다. 뉴질랜드 언론들에 따르면 마크 잉글리스(47)는 이날 세계 최고봉인 에베레스트의 8844,43m 정상에 우뚝 섰다.

그의 부인 앤은 "그는 평생 에베레스트 정복을 꿈꾸어 왔었는데 놀라운 일이라"며 기쁨을 감추지 못했다. 잉글리스는 등정에 적합하도록 탄소 섬유로 만들어진 의족을 하고 2006년 4월 7일 베이스캠프에 도착, 에베레스트 등정에 나섰다. 등정 도중 한쪽 다리 의족이 부러지는 사고를 당하기도 했던 그는 미리 휴대한 부품으로 의족을 수리한 뒤

등정에 완악하게 성공했었다.

잉글리스는 산악구조대원으로 일하던 1982년 11월 뉴질랜드 최고봉인 마운트 쿡에서 심한 눈보라로 얼음 동굴 속에 갇혀 있다 동상에 걸려 두 다리를 무릎 아래서 절단하는 아픔을 겪었으나 의족을 달고 다시 산악인의 꿈을 불태우기 시작했다. 2002년에는 3천754m 높이의 마운트 쿡, 그 2년 뒤에는 세계에서 6번째로 높은 해발 8천201m의 초유에 올라 세인들을 탄복시켰었다. 장애인으로서 세계상상봉을 정복한데서 잉글리스의 모험과 도전의 적극성이 발광체로 빛난다.

2006년 5월 17일 필리핀 등산대원 레오오라쵸은(32)은 성공적으로 쵸몰랑마봉 정상에 등반했다. 필리핀으로는 사상 첫 세계최고봉 등반자로 되었다. 필리핀에서는 본래 2007년에 등반계획을 실현할 예정, 오라쵸은 등은 3년여의 고난도 훈련을 거쳤다. 필리핀 국내에서는 3천 미터 이상 되는 산이 없고 천연 빙설봉우리가 없다. 이런 열대지방의 선수가 저온, 산소부족, 탈수 등 갖은 곤란을 이겨내고 세계최고봉 등반에 성공한다는 것은 실로 조련치 않은 일이다.

일본의 등산가 다까오 아라다야마가 2006년 5월에 다른 등산객들을 이끌고 쵸몰랑마봉에 올랐다. 다까오 아라다야마는 70세 7개월 13일 고령으로 주봉에 오른 세계 최고령자이다.

나도 언젠가는 쵸몰랑마봉에 오르련다. 기이어 내 생애의 숙지를 달성하려 한다. 별러 온 지 벌써 몇 십 년이다. 중학교 때 지리과에서 급기야 미쳐날 지경으로 그 정상을 노리던 일이 아직도 선하다. 연필을 입가에 물고 영동학교 뒷산마루를 응시하던 눈짓이 인젠 멀리 서장과 네팔쪽으로 많이 움직여졌다. 내가 과연 그 산기슭에 서있는 모습을 혼자 방불히 보는 상 싶다. 그러나 나는 결코 장애자인 잉글리스도 아니다. 또한 필리핀 등산대원 레오오라쵸은도 아니다. 그렇다고 최고령의 일본노인인 다까오 아라다야마도 아니다. 나는 중국조선민족이다. 장백산줄기를 타고 뻗어 내린 오봉산과 선바위 사이의 네드렁봉 기슭 촌락인 하오동에서 태어난 이민 3세이다. 내 프라이버시(Privacy)의 기본속성이자 자존의 권리인 쵸몰랑마봉 등정구상은 언제든지 발발하다. 야망의 대숲에서 울울창창하다. 사천성 성도에서 서장까지의 철로부설이 진척중인데 2006년 7월 1일에 개통된단다. 사막을 지나 상상봉으로 통하는 철로개통은 내 스케줄에 푸른 등을 켜 줄 것이다.

곰을 잡으려면 큰 곰을 잡고 매를 맞으려면 큰 매를 맞으라는 말이 있다. 조금은 아이러니한 경구겠으나 나는 이 항설 뒤에 다음과 같은 추가 용어를 덧붙이고 싶다. 산에 오르려면 쵸몰랑마봉에 오르라고……. 아이러니컬한 반증으로 내 주장을 설교하려는 패러독스(Paradox)가 아니다. 조

변석개는 물론 아니다. 그만큼 거물급 산에 대한 경의와 첨
앙이 앞선 것이다.

심리학에서 예술이나 운동 경기 따위의 영역에서 높은
목표를 이룬 순간에 일어나는 최고의 충족과 행복의 경험
을 절정경험(絶頂經驗)이라고 한다. 일명 지고경험이라고도
하는데 개인의 성장에 큰 영향을 미친다. 볼링장에서의 스
트라이크(Strike)도, 노래방에서의 팡파르도, 마작 판에서의
호(胡)도, 미러볼(Mirror ball)이 명멸하는 무도장에서의 치
크댄스(Cheek dance)도, 호프집에서의 '위하여!'도, 자정의
교회당종소리도, 통금을 알리는 사이렌소리도, 오락 판에서
의 브라보(Bravo)도 어찌 등반스릴에 감히 견주랴! 더구나
알피니스트의 열반이나 득도와 같은 희열의 파라다이스
(Paradise)는 쉽게 엔조이할 몫이 아니렷다. 나는 믿는다. 내
가 그런 경험자 내지 경력자로 조만간 현실을 감오할 것이
라고……. 장백산이나 태산에 올랐던 감흥과는 본질적으로
다른 하나의 미지가 나를 기다린다. 내 오를 주봉의 처녀지
에 쏠리는 호기심은 인생의 한 부분으로 나를 조련질한다.

러셀(Russell)이란 바로 등산에서 선두에 서서 눈을 쳐내
어 길을 다지면서 나아가는 일을 말한다. 러셀차의 견인력
으로 내 유토피아(Utopia)의 봉정(峰頂)을 점령하여 선두주
자로 흔적을 남길 컷 스텝(Cut step)은 어디?

마우스는 누가 발명했을까?

1968년 당시 스탠퍼드 대학 연구소 연구원이었던 더글러스 엔젤바트이다. 그가 컴퓨터가 이용자의 모든 명령에 즉각 반응할 수 있다면 생산성을 높일 수 있을 것이라고 구상한 마우스의 개념을 학술회의에서 처음 발표했을 때 반응은 비웃음이었다고 한다. 1968년 나무로 만든 이상한 물건을 대중 앞에 처음 공개했다. 그의 시연을 통해 기능이 알려졌다. 손으로 그것을 사방으로 움직이자 컴퓨터 화면에 보이는 커서가 모니터 화면을 누비고 다녔다. 사람들은 깜짝 놀랐고 이후 작은 커서가 마치 바퀴자국(궤적)을 남기며 돌아다니는 것이 쥐를 닮았다 해서 마우스라는 별명이 붙었고 향후 제품의 이름이 되었다. 그 후 연구를 거듭해 현

마우스의 조상인 X－Y 위치표시기를 발명했다. 작은 나무 상자로 만든 이 기계에는 붉은색 버튼과 가는 줄의 꼬리가 달려 있어 마우스란 별명을 얻었다. 그가 이 획기적인 발명으로 스탠퍼드 대학으로부터 얻은 대가는 1만 달러뿐이었으며, 마우스 외에도 온라인 출판, 화상회의, 전자우편 등 컴퓨터의 네트워킹 기능, 하이퍼텍스트(Hypertext) 개념을 처음 고안하였다.

세상을 바꾼 30가지 발명품

1위 주판, 190년

2위 아르키메데스의 나선식펌프, BC 700년

3위 아스피린, 1899년

4위 아타리 2600 가정용게임기, 1977년

5위 가시철조망, 1873년

6위 바코드, 1973년

7위 건전지, 1800년

8위 자전거, 1861년

9위 바이로(최초의 볼펜 상표), 1938년

10위 블랙베리(무선인터넷이 가능한 스마트폰), 1999년

11위 활과 화살, BC 3만 년

12위 브래지어, 1913년

13위 단추, 1235년

14위 캠코더(비디오카메라), 1983년

15위 카메라, 1826년

16위 심장박동기, 1958년

17위 CD, 1965년

18위 태엽라디오, 1991년

19위 나침반, 1190년

20위 콘돔, 1640년

21위 신용카드, 1950년

22위 디지털카메라, 1975년

23위 디지털 TV 녹화장치, 1999년

24위 전자시계, 1972년

25위 북, BC 1만 2천 년

26위 다이너마이트, 1867년

27위 전기면도기, 1928년

28위 지우개, 1770년

29위 팩시밀리, 1843년

30위 광케이블섬유, 1966년

카페의 유래

카페란 가볍게 식사를 하거나 차를 마실 수 있는 소규모 음식점이다. 프랑스어에서 차용한 영어의 카페(Café)는 '커피'라는 뜻의 터키어 Kahve에서 유래한다. 커피와 커피 음료가 유럽에 도입되자 술을 마시지 않고도 사교생활이 가능하게 되었다. 17세기 중반 이후 200년 동안 런던을 중심으로 번성한 유럽의 유명한 카페들은 새로운 소식과 정견 등을 나눌 수 있는 장소였으며, 카페 주인들은 경쟁적으로 휘그당과 토리당에서 발행하는 신문들을 마련해놓았다. 보험·선박·주식·상품거래, 심지어 노예매매도 카페에서 이루어졌고, 문필가·배우·예술가 들은 단골 카페에서 동인들과 함께 공연을 하거나 시낭송회를 가졌다. 또한 19세기에 일간신문과 가정우편함이 등장할 때까지 커피점은 소포와 편지를 배달하는 비공식적인 우편업무도 수행했다. 이 시기에 쓰여 진 문학작품이나 그림에 나타나듯이 프랑스의 카페와 음식점은 지식인과 예술가들에게는 지적 교류를 위한 최상의 장소였다. 돈 많은 미식가들은 파리의 고급 음식점에서 식사를 했지만, 카페와 선술집은 여전히 자유분방한 예술가들이 즐겨 찾는 곳이었다. 20세기 후반 미국에서 카페라는 말은 시대에 뒤떨어지고 오래된 트럭 정류장의 식당과 더럽고 어두컴컴한 도시 식당을 연상시켰다. 그러나 1970, 1980년대에 독특한 분위기의 커피 전문점들이 생겨나면서 카페 본래의 이미지가 되살아나고 있다.

지금 카페의 의미는 확장되었다. 인터넷 카페라고도 한다. 보통 회원제로 운영되는 인터넷 게시판의 한 종류이다. 한국에서는 1999년 다음(www.daum.net)에서 처음으로 개설하였으며 최근에는 여러 업체들이 경쟁적으로 개설하고 있다. 누구나 쉽게 만들 수 있으며 회원 관리가 되고 카페 랭킹 등 여러 가지 기능이 있어 일반 인터넷 게시판과 성격이 다르다. '카페'는 인터넷 카페라고도 하지만 인터넷 카페에는 여기 나온 카페에서의 인터넷 게시판이라는 뜻과 한국을 제외한 지역의 PC방이라는 두 가지 뜻이 있다. 이제 카페의 유래에 대하여 자상히 알아보자.

카페라고 하면 프랑스 파리를 연상한다. 그러나 유럽 최초의 카페는 1652년 런던에서 문을 연 '파스카 로제 하우스'다. 영국은 홍차의 나라라고 하지만 네덜란드와 더불어 일찍이 커피 무역을 거의 독점하였다. 영국 사람들은 1730년경까지 홍차보다 커피를 훨씬 더 즐겼다, 그러던 것이 차차 커피 하우스에서도 홍차가 주류로 변하고 커피 하우스는 영국 홍차 문화의 기초가 됐다.

유럽 최초의 커피 하우스 '파스카 로제'의 주인은, 터키 상인의 마부였던 보만으로 알려져 있다. 그에게는 터키 여행에서 데리고 온 그리스 태생의 파스카 로제라는 하인이 있었다. 로제는 아침마다 주인을 위해 커피를 끓였다. 그것이 이웃 간에 큰 화제가 되고 결국 주인은 로제를 시켜 커피 하우스를 열었다.

그 간판에는 '영국 최초로 공적으로 만들어 파는 로제의 커피 - 드링크의 효능'이란 글귀가 적혀있었다. 어느 커피 사가(史家)는 그 엉성한 점포의 역사적 의의를 아기 예수가 태어난 베들레헴의 마구간에 비유하기도 했다. 커피 하우스는 우후죽순처럼 급속도로 퍼져 1683년 당시 런던에만도 3,000 곳이 있었다고 한다. 대부분 상업지구에 있었다.

그러나 커피 문화는 지식인의 문화였다. 그래서 영국 제일의 학도(學都) 옥스퍼드에서부터 싹트기 시작한다. 옥스퍼드 최초의 커피 하우스 주인은 유대계의 야코프라는 사나이였다. 야코프는 사귀던 터키인으로부터 물려받은 커피

열매를 갖고 커피 하우스를 개업했다. 이에 앞서서 옥스퍼드에서는 커피를 둘러싼 한 에피소드가 지식인들 사이에서 화제가 되고 있었다.

크레타 출신의 한 학생이 고향에서 보내 준 커피콩을 기숙사에서 몰래 끓여 마시다가 발각되어 퇴학당했다. 그 이방의 '자극제'는 당시 칼리지 생활에서는 금기였던 것이다. 그러나 그 학생의 부친과 상인과의 커피 거래가 이루어지고 옥스퍼드에서는 단시일 안에 많은 커피 하우스가 생겨났다. 그 배경의 하나로서 우리들은 당시 학생들의 폭주를 들어야 할 것이다.

당시 학생들은 칼리지 생활을 하고 있었으며 매일 일정량의 포도주를 지급받아 마셨다. 학생들은 캠퍼스에서 풀려나는 자유 시간에는 선술집(테이번 Ttavern)에 몰려들었다. 폭음포식은 예나 지금이나 타박할 수 없는 학생들의 악습이었다. 당시 그 작은 학교 앞 거리에는 350개나 되는 선술집이 있었다고 한다. 폭음한 뒤에는 주마(酒魔)를 쫓기 위해 학생들은 으레 무리를 지어 커피 하우스에 몰려갔다.

어디 취기를 쫓기 위해서뿐이었을까. 그 이방 오리엔트의 검은콩은, 그들이 조석으로 머리를 싸매며 읽는 라틴어의 세계와도 유사하게, 오묘한 픽션의 세계로 학생들을 유혹한 것이 아니었을까. 커피와 차가 일상적인 것이 된지 오랜 오늘날의 우리들과는 달리 당시 젊은 학도들은 그 '신비스러운’ 향과 빛깔, 맛 속에 그들의 꿈을 아스라이 투영(投影)했으리라 상상해본다.

커피의 집에서 꿈을 키운 것은 젊은이들만이 아니었다. 1655년 옥스퍼드에서 ‘티리야드’라는 커피 하우스가 문을 열었다. 그곳은 학생들과 교수 및 교양 있는 신사들의 단골집이 됐다. 그리고 바로 그곳에서 당시 명성이 높은 건축가이며 옥스퍼드 교수이기도 한 크리스토퍼 렌을 중심으로 ‘티리야드 그룹’이 형성되었다.

이 그룹에는 때마침 청교도 혁명이 몰아친 폭풍을 피하여 런던으로부터 옥스퍼드에 피신해 온 많은 과학자들도 가세하였다. 영국의 왕립 한림원(1662년 창립)은 이 ‘티리야드 그룹’과 1645년 런던의 한 선술집에서 결성된 ‘보이지 않는 대학’(invisible college)의 대표자인 과학자 로버트 보일의 그룹이 합쳐서 성립되었다.

이처럼 왕립 한림원이 커피 하우스를 산실로, 그리고 뒤에서 살펴보게 될 프랑스의 아카데미 프랑세즈가 살롱을 모체로서 태어났음은 카페나 살롱의 문화, 더 나아가서는 유럽의 차 문화 및 유럽풍의 지성과 문화를 이해하는데 있어 참으로 많은 시사를 준다고 할 것이다.

커피 하우스는 초창기에 지식인의 담론하는 사교장이었다. 사람들은 그 단골들을 ‘커피 하우스 인텔리’라고 부르며 우러러 보기도 하고 경원하기도 하였다.

이제 커피 하우스의 실내 풍경을 들여다보자. 건물은 엉성한 목조 건물이며 대개 2층에 자리 잡고 있어 손님은 어두운 계단을 올라가야만 했다. "점포 바깥에는 아름다운 유리등이 달리고 안에는 미녀가 있어 밝은 인상을 준다. 그 미인은 교태 있는 눈동자로 담배 연기 가득한 안으로 유인한다."

이 미인에 속아 로맨틱한 장면을 기대해서는 안 된다. 문을 열고 실내에 들어서기에 앞서 자욱한 담배 연기와 소란스러움에 놀란다. 웨이터는 때때로 남장이었다. 살풍경한 홀에는 테이블과 의자가 여기저기 놓이고 고객은 어디에나 앉을 수 있다. 한쪽에서는 빌리어드와 포커를 즐길 수도 있었다.

그런데 단 하나 놓인 큰 테이블이 눈길을 끈다. 그것은 원래는 커피 하우스의 패트런을 위한 특별석이었으나 차차 담론석이 됐다. 테이블에는 관보·신문·잡지와 함께 갖가지 상품광고, 극장 안내지 등이 놓여 있었다. 당시 주간이던 신문은 부수도 적고 값이 제법 비싸서 상류층 교양인이나 지식인이 아니고서는 매주 사서 읽지 못했다. 일상적으로 신문을 읽고 신간 서적을 한 달에 2권 정도 구독하면 교양인이며 학식이 높은 지식인으로 존경받았던 시대였다.

17~18세기 회화작품과 19세기에 사진에 담긴 커피 하우스의 실내 풍경(그것은 당시 풍속화의 좋은 화재였다)에

서 한사람이 신문잡지를 읽어주고 그를 둘러싼 많은 객들이 귀 기울이는 장면을 자주 본다. 지식인들의 담론의 사교장은 어느덧 지식에 눈을 뜬 민중들의 열린 정보센터가 되어가고 있었던 것이다.

밸런타인데이

매달 14일 데이를 알아보려고 클릭하니 전체 검색창은 다음과 같은 자료를 무더기로 제공한다.

1월 14일: 다이어리데이 = 1년 동안 쓸 다이어리를 연인에게 선물하는 날

2월 14일: 밸런타인데이 = 여자가 남자에게 초콜릿으로 사랑을 고백하는 날

3월 14일: 화이트데이 = 남자가 여자에게 사탕으로 마음을 전하는 날

4월 14일: 블랙데이 = 짝 없는 남녀가 만나 위로의 자장면을 먹는 날

5월 14일: 로즈데이 = 장미와 함께 연인의 사랑을 다시금 확인하는 날

6월 14일: 키스데이 = 연인끼리 입맞춤을 하는 날

7월 14일: 실버데이 = 연인을 다른 사람에게 선보이거나 은제품을 선물하는 날

8월 14일: 그린데이 = 연인과 삼림욕하는 날, 싱글인 사람은 소주를 마시며 외로움을 달래는 날

9월 14일: 뮤직&포토데이 = 청명한 가을 하늘 아래 연인과 함께 사진을 찍거나 음악을 듣는 날

10월 14일: 와인데이 = 깊어가는 가을, 연인과 와인 마시는 날

11월 14일: 무비 오렌지데이 = 연인과 함께 영화를 보며 오렌지 주스 마시는 날

12월 14일: 허그데이 = 연인끼리 껴안는 것이 허락되는 날

그중 제일 인기를 얻는 것이 밸런타인데이이다. 그만큼 매년 2월 14일은 상품전시와 구매소비의 최고봉을 이루는 절정기이다.

밸런타인데이에 대해 백과사전은 이렇게 풀이한다.

성 밸런타인의 축일로 2월 14일이다. 뒤에 근심을 남기지 않기 위해 원정(遠征)을 떠나는 병사의 결혼을 금지시킨 로마황제 클라우디우스에 반대한 밸런타인 신부가 처형당한 270년 2월 14일의 기념일과 또 이 계절에 초목이 싹트

고 새들이 발정한다는 뜻이 합쳐져 생긴 풍습이라 한다. 처음에는 부모와 자식 사이에 사랑의 교훈과 감사를 표시한 카드를 교환하는 관습이었는데 20세기에 들어와 남녀가 사랑을 고백하고 선물을 교환한다든가 특히 여성이 남성에게 사랑을 고백하는 유일한 날로 하게 되었다.

그렇다면 밸런타인데이의 기원은 무엇일가?

1. 가장 널리 알려진 얘기가 로마시대 사제였던 성 밸런타인(원명 발렌티누스·Valentinus)의 처형 날짜에서 비롯됐다는 설이다. 3세기경 로마 황제 클라우디우스 2세는 청년들을 군대로 보내기 위해 금혼령을 내렸고 예외로 자신의 허락이 있을 때에만 젊은이들이 결혼할 수 있게 했다. 그런데 밸런타인 사제가 황제 몰래 젊은 남녀를 결혼시켰다. 결국 이 사실이 들통 나 그는 269년 2월 14일 처형당했다. 로마의 성 밸런타인(St. Valentine)에서 시작되었다는 배경의 내막이다. 밸런타인은 당시 황제 클라디우스는 젊은 청년들을 군대로 끌어들이고자 결혼금지령을 내렸는데 이에 반대하고 서로 사랑하는 젊은이들을 결혼시켜준 죄로 A.D. 269년 2월 14일에 순교한 사제의 이름이다. 그는 그 당시 간수의 딸에게 'love from Valentine'이라는 편지를 남겼다. 결국 밸런타인데이에 사랑의 메시지를 전하는 풍습의 기원이되었다. 후에 이날을 기념해 애인들 사이에 사랑의 선물이나 연애편지를 주고받는 풍습이 생겨났다는 것이다. 특히

간수의 딸과 사랑에 빠진 밸런타인 사제는 처형을 당하기 직전 그 아가씨에게 보내는 작별 편지에서 '당신의 밸런타인으로부터'라는 문구를 남겼다고 한다. 오늘날 밸런타인데이에 연인에게 보내는 카드에서 가장 흔히 쓰이는 '당신의 밸런타인으로부터'라는 문구가 여기서 비롯됐다는 것이다.

2. 고대 로마의 축제인 루페르칼리아(Lupercalia)에서 기원했다는 설이다. 2월 15일 열린 이 축제는 원래 결혼과 출산의 여신 '유노'와 자연신 '판'을 섬기며 풍요를 기원하는 행사였는데 이날 아가씨들이 자신의 이름과 시를 쓴 쪽지를 항아리에 담아두면 청년들이 그 중에서 제비를 뽑아 각자 연인으로 삼았다고 한다. 당시 이 같은 '짝짓기 행사'가 비기독교적이고 위법적이라고 생각한 교황이 아예 498년 2월 14일을 성 밸런타인데이로 선포해 남녀 간에 사랑을 표현하는 날로 삼았다. 하여 이게 오늘날의 밸런타인데이로 이어졌다는 것이다.

3. 1477년 2월 14일 영국의 한 시골 처녀 마저리 브루스가 짝사랑하는 젊은 청년 존 패스턴에게 구애의 편지를 보내 성공한 데서 비롯됐다는 설이다. 런던의 국립우편박물관에는 브루스가 보낸 구애 편지가 전시돼 있다고 한다. 이밖에 새들이 짝을 지을 때 상대를 고르는 날이 2월 14일이라는 영국과 프랑스인들의 오랜 믿음에서 비롯됐다는 설도 있다.

밸런타인데이는 이제 초콜릿 회사의 상술이라는 인식을 넘어선 하나의 문화로 자리 잡았다. 여자가 사랑하는 남자에게 초콜릿을 정성껏 포장해서 선물함으로서 자신의 사랑을 표현하는 젊은 연인들에게는 일 년 중 크리스마스 다음으로 큰 연중 행사이다. 동양 유교 문화권인 아세아에서도 이 낯설고 국적 불명의 문화가 완전히 자리 잡았다고 볼 수 있다.

이제 밸런타인데이의 유래를 종합하여 보자.

밸런타인데이의 유래는 미스터리로 싸여 있다. 2월 달은 오랜 동안 로맨스의 달이 되어 왔다. 성 밸런타인데이는 기독교와 고대 로마 역사의 유물이다. 그러면 성 밸런타인은 과연 누구일까요?

오늘날 알려지기로 기독교 교회에는 3명의 밸런타인(Valentine) 또는 발렌티아누스(Valentinus)라는 이름의 순교자가 있다고 한다. 한 전설에 의하면 3세기 로마 시대에 밸런타인이라는 사제가 투옥되어 있었다고 한다. 당시 클라우디우스 2세(Claudius II) 황제는 군 전력유지를 위해 법으로 젊은 이들의 결혼을 금하였는데 밸런타인은 몰래 젊은이들을 결혼시켰다고 한다. 이 사실은 들통 나고 클라우디우스 2세(Clauius II 황제)는 밸런타인을 사형시켰다.

또 다른 전설은 밸런타인은 사실 첫 밸런타인을 자기가 축하하였다는데 감옥에서 밸런타인이 젊은(교도관의 딸로 알려진)과 사랑에 빠졌다고 한다. 그가 죽임을 당하기 전에 그녀에게 편지를 보냈는데 거기에 오늘날 사용하는 표현인 'From your Valentine'으로 사인했다고 한다.

어떤 이들은 270년경에 일어난 밸런타인의 죽음을 추모하는 의식을 2월 중순에 가진 것이 유래라고 하기도 하고 어떤 이들은 이교도 축제인 루퍼칼리아(Lupercalia)를 기독교화 하기 위해 밸런타인 축제를 행사화하였다고도 한다.

당시 루퍼칼리아(Lupercalia)축제에 도시의 젊은 들은 자기 이름을 큰 항아리에 적어 넣고 남자들이 항아리에서 이름표를 고르는 짝짓기 행사가 있었다. 물론 결혼까지 가는 경우가 많았다. 이를 교황이 보기에 이 축제행사가 매우 비기독교적이며 위법적이라고 생각하여 498년에 2월 14일을 성 밸런타인데이(St. Valentine's Day)로 선포하여 남녀 간의 사랑을 표현하는 날로 삼았다. 사실 영국과 프랑스에서 2월 14일을 이른 바 새들의 짝짓기가 시작되는 날이라고 하며 그래서 이날을 밸런타인데이로 정한 것이라고 하기도 한다.

밸런타인데이의 기원은 확실하지 않으나 고대 로마의 사제 밸런타인이 연애결혼을 엄격히 금지했던 270년 2월14일 사랑하는 남녀를 도와주다가 이교도의 박해로 순직했던 것을 기리기 위해 시작된 것으로 전해온다.

서양에서는 2월 14일을 밸런타인데이라고 하여 아주 특별하게 보낸다. 이날 사람들은 밸런타인데이 축하카드를 연인, 친구들, 가족들에게 보내고 많은 연인들은 '나의 밸런타인이 되어주세요'라고 한다. 상점들은 2월 14일이 되기 훨씬 전부터 밸런타인 용품과 장식을 팔고 어린 학생들은 교실을 하트와 레이스로 장식을 한다. 그리고 사람들은 각자의 친구들에게 사탕, 꽃, 특별한 선물을 주곤 한다. 이렇게 서양에서 시작된 밸런타인데이 행사는 이제 전 세계 인류이벤트로 붐을 일군다. 길거리마다 초콜릿이 마구 팔리는 것을 보면 너무 상업화되지 않았나 싶기도 하지만 그래도 그 본래의 문화적 의미를 알고 살린다면 초콜릿처럼 달콤하고 풍만한 깊은 맛을 내는 특별한 하루가 될 것이다.

미국과 캐나다 아이들은 학교에서 댄스파티를 열고 사탕, 선물, 하트와 큐피드가 그려진 카드를 만들어 친구에게 선물한다. 어른들은 꽃, 사탕 상자, 다른 선물을 아내나 남편, 연인에게 보낸다. 거의 모든 밸런타인데이 사탕상자는 하트 모양으로 빨간 리본으로 묶는다.

유럽에서도 역시 부쩍 열기를 보인다. 영국아이들은 밸런타인데이노래를 부르고 사탕, 과일, 돈을 받는다. 영국의 일부 지역에서는 캐러웨이씨나 자두 또는 건포도를 넣어 롤빵을 굽기도 한다. 이태리에서는 밸런타인데이 축제가 열린다. 영국과 이태리에서는 처녀가 해뜨기 전 새벽에 일어나 창밖으로 지나가는 남자를 보는 풍습이 있는데 처음으로 본 남자이거나 그 남자랑 닮은 사람과 그 해에 결혼을 하게 된다고 한다. 셰익스피어의 햄릿에서도 볼 수 있다. 덴마크에서는 아네모네(Snowdrops)라는 하얀 꽃다발을 친구에게 보낸다. 또 덴마크 남자들은 시를 적어서 자신의 이름을 적지 않고 스펠링 수만큼 점을 찍어서 보내고 가 그 남자의 이름을 맞추면 그는 부활절에 부활절 계란을 그녀에게 주는 풍습이 있다. 이런 모습은 셰익스피어의 햄릿의 대사에서도 볼 수 있다.

영국 웨일스에서는 나무로 러브스푼을 조각하여 2월 14일에 선물하는데 하트, 열쇠, 열쇠구멍이 주로 스푼에 조각되는 모양이다. 그 의미는 '당신은 내 마음의 자물쇠를 연다!'는 뜻이다.

중세에 젊은 남녀는 각기 이름을 적어 볼에 넣고 하나씩 뽑아서 자신의 연인이 누구일지를 보고 일주일 동안 그 이름을 소매에 붙이고 다녔다. 몇몇 나라에서는 젊은 남자가 옷을 여자에게 선물하는데 여자가 그 선물을 잘 받으면 그와 결혼하겠다는 의미다.

밸런타인데이에 여자가 머리 위로 나는 울새를 보면 선원과 결혼을 하고 참새를 보면 가난한 남자와 결혼을 하지만 행복하게 살고 황금방울새를 보면 백만장자와 결혼하게 된다. 꽃이 지고 열매를 맺었던 민들레에 심호흡을 크게 하고 씨를 바람에 날려 보낸다. 줄기 위에 남는 씨를 세면 그것이 자녀의 숫자이다.

이렇게 해마다 돌아오는 달콤한 유혹의 시기가 바로 밸런타인데이다. 사랑 고백을 주고받는 '밸런타인데이'와 '화이트데이'에는 상업적인 의도가 짙게 깔려있지만 의도야 어쨌든 초콜릿과 사탕은 불티나게 팔려 나간다. 초콜릿과 사탕은 모두 당(糖)이 잔뜩 들어있는 기호품이다. 사랑의 달콤한 맛이야 얼마든지 환영하겠지만 당에 포함된 과도한 열량은 부담된다.

당의 대표주자는 단연 설탕이다. 설탕은 기원전 4세기경 인도에서 제조된 이래 지금까지 인류의 사랑을 받았다. 지금은 대량생산돼 가격이 싸지만 유럽에 퍼지기 시작한 14세기만 해도 부의 상징이었다. 그런데 오랜 설탕의 지위가 위협받게 됐다. 웰빙 바람이 불며 비만, 당뇨병, 충치의 주범으로 몰린 것이다. 설탕을 대체할 새로운 당이 필요해졌다. 어떤 것들이 있는지 알아보자.

::설탕보다 수백 배 단 합성감미료

사람들이 처음 관심을 가진 것은 강력한 단맛을 내는 당이었다. 합성감미료인 사카린은 설탕보다 300~500배나 더 달다. 사카린은 원래 물에 녹지 않지만 물에 녹는 용성사카린이 1894년 개발됐다. 용성사카린은 식품첨가물로 쓰였지만 몸에 해롭다는 논란이 일며 사라졌다.

사카린이 시장에서 사라지자 그 뒤를 아스파탐이 있었다. 강력한 단맛도 중요하지만 칼로리를 낮추고 당뇨병 환자에게도 쓸 수 있는 건강보조식품으로서의 당이 필요해진 것이다. 아스파탐은 1965년 우연히 발견됐다가 1981년이 돼서야 시판되기 시작했다. 설탕과 같은 열량이지만 200분의 1만 넣어도 같은 당도를 낸다.

아스파탐이 쓰인 대표적인 상품은 다이어트 콜라다. 당뇨병 환자를 위해 커피에 설탕 대신 넣는 용도로도 사용된다. 그러나 아스파탐은 분자량이 적어 단맛이 입안에 너무 오래 남는 단점이 있다. 다이어트 콜라를 먹은 사람은 긴 여운의 단맛을 느낄 수 있는데 바로 아스파탐 때문이다. 아직까지도 널리 사용되고 있지만 설탕을 보조하는 당 정도의 역할에 머무르고 있다.

::건강을 지키는 기능성 당!

사람들의 관심이 건강에 몰리면서 기능성 당이 등장하기 시작했다. 대표적인 것이 솔비톨, 자일리톨 등 '-톨'로 끝나는 당알코올과 단당류가 2~10개 연결돼 만들어진 올리고당이다.

솔비톨은 수분을 흡수하는 성질이 있어 치약에 섞어 사

용한다. 치약의 뚜껑을 열어 둬도 잘 굳지 않는 것은 솔비톨이 들어있기 때문이다. 요즘엔 빵에 넣어 촉촉함을 오래 유지하도록 하는데 쓰인다. 당알코올의 다른 종류인 자일리톨은 충치를 막는 껌으로 유명세를 탔다. 혈당을 크게 높이지 않아 당뇨병 환자도 먹을 수 있고 실제 충치 균의 번식을 막는 효과가 입증됐다. 그러나 자일리톨에는 치명적인 단점이 있는데 바로 '싸한 뒷맛'이다. 싸한 맛은 청량감을 주어 껌이나 사탕 종류에는 어울리지만 빵과 과자를 만들기엔 역부족이다.

올리고당도 한동안 유명세를 탔었다. 이들 올리고당은 단당류가 여럿 붙어 소화효소가 분해하지 못하는 특징이 있다. 설탕의 절반에 불과한 단맛은 부족하지만 인체가 흡수하지 못해 열량으로 쓰이지 못하니 체중 감소에 좋다. 게다가 장에 있는 이로운 세균이 올리고당을 분해해 먹기 때문에 장을 튼튼히 하는 데 도움을 준다.

::건강과 감미를 동시에 잡은 차세대 당

자일리톨, 올리고당 등 기능성 당은 건강을 추구하는 사람들의 욕구를 충족시켰지만 당의 원래 목적인 감미(甘味)에는 부족함이 많았다. 따라서 설탕과 비슷한 맛을 내면서 몸에 이로운 기능까지 갖고 있는 차세대 당이 등장하기 시작했다.

각광받고 있는 차세대 당의 대표주자는 타가토오스다.

타가토오스는 1세대 당인 갈락토오스를 이용해 만든다. 감미도가 0.9로 설탕과 비슷하고 인체가 이용할 수 없기 때문에 살찔 염려도 없다. 당지수도 낮아 당뇨병 환자도 이용할 수 있는 장점이 있다. 문제는 대량생산이 어렵다는 점이다. 현재 우유를 가공하고 버리는 성분 중에서 타가토오스를 추출해 생산하고 있다.

단맛은 에너지를 만드는 음식의 표지다. 따라서 우리 몸에도 자연스럽게 단맛을 선호하는 코드가 심겨져 있다. 하지만 이 코드는 에너지 과다가 된 현대인에게 오히려 방해요소가 되기에 새로운 당이 계속 개발되고 있다. 건강에 유익하면서도 달콤한 맛은 그대로 간직한 차세대 당의 활약을 기대해 보자.

밸런타인데이와 초콜릿과 당분과의 상호관계를 집요하게 노크해보았다. 열리는 문으로는 무엇이 나오는가? 보는 시각에 의해 해답 역시 각이할 것이다.

▋약력

원　명 - 정룡범
아　호 - 매상, 효두
펜네임 - 정미소, 해림
일　명 - 하오동, 안정
1959년 7월 23일 중국 연길현 하오동에서 경주 정씨 장자로 출생
연변대학 조선언어문학전업수료
농민, 소학교 교원, 중학교 교원, 방송국 기자, 문화국 창작원, 신문사 특약기자 등 직종에 근무
중단편소설, 산문, 시, 수필, 실화, 가사, 평론, 희곡, 잡문, 동화, 민담 등 작품 1,000여 편(수) 발표
한얼패상, 연변일보문화상, 향토수필상, 화신문화상, 정음상, 라지오문학상, 송원컵대상, 국제언론1등상, 해외동포문학평론우수상, 한국농촌문학상, 2008한국KBS서울프라이즈우수상 등 53차 문학상 수상

▋저서

《어휘묘사실용수첩》(공저) 1994년 연변인민출판사
《호랑이를 이긴 산토끼》 1998년 료녕민족출판사
《함경도사람》 2005년 한국학술정보(주)
《구제비둥지》 2005년 한국학술정보(주)
《달나라게집》 2006년 한국학술정보(주)
《응달골무꽃》 2006년 한국학술정보(주)
《진달래혼취》 2006년 한국학술정보(주)
《아리랑고개(반도 인물전)》 2009년 한국학술정보(주)
《오작교 유래(반도 설화집)》 2009년 한국학술정보(주)
《고수레전설(반도 민속편)》 2009년 한국학술정보(주)
《주무랑마봉(중국 전설집)》 2009년 한국학술정보(주)
《해란강여울(간도 가이드)》 2009년 한국학술정보(주)
《일본기모노(세상 나들이)》 2009년 한국학술정보(주)
《오봉산희비(연변 기행문)》 2009년 한국학술정보(주)

중국연변인민방송국 문학부 부장
연변작가협회산문창작위원회 위원장
중국소수민족작가협회회원,
한국해외문화교류회 중국측리사
E-mail:za723@hanmail.net

문화시리즈❻ 세상 나들이

일본기모노

초판인쇄 | 2009년 3월 20일
초판발행 | 2009년 3월 20일

지은이 | 정호원
펴낸이 | 채종준
펴낸곳 | 한국학술정보㈜
주 소 | 경기도 파주시 교하읍 문발리 513-5 파주출판문화정보산업단지
전 화 | 031) 908-3181(대표)
팩 스 | 031) 908-3189
홈페이지 | http://www.kstudy.com
E-mail | 출판사업부 publish@kstudy.com

등 록 |
가 격 | 30,000원

ISBN   978-89-534-1119-7 94810 (Paper Book)
       978-89-534-1120-3 98810 (e-Book)
       978-89-534-1076-3 94810 (Paper Book Set)
       978-89-534-1094-7 98810 (e-Book Set)